미당 서정주 전집

10

산문

* 이 도서의 국립중앙도서관 출판시도서목록(CIP)은 e-CIP홈페이지(http://www.nl.go.kr/ecip)와 국가자료공동목록시스템(http://www.nl.go.kr/kolisnet)에서 이용하실 수 있습니다.
(CIP제어번호: CIP2017000040)

미당 서정주 전집

10

산문

풍류의 시간

은행나무

발간사

미당 서정주 선생의 탄신 100주년을 맞이하여 선생의 모든 저작을 한곳에 모아 전집을 발간한다. 이는 선생께서 서쪽 나라로 떠나신 후 지난 15년 동안 내내 벼르던 일이기도 하다. 선생의 전집을 발간하여 그분의 지고한 문학세계를 온전히 보존함은 우리 시대의 의무이자 보람이며, 나아가 세상의 경사라 하겠다.

미당 선생은 1915년 빼앗긴 나라의 백성으로 태어나셨다. 우울과 낙망의 시대를 방황과 반항으로 버티던 젊은 영혼은 운명적으로 시인이 되었다. 그리고 23살 때 쓴 「자화상」에서 "나를 키운 건 팔할이 바람이다"라고 외쳤고, 이어서 27살에 『화사집』이라는 첫 시집으로 문학적 상상력의 신대륙을 발견하여 한국문학의 역사를 바꾸었다. 그 후 선생의 시적 언어는 독수리의 날개를 달고 전통의 고원을 높게 날기도 했고, 호랑이의 발톱을 달고 세상의 파란만장과 삶의 아이러니를 움켜쥐기도 했고, 용의 여의주를 쥐고 온갖 고통과 시련을 지극한 아름다움으로 바꾸어 놓기도 했다. 선생께서는 60여 년 동안 천 편에 가까운 시를 쓰셨는데, 그 속에 담겨 있는 아름다움과 지혜는 우리 겨레의 자랑거리요, 보물이 아닐 수 없다. 선생은 겨레의 말을 가장 잘 구사한 시인이요, 겨레의 고운 마음을 가장 잘 표현한 시인이다. 우리가 선생의 시를 읽는 것은 겨레의 말과 마음을 아주 깊고 예민한 곳에서 만나는 일이 되며, 겨레의 소중한 문화재를 보존하는 일이 된다.

미당 선생께서 남기신 글은 시 아닌 것이라도 눈여겨볼 만하다. 선생의 문재文才와 문체文體는 유별나서 어떤 종류의 글이라도 범상치 않다. 평론이나 논문에는 남다른 통찰이 번뜩이고 소설이나 옛이야기에는 미당 특유의 해학과 여유 그리고 사유가 펼쳐진다. 특히 '문학적 자서전'과 같은 산문은 문체를 통해 전달되는 기미와 의미와 재미가 풍성하여 미당 문체의 진미를 맛볼 수 있다. 미당 문학 가운데에서 물론 미당 시가 으뜸이지만, 다른 글들도 소중하게 대접받아야 할 충분한 까닭이 있다. 『미당 서정주 전집』은 있는 글을 다 모은 것이기도 하지만 모두 소중해서 다 모은 것이기도 하다.

미당 선생 생전에 『서정주문학전집』이 일지사에서, 『미당 시전집』이 민음사에서 간행된 바 있다. 벌써 몇십 년 전의 일이다. 오늘의 관점에서 보면 그 책들은 수록 작품의 양이나 정본의 측면에서 아쉬움이 많다. 지난 몇 년 동안, 본 간행위원회에서는 온전한 전집을 만들기 위해서 많은 수고를 아끼지 않았다. 서고의 먼지 속에서 보낸 시간도 시간이지만 여러 판본을 두고 갑론을박한 시간도 만만치 않았다. 특히 미당 시의 정본을 확정하고자 미당 선생의 시작 노트나 육성까지 찾아서 참고하고 원로 문인들의 도움도 구하는 등 번다와 머뭇거림을 마다하지 않았다. 참으로 조심스러운 궁구를 다하였으니, 앞으로 미당 시를 인용할 때 이 전집에 의존하는 경우가 점점 많아지기를 바랄 뿐이다.

한편으로, 미당 전집의 출간은 두려운 일이다. 그것은 미당 선생의 모든 작품을 제대로 보여 준다는 형식적 의미를 지니기 때문이다. 세상에 어떤 전집이 있어 미당 선생의 모든 작품을 제대로 보여줄 수 있을 것인가? 우리에게도 그것은 현실이 못되고 희망이겠지만 그래도 우리는 그 희망에 최대한 가까이 가고자 했다. 우리가 그 희망에 얼마만큼 근접했는지는 앞으로의 세월이 증명해 줄 것이다. 다만 지금으로서는 지극한 정성과 불안한 겸손이 우리의 몫일 따름이다.

마지막으로 감히 말하건대, 우리는 미당의 전집 간행을 긍지와 사명감으로 하고자 했다. 우리는 미당을 통해서 이 세상에는 아주 특별한 것이 아주 드물게 존재함을 알게 되었다. 그리고 그 특별하고 드문 것을 우리 손으로 정리해서 한곳에 안정시키는 일에 관여하는 기쁨을 누렸다. 우리의 기쁨이 보람이 있어 세상의 기쁨이 된다면 그 기쁨은 곱이 될 것이다. 아니 그보다 미당의 문학이 이 세상에서 제 몫의 대접을 받게 된다면 우리는 사필귀정事必歸正이라는 네 글자를 진리로 받들면서 더 큰 기쁨을 누릴 것이다.

미당 선생 탄생 100주년이 되는 해의 유월에
미당 서정주 전집 간행위원회

이남호, 이경철, 윤재웅, 전옥란, 최현식

미당 서정주 전집 10 산문

풍류의 시간

차례

자하문

산사 기행

온고지신

한국의 미

일러두기

1. 이 산문 전집은 총 247편의 산문을 네 권으로 분류하고, 각 권의 제목을 새로 붙였다.

1-1. 『떠돌이의 글』은 스무 살 청년이 노년에 이르기까지의 인생 편력,
『안 잊히는 사람들』은 일기와 편지, 주변 인물과의 일화,
『풍류의 시간』은 신라 정신 및 불교 사상, 한국 전통의 아름다움,
『나의 시』는 미당 시의 정신적 뿌리와 자작시 해설, 후배들에게 주는 글을 수록했다.

2. 『서정주문학전집』(일지사, 1972)과 산문집 『미당 수상록』(민음사, 1976),
『나의 문학, 나의 인생』(세종출판공사, 1977),
『미당 산문』(『미당 수상록』 개정판, 민음사, 1993)을 저본으로 삼았다.

2-1. 1935~2000년 사이에 신문, 잡지 등에 발표한 산문을 새로 찾아서 추가했다.

2-2. 산문 선집 『내 영원은 물빛 라일락』(갑인출판사, 1977), 『하느님의 에누리』(문음사, 1977), 『한 송이 국화꽃을 피우기 위해』(민예사, 1980), 『육자배기 가락에 타는 진달래』(예전사, 1985), 『시인과 국화』(『내 영원은 물빛 라일락』 개정판, 갑인출판사, 1987), 『한 사발의 냉수』(자유문학사, 1987), 『노자 없는 나그네길』(신원문화사, 1992), 『인연』(민족사, 1997), 『서정주 문학앨범』(웅진출판, 1993)을 참고했다.

3. 발표 연도 및 게재지가 확인된 경우 원고 뒤에 출처를 밝혔다.

4. 산문에 소개된 서정주의 시는 시 전집 표기를 따랐다.

신라 풍류

처녀의 공기

여기 맑은 날의 공기 속에 한 신부의 일행이 지나가오.

꽃가마에 탄 신부의 나이는 신라 적 시집갈 나이니까, 그렇지, 스무 살 안팎.

신부는 시방 바로 시집가는 길. 먼 신랑 집에서 베푸는 결혼식에 늦을세라 대어 가는 길. 꽃가마는 나루를 건너서, 나룻목에 배가 매이자, 산이 우러러뵈는 언덕길을 깁더올라 가고 있어요.

어느 만큼 울창한 산골이 나타나면서 역력히 더 맑은 산 공기 속에 들어서자, 누구를 보려는 건지 "나 좀 잠깐만 여기 내려 주. 들렀다 갈 데가 있으니……" 신부는 아니, 아직 처녀는 말했어요.

둘레둘레 둘러보아도 인가라곤 절간 하나 보이지 않고, 다만 산골에 들리는 건 바위 사이 물소리와 숲의 새소리뿐인데, 누구를 만나려는지? 무얼 하려는지?

"이 산골에 사람 기척이라곤 우리뿐인데……"

가마꾼은 멈칫하고 수상해했으나, 처녀는 그 소리엔 들은 체도 않고 가마가 멎기 바쁘게 가벼이 흙 위에 뛰어내려서는 숲 짙은 골로 들어갔어요.

뒤에서 보니 마치 누구 아주 친한 사람을 만나러 가는 것 같기도 하고, 또 어찌 보면 자기 집 오래 살던 방으로나 들어가고 있는 것 같았어요.

그래 가마꾼과 친정에서 따라오던 사람들도 어쩔 수 없이 더러는 탄 채 더러는 걸어서 바름바름 그 뒤를 따라가 봤어요.

처녀가 가서 멎은 곳엔 들를 만한 데는 고사하고 나비나 몇 마리 옥색의 공기 속에 팔랑거리는 것이 보일 뿐 역시 인기척 하나 숨어 있는 것도 없었어요.

자잘한 속눈썹 같은 우리나라 나뭇잎—소나무 잎들을 헤치고 누가 나타날까. 잡풀과 잡목들의 향기를 가르고 몸 나타내는 것이 있을까. 치솟은 낙락장송 위 치솟은 바위틈에서라도 누가 무슨 소리라도 할까.

따르던 이들은 눈을 모으고, 귀를 기울이고, 마음의 괴발을 디뎠어요. 그러나 보이는 것 들리는 건 아까 말한 것뿐 다른 건 아무것도 나타나지 않았어요.

그러자 한동안 움찍도 않고 서 있던 처녀는 잡풀밭에 조용히 앉았어요. 자기 방에서 앉듯이……

그러고는 잡풀들인지 향기들인지를 쓰담고 있는 듯하더니, 다시 일어설 때 보니 손에는 입었던 속바지가 들려 있었어요.

처녀는 바위 아래로 가더니 바위 위에 그걸 바쳐 놓고 엎드려 절을 하였어요.

자기의 처녀 때의 산신령한테, 그러니까 처녀 때의 산의 공기한테 마지막 작별 인사로요. 처녀 때의 마지막으로, 처녀의 살이 닿은 속바지를 벗어 바쳐서요.

—『삼국유사』 권2

신라의 상품

솜과 곡식이 있었다.

밝게 갠 날의 큰 솜구름 덩이만 한 한 덩어리의 솜과 한 꺼러기도 죽은 놈이 섞이지 않은 알곡 한 광주리가 있었다.

인관이란 사내가 이 솜덩이를 업고, 서조라는 사내가 이 곡식을 안고 장에 나가 서로 맞바꾸어 갔는데, 서조가 새로 산 솜을 그의 집 마당귀에 갖다 놓아두었더니, 인관네 집 매가 공중에서 맴돌다가 거길 내려다보고 저희 집 것인 걸 눈여겨 도로 채 가 버렸다.

그래 인관이 그의 집 매가 도로 가져온 솜을 보고, 장에 갈 때 다시 또 그걸 가지고 나가 서조의 앞에 놓고 "여보게, 이걸 사고판 것을 우리 집 매가 모르고 채 왔기에 가지고 왔네" 하니, 서조는 "이 사람아, 매가 모른 건 사고판 일뿐 아닌가. 제가 그걸 더 이뻐하고 더 잘 알아서 그런 일이니 못 받겠네" 하여, 솜은 인제는 그냥 두 사람이 사고팔기 전의 '매가 잘 알아보는 것'으로서 두 사람 사이에서 멍울거리고 있게 되었다.

인관네 밭에서 인관네 아내와 딸의 숨결 옆에서 꽃으로 멍울거리던 때와 똑같이…… 또 여물어 다시 솜꽃으로 피었을 때 가꾼 이의 함박웃음 앞에 멍울거리던 때와 똑같이…… 또 그리고 인관네 가족과 그 밭과 집 뜰에서 그렇게 좋게 어우러져 있을 적에 그 위의 희한한 정기 속에서 눈 밝은 그 집 매가 묵묵한 가운데 마음속으로 찬양하며 굽어보던 때와 똑같이……

"그럼, 자네 곡식도 도로 돌려줌세."

인관이 말했다.

"장 본 지가 벌써 이틀이나 됐으니 그건 자네 게 된 지 오랜데."

서조가 대답했다.

그래 이번엔 곡식을 가지고 또 "도로 받게", "못 받겠네" 타시락거리고 있는 동안 드디어 이것마저 물건값으로서는 어떻게도 처리할 수 없는 것을 만들어 버리고 말았다.

두 사람의 마음속에서 곡식 광주리도 주인을 잃은 채 서조네 집 뜰을 거쳐 서조네 집 밭에 가 그의 가족과 함께 놓이더니, 잎이 피고 꽃이 피고 여물져 너울거려 그들을 노래 불리기 비롯했다. 아직 팔 일도 살 일도 모르던 때의 노래를……

그래 마침내 두 사람은 마치 노래를 읊조리기나 하듯이 나란히 말했다.

"그럼 이것들을 여기 그냥 놓아두어 버리세."

"그러세."

—『삼국사절요』 권4

피리와 산화가

사천왕사의 월명 스님은 피리를 잘 불었습니다.

달밤에 피리를 불고 한길로 지나가면 달은 하늘에서 가던 걸음을 멈추고 듣고 있다가 바짝 그의 옆으로 다가왔습니다.

바짝 옆으로 다가와서는 어깨를 가지런히 해 귀 기울여 들었습니다.

"내 피리 소리가 들리더냐?" 월명이 물으면 "들리더라" 달은 대답하고 "내가 비춰 부르는 것이 정말 들리더냐?" 달이 물으면 "들리더라" 월명은 대답했습니다.

그러고서 둘이는 마주 보고 빙그레 웃었습니다.

이렇게 월명은 달의 친구였습니다.

그러나 그는 달의 친구일 뿐만 아니라 또 해의 좋은 친구이기도 하였습니다.

해에 일식이 끼는 날은 그는 또 이것을 말쑥하게 씻어 놓았습니다.

해에 일식이 끼는 날은 그는 먼저 꽃들 옆으로 가서 인사를 하고, 한 움큼만 그것을 따 모았습니다.

그래서는 그것한테 심부름을 시켜 하늘의 미륵보살한테 보낼 양으로 꽃한테다 편지를 써 주었습니다. 월명 스님의 편지는 물론 봉투도 편지지도 글씨도 말씀도 따로 없는 것이었습죠.

그래 편지를 다 써 주고 나서는 꽃들을 하늘 높이 던져 뿌리며 청돋우어 노래를 불렀습니다.

오늘 이에 산화散花 불러
뻬운 꽃아 너는
내 곧은 마음의 심부름이니
하늘에 가건 미륵좌주 모셔라.

그러고선 그는 해에 앉은 그을음이 어서 씻기기를 바라는 사람들과 함께 기다렸습니다. 꽃의 마음이 그의 곧은 마음의 편지를 싣고 미륵한테 닿은 뒤의 기별이 나타나기를 기다렸습니다.

"내 편지니 염려 말게. 부탁한 대로 인제 곧 되네."

좌우 사람들보고 말하면서 말씀이죠.

그렇게 그는 하자면 무엇이든 마음대로 다 되는 것이라고 생각하고 살던 사람이었어요.

하늘의 친구 해의 얼굴을 세수시키는 일도요.

그러고 있노라면 아닌 게 아니라 얼마쯤만 지나면(어떤 땐 좀 일찍 세수하기도 하고 어떤 땐 좀 늦게 하기도 했으나) 꽃한테 부쳐 보낸 편지로 하여 새로 말쑥하게 씻긴 해는 또 그 반가운 본얼굴을 월명 가까이 드러냈습니다.

자기가 관계해서 그렇게 해 놓은 해의 얼굴이니 월명한테 무척은 반가운 것이야 두말할 필요도 없습죠.

—『삼국유사』 권5

신라인의 통화

신라 사람들은요, 말을 주고받기를 몸뚱이 살아 있는 사람들끼리만 한 것이 아니라 벌써 몇백 년 전에 죽어 간 사람하고도 잘하고, 또 몇백 년 뒤에 생겨날 사람하고도 썩 잘했습니다.

선덕여왕이 이승에 있을 때 "나는 죽으면 도리천에 가 있을란다" 신하들을 앞에 하고 허공에 던져 말한 일이 있었습니다.

그 뒤 그 말은 한동안 바로 받을 임자를 만나지 못하다가 여왕이 세상을 뜬 뒤 3대 만에 문무왕을 만나 대답을 얻었습니다.

"네. 좀 더 높은 데 계셔도 될 줄은 압니다만, 굳이 거기 계시겠다 하시니 세상 사람들한테 두루 알리겠습니다."

문무왕 그는 대답했던 것입니다.

문무왕은 선덕여왕이 겸손해서 있겠다던 도리천을 알리기 위해 그 무덤 아래에다 사천왕천을 표하는 사천왕사를 지었으니, 불교의 여러 하늘들 가운데서 속계의 하늘 도리천 밑은 바로 사천왕천이라, 문무왕은 바로 눈앞에서 3대 앞 여왕의 육성의 말씀을 듣고 대답해 행하듯 행했던 것입니다.

따르르, 따르르, 장거리 전화가 지금 땅 위를 두루 돌고 있지만, 그때는 기계 없이 시간상으로 한정 없이 통했던 것입죠. 종교적 파벌에 구애되지 않고 또 꿈에서까지도 이런 먼 시간의 통화는 참 잘되었습니다.

선도산 신모라면 바로 신라 시조 박혁거세왕의 어머님인데요, 이분이 머언 먼 몇백 년 뒤의 진평왕 때의 여승하고도 이야기합니다. 더구나 그 꿈하고도 이야기합니다.

진평왕 때 여승 지혜는 안흥사란 절에서 살았는데, 절이 헐었으나 고칠 거리가 없어 항시 그 생각이었습니다. 그런데 하루는 꿈속에 신라 시조의 어머님의 말씀이 들렸습니다.

"지혜야, 지혜야, 얘 지혜야. 너는 중이고 나는 중은 아니지만, 공부하는 모양, 찾아가는 길은 퍽 많이 같다. 그러니 이렇게…… 이렇게 하고, 이렇게…… 이렇게 해라. 그러면 절도 고칠 수 있겠다."

꿈은 결국 정신의 마지막 구석방의 일인지라 그 말씀은 생시보다 오히려 역력하였습니다.

그래 지혜는 "네" 대답하고 그 역력한 말씀 그대로 지니고 잠이 깨어, 하라는 대로 힘껏 했더니 절을 고치게 됐다는 이야깁니다.

죽은 사람과 산 사람은 거리낌 없이 영원히 서로 효력 있게 말을 주고받을 수 있었던 것이죠.

—『삼국유사』 권1 · 권5

햇빛

아달라왕 4년.

그때까지도 신라의 햇빛엔 빈 것이 없었습니다.

처녀의 빛, 총각의 빛, 아기의 빛, 어른의 빛, 꽃빛, 정칫빛, 비단빛, 머릿빛, 수염빛 할 것 없이 빠진 게 없었습니다.

그런데 아달라왕 4년, 이해에만 얼마 동안 해에 한 빛이 모자라 신라 사람들이 모두 발끈 뒤집힌 일이 생겼습니다. 그건 비단빛이었습니다.

신라에서 비단을 제일 잘 짜는 연오가 하루는 날이 너무 좋아 바름바름 동해 바닷가로 나가서 맑은 물에 어리는 바다나물을 뜯고 있다가, 그 어디 바위 위에 쉬었습니다. 물론 비단 잘 짜는 이의 마음이 빚은 비단빛으로 머리말의 해와 잘 친하면서 말입죠.

그랬더니 이건 국수주의만 하는 것은 잘 모르는 바위, 그냥 자연의 이치만 많이 알고 있는 바위라 옆 나라 일본의 햇빛 속에 비단빛이 너무나 없는 것만 눈 주어 보고 있다가 들먹들먹 움직이더니 연오를 태운 채 일본으로 건너갔습니다.

그래 그 아내 세오가—물론 이 역시 남편과 같이 비단을 잘 짜는 세오가 남편을 기다리다 못해 찾아다니다가 바닷가에 벗어 놓은 남편의 신발을 보게 되어, 그걸 주워 들고 또 한 바위에 올라앉았습니다.

그랬더니 이것도 마찬가지, 자연의 이치밖에 국수주의는 잘 모르는 바위라 또 그 여자도 업고 일본에다 실어다 놓았습니다.

일본 사람들은 비단빛이라고는 영 없는 햇빛 속에서만 살다가 이 두 내외의 찬란한 비단빛을 만나자 그만 홈빡 반해서 둘을 왕하고 왕비를 삼았더라구.

그야 하여간에 이렇게 되어 놓고 보니 신라의 햇빛엔 제일 좋은 비단빛이 모자랄밖에.

사는 데 정말로 좋은 욕심들을 가진 신라 사람들에겐 이건 참 큰 야단이었습니다. 잃어버린 예쁜 처녀 눈에 삼삼해 못 견디듯 못 견뎌 했던 모양이지, 아마.

그래서 회의를 하고 연오네 내외를 일본으로 데리러 갔습니다.

그랬더니 연오가 하는 말이 "내가 여길 온 것은 사람이 시킨 일이 아니라 하늘이 시킨 일이오. 그런 걸 어찌 그냥 돌아가겠소? 좀 더 넓게 생각해 보시오. 그렇지만 여기 내 아내가 짜 놓은 비단이 있으니, 이걸 가져다 잘 지성이나 들여 이것같이 짜 내시지. 어찌 있던 빛이 안 돌아오겠소?" 해서, 그 비단만 가지고 오게 되었습니다.

그래 그 비단을 놓고 지성 들여 제사를 지낸 뒤에 다시 그것과 똑같은 비단을 짜 냈습니다.

그랬더니 햇빛엔 연오네 내외 있을 때와 같은 비단빛도 다시 살아나게 되었더랍니다. 잃었던 예쁜 처녀도 다시 온 것같이, 아마.

—『삼국유사』 권1

별

신라 시절에는 밤하늘의 별들을 머리 위에 이고 다니는 게 아니라 머리 위에서 가슴께로, 거기서 다시 발맡에까지 불러 내려, 이것들을 심부름꾼으로 데리고 살던 사람들도 상당히 있었던 모양입니다.

그러니 이 사람들은 머리나 가슴의 빛은 물론 다리도 발도 별빛들보다는 더 나았던 모양이죠.

진평왕 때 어느 날 화랑들이 강원도 금강산에 구경을 가려고 차리고 있었습니다.

그런데 조무래기들은 어느 시대에나 있는 것이라 신라에도 역시나 있었던지, 때마침 밤하늘에 그득한 별들 중의 어떤 걸 우러러보고 "별 징조가 좋지 않으니 길 뜨지 마시오. 저 혜성이 아무래도 이상해" 어쩌고 했었더라 합니다.

그래 거열랑, 보동랑, 실처랑 세 우두머리가 인솔하는 세 화랑단은 길 떠날 준비를 하다가 잠시 주춤하고 밤하늘의 별을 우러르고 서 있었습니다.

그랬더니 아까 말한—별들을 발맡에다 불러 내려 데리고 사는 사람의 하나인 융천이란 까까머리 중 하나가 이런 별들을 모조리 걸어오는 발맡에 데리고 오면서 외쳤습니다. 그러니까 퍽 찬란하고도 시원스러이는 나타난 거지.

"어서들 길 뜰 준비해. 준비들 해. 별에 나쁜 징조는 무슨 나쁜 징조? 항시 우리 발맡에까지 와서 빗자루나 들고 사는 별에 나쁜 징조는 무슨 나쁜 징조? 혜성은 옛적부터 빗자루별이라고 해 오지 않느냐. 내가 겪어 보니 그건 정말일러라. 화랑들 풍악楓岳 구경 가겠다니, 가는 밤길이나 쓸어 보겠다고 나와 있는 별 보고 이러니저러니 그게 무슨 조무래기의 망녕엣소리! 자네들 아예 그따위 소리에 귀 기울이지 말고, 어서들 길 뜰 준비나 해서 가다가 밤길이거든 별이 쓰는 길 맛이나 톡톡히 잘들 좀 보도록 하게."

그러고서 그때 마침 또 왜군이 쳐들어왔다고 산 위에 타는 봉홧불을 가리키며 모두들 잘 알아들을 만한 소리로 말했습니다.

"풍악 갈 사람들은 어서 갈 준비하고 우리는 저것 보게, 저거나 가없이 해야지, 허튼소리는 무슨 허튼소리! 그게 무슨 조무래기의 허튼소리!"

그래 융천 스님 모양으로, 사람들은 저마다 발맡에 길 쓰는 별들을 데리고 우우 몰려가서 먼저 일본군을 없이하고 화랑들도 바로 뒤이어 놀잇길을 떠나보냈습니다.

—『삼국유사』 권5

여선女仙

어떤 사람이 딸을 가졌습니다.

집안사람 노릇, 세상 사람 노릇, 두루 안 가르친 게 없이 다 가르쳤습니다.

베 짜기, 꽃 가꾸기, 낮 들일, 밤 풍류, 말달리기, 활쏘기, 매사냥질까지도 다 가르쳐 시집갈 나이의 길찬 처녀가 되었습니다.

몸뚱이의 어느 곳에도 병은 없고, 손발은 무얼 하기에도 알맞고, 머리의 윤기, 눈의 촉기 다 모자라는 것이 없었습니다.

그래 그 이상은 무얼 더 가르칠 게 없이 되어서, 이 계집애 혼자 검은 밤 풍류 속에 샌 어느 아침에, 이 계집애의 손이 가꾼 이쁜 꽃밭 머리에서 아버지는 딸의 옆으로 다가서며 말했습니다.

"인제는 아무것도, 아가, 여기서는 더 가르칠 건 없다. 신선살이나 하러 가기 전에는……"

하여 계집아이는 사람들과 세상을 놓아두고 집을 나서서, 또 딴 사람 노릇 신선살이를 배우기 위해, 먼 험한 산으로 갔습니다.

단 하나의 길동무로선 집에서 기르던 영악한 매 한 마리가 그와 함께 길을 떠났습니다. 이 계집아이의 먹이와 편지를 위해서였지요. 이때는 먼 편지는 매들이 곧잘 다리에 매달아 날랐으니까요.

이 처녀가 잘 못 보는 데는 매가 보고, 매가 잘 못 보는 데는 이 처녀가 보고 해, 그가 일찍 겪어 보지 못한 맑고도 그윽한 곳에 와서 그만 깜빡 집에 돌아가는 것을 잊어버리고 말았습니다.

다만 이 계집애의 친구—매가 드물게 이 젊은 수행자의 말짱함을 부모에게 전해 알릴 따름이었습니다.

오래 지난 뒤에 돌아오지 않는 딸에게 아버지는 다시 그의 마음을 편지로 써서, 마침 집에 온 매 발에 매달아 보냈습니다.

> 인제부터는 아가,
> 매가 날아가 멎는 준령을 찾아서 네 집으로 해라.

사람들 마을의 집이 아니라 이 집은 다른 집임을, 몸 있는 일평생만 사는 집이 아니라 영원히 사는 집임을 딸은 알아차려, 아버지의 그 글을 받는 길로 곧 손등 위의 매를 날렸습니다.

그러고는 매의 뒤를 따라 어느 험산준령의 볕바른 곳에 와서 무성한 잎사귀들을 헤치고 숨을 새로 쉬기 시작했습니다.

안 죽는 자, 안 죽는 자, 안 죽는 자의 숨을……
못 죽는 자, 못 죽는 자, 못 죽는 자의 숨을……

—『삼국유사』 권5

맑은 날

맑은 날.

신라 적 아주 맑디맑디맑은 날.

강원도 오대산 봉우리의 옷자락들은 펄펄 날리어 공주 언저리까지 나부끼고 있었습니다.

그러나 뜨고도 어두운 우리 속인들 눈이 모두 그러하듯이 공주 사람 신효의 눈에도 그건 그대로 보이지 않고 다섯 마리 학이 날아오는 걸로 보였습니다.

신효는 효자라, 어머니가 고기를 좋아해서 사냥질을 나왔던 것인데, 이날은 딴 짐승이 한 마리도 보이지 않아 다섯 마리 학이 날아오는 것이 눈에 띄자 거기 대고 활줄을 당겼습니다.

그래 날아오던 다섯 마리 학 중에 한 마리가 화살을 맞긴 맞았습니다만, 그 학은 몸뚱이는 그대로 있고 깃으로만 오는 살을 받았던지 깃 하나만을 신효 앞에 떨어뜨리고 날아오던 길을 되짚어 날아가 버렸습니다.

신효는 떨어진 학의 깃을 주워 들었습니다.

그러고는 깃을 눈에 갖다 대고 깃털 틈으로 세상을 내다보았습니다. 깃털 틈으로 사람들을 내다보았습니다.

사람들이 모두 짐승으로 보였습니다.

남도 자기도 모두 짐승으로 보이고 제 살도 짐승의 살과 다를 것이 없었습니다.

그래 신효는 칼을 들어서 제 다리의 살을 도려내 보았습니다. 피가 낙숫물 지어 흘러내리며 피비린내가 와락 쏠리어 사방에 뻗치어서 신효에게는 고향 공주가 피비리어 못 견디게 되었습니다. 그러면서 학의 간 곳이 못내 그리워졌습니다.

신효는 활과 칼을 던지고 학의 깃을 몸에 지니고 다섯 마리 학이 날아간 쪽을 향해 고향 공주를 떠났습니다.

산을 넘고 물을 건너기 여러 날에 아직도 사람이 사람으로 보이지 않아 눈 둘 곳을 모르겠더니, 하솔 땅에 들어서면서부터 신효의 눈에는 사람이 사람으로 보이기 비롯했습니다. 아직도 모조리는 그렇게 안 보였지만, 그래도 더 많이 사람 얼굴로 보였습니다.

그만해도 신효는 살 것 같았습니다.

길가에 할머니가 보여서 "여기 오니 인제는 살 것 같습니다. 어디 내가 끼어 살 만한 데는 없을까요?" 물으니 "서쪽 산 너머 북향동이나 가 보소. 그 어디 가면 끼어 살 수 있으리" 해서 신효는 북향동을 찾아 서산을 넘었습니다.

북향동이 어디인지를 아옵시는지?

북향동은 오대산 산중, 신효보다 이미 한걸음 앞당겨 왔던 신라 중 자장이 엮어 살다 간 띳집이 하나 그대로 있는 곳이었습니다.

까마귓벌 건너 북향동 띳집에 신효는 중도 아니면서 자리를 잡았습니다. 오래잖아 다섯 중이 신효의 띳집을 찾아왔습니다.

"자네 가지고 온 가사 한 조각 어디 있나?"

다섯 중은 소리를 나란히 해 물었습니다.

물론 가사는 중의 옷 말씀입죠.

"……"

그런 걸 가지고 온 가늠이 안 나 신효는 뭐라고도 대꾸도 못 했습니다.

"왜 자네가 주워 가지고 사람을 비춰 보던 학의 날개깃, 그것이 바로 우리 가사의 한 조각이다. 일루 도로 내놓게."

다섯 중은 또 소리를 나란히 해 말했습니다.

신효는 몸에 간직했던 걸 내주었습니다.

그랬더니 다섯 중 가운데 하나가 받아서 가사 조각 떨어져 나간 데다가 맞추어 보니 딱 맞았습니다.

신효는 손으로 눈을 씻고 그들을 보았습니다.

그러나 다시 눈 떠 보았을 때는 다섯 중은 간 곳이 없고, 그의 앞엔 첩첩한 오대산 높은 절벽들만이 우뚝우뚝 치솟아 있을 뿐이었습니다.

이렇게 신효는 다섯 마리 학의 간 곳을 바로 찾았고, 또 뒤에 고향 공주에 들렀을 때는 맑은 날 날아오는 학들의 날개가 오대산 옷자락의 나부낌인 것도 알게 되었습니다.

—『삼국유사』 권3

죽통미녀

김유신이 서주에서 신라 서울로 돌아오는 길, 앞에서 가고 있는 이상한 사내를 보았습니다.

차림새도 근방 것과는 상당히 다르려니와 걸음걸이, 몸놀림 모두가 별나 보였습니다.
아무 소리도 없이 가고 있는데도 그의 몸에서는 묘한 노래나 풍악 소리가 나는 듯하며, 머리 위로도 이 기운은 회오리바람 지어 솟아오르고 있었습니다.

수풀에 접어들자 그 이상한 사내는 어떤 큰 나무 그늘을 골라 가더니 풀밭에 앉아 쉬었습니다.

그래 유신도 가까운 딴 나무 밑에 가 앉아 쉬다가 사내가 은근히 꺼리는 눈치를 보이는 걸 보곤 드러누워 눈을 감고 거짓으로 자는 체했습니다.

나그네는 사방을 오래 보아, 인제는 아주 혼자인 걸 요량하자 품속을 가만가만 더듬더니 대나무를 잘라 만든 죽통 하나를 품 안에서 꺼냈습니다. 꺼내서는 마개를 열고 죽통 속에다 입을 갖다 대고 아주 조용히 말했습니다.

"여보게, 여보게. 인제는 됐네, 어서 나오게."

그러고는 그 속에서 나오는 무슨 말씀을 듣는지 거기다 귀를 갖다 대고 한 식경 기울이고 있더니, "응, 응, 아무도 우리밖엔 깬 사람은 없어. 저기 웬 신라 사내가 하나 있긴 있지만, 잠이 꽉 들어 놔서 당신이 나와도 아마 보진 못할 거야" 하는 걸로 보면 나그네의 귀에만 들린 통 속의 소리는 "누가 보면 어떡해요?" 한 것임에 틀림없습니다.

유신이 안 들키기 위해 위아래 눈뚜껑을 좀 더 가까이하고 가만히 보고 있으니, 나그네는 죽통을 마개가 열린 채로 제 옆에 놓았습니다.

그러고는 이번엔 공중을 보고 말했습니다.

"이리 와 봐, 이리 와 봐, 가까이 와 좀 앉아 봐."

"……"

"응? 시가? 시가는 예서 몇 리나 남았느냐고? 아직도 멀었네, 아직도 멀었네."

나그네와 나그네만이 알아듣는 소리가 서로 주고받는 말씀이나 나그네의 하는 짓으로 봐서 죽통 속에 담아 가지고 온 건 시댁을 처음 가는 여자인 모양이고, 또 그 여자는 이미 그 작은 통 속에서 밖에 나와 있는 모양이었습니다.

나그네는 한 식경을 옆의 공중하고 말을 주고받더니, "인제는 들어가지. 저 사람이 깰는지도 모르니……" 하고는 죽통에 마개를 하여 다시 품속에 깊이 넣었습니다. 여자는 다시 그 속에 들어간 모양이었습니다.

죽통을 가슴에 안은 사내는 그늘에서 일어나더니 다시 걷기 시작했습니다. 여전히 걸음걸이, 몸놀림에선 노랫소리가 나는 듯하고 머리 위에서는 회오리가 일고 있었습니다.

그래 유신도 또 어쩔 수 없이 따라 일어나서 사알사알 그 뒤를 갔습니다. 유신은 아무래도 이 사람을 그냥은 놓치기 싫어 마침내 말을 걸었습니다.

"어디로 가시는 분이신지 먼 타관 길이신 것 같은데, 우리 집은 예서 멀지 않은 서울이니 들러 좀 쉬어 갑시오."

"네. 제 길은 멀기야 멉니다만 멀고도 가까워서 고단치 않습니다."

나그네의 음성엔 걷는 몸에서 풍기는 것과 꼭 같은 노래가 실려 있었습니다.

그런 나그네의 사양을 다시 달래어 유신은 기어코 그를 데리고 서울로 들어왔습니다.

그래 남산 밑 큰 소나무 아래 단둘만의 잔치를 열고 나그네를 푸른 신라의 솔잎들 사이에 은밀히 모셨습니다.

"어찌 그러시지? 나만 알 테니 가만히 좀 말해 보시오."

유신은 나그네에게 귓속말을 했습니다.

나그네는 비로소 독특한 미소를 띠었습니다. 그러고는 다시 품속에 손을 넣어 아까 그 죽통을 꺼내더니 마개를 열고 속을 들여다보며 "어서 나와 이분께 인사드려. 이분은 꺼릴 게 없으니" 했습니다.

여자가 나오자 유신도 맞절을 하지 않을 수가 없었습니다.

"딴 일이 아니라요."

나그네는 곡절을 말했습니다.

"저는 서해 사람인데 동해에 와서 아내를 얻었더니 얼마 전에 그만 숨이 넘어가 버렸습니다. 그래 그 숨을 되찾아서 이 속에다 집어넣어 가지고 고향으로 가는 길이올시다."

이 말이 끝나자 사방의 바람과 구름이 빽빽이 온 천지에 그뜩해지며, 그 속에서 산 노래들이 한정 없이 일어나는 듯했습니다.

이러는 사이 나그네는 벌써 그의 눈앞엔 없었습니다.

—『대동운부군옥』 권9

머리에 석남꽃을 꽂고

부디 이 글은, 당신의 제일 고요한 때에 다시 한 번 읽어 주시기를…… 될 수 있으면 당신의 제일 조촐하고 고요한 시간에, 될 수 있으면 또 목욕한 뒤의 그런 때에 당신이 제일 좋아하는 향기와 촛불을 두고 다시 한 번 보아 주시기를……

그러면 우리가 오래 두고 잊었던 '삶'이 당신 속에 다시 살아 나와 고이 살게 되리니……

신라 사람 최항에겐 정말로 사랑하는 여자가 있었네.

그러나 부모가 그 속을 자세히 알지 못하고 반대해서 오랫동안 서로 보지 못하고 지내다가 몇 달 만에 그만 항은 병이 나서, 이승에 담았던 숨을 거둬 가 버리고 말았네.

막혔던 냇물 터져 내단듯 억세겐 거뤄 휘몰아 가 버렸네.

죽은 지 여드레가 되던 날.

사랑하던 여자는 항을 만났지.

항이 죽은 줄을 모르고 기다리고 있다가 항을 만났어.

항이 여자를 사랑하듯 항을 사랑하던 여자는 기다리던 나머지에 만나고 말았어.

밤중 이슥할 적에 항이 찾아와서, 여자는 너무 좋아 뛰어나가 그를 맞이하였네.

항은 그전에 만났을 때와 같이 검은 머리에 석남꽃 가지를 꽂고 있었네.

그전에 둘이서 석남꽃 수풀을 헤맬 적에 자기가 꺾어서 꽂아 주었던 새 향기 그대로 꽂고 있었네.

"이 꽃을 노나서 네게도 주마. 우리 둘이 꽂고 걸어서 가 보자."

항은 말하고 제 머리에 꽂은 꽃가지를 둘로 노나서 여자의 머리에다가도 꽂아 주었네.

"부모도 인젠 우리더러 영구히 같이 지내라 하신다. 이 넓은 하늘과 땅 사이 우리를 말릴 것은 인젠 아무것도 없다. 자, 어서 우리 집으로 가자."

사내는 또 말하고 앞장을 섰네.

그래 여자는, 항이 죽은 줄을 모르는 여자는 주춤주춤 그 뒤를 따라 항네 집으로 갔네.

참 가 보고 싶던 집엘.

머리에 노나 꽂은 석남꽃을 달고 주춤주춤 같이 가 보았네.

독자 알아들으시겠지?

이 여자가 항이를 만난 것은, 밤이 이슥해 찾아온 항이를 만난 것은, 또 머리의 석남꽃을 노나 꽂은 것은, 노나 꽂고 밤길을 같이 걸어온 것은 모두 정말인 걸 아시겠지?

알았으면 또 한 꺼풀만 더 고요하게 돼 다음 이야기를 마저 들어 보시기를……

"여기서 기다려라."

항은 집 담장 밑까지 오자 여자더러 이렇게 말하고는 혼자 담장을 넘어서 들어갔네.

그럴 일 아닌가? 부모가 말리던 사이였으니……

그래 사랑하는 여자는 담장 밑에 날이 밝도록 서서 또 기다리고 있었지. 그러나 한번 제집에 들어간 이는 또 날이 새어도 소식이 없었네.

날이 환히 밝아서 항이네 집 식구들이 밖에 나가다가 이 우두커니 선 여자를 보고 "어째서 왔느냐?"고 물었네.

"이 댁 항이 아드님하고 같이 왔어요. 날 새기 전 들어가며 기다리라 해, 날 새도록 여기 서서 기다렸는데 아직도 나오시지 않고 있어요."

사랑하는 여자는 대답했다는군.

"항이가 죽은 지가 여드레나 되는데…… 오늘은 바로 그 장삿날인데…… 그것이 무슨 말이냐?"

식구들은 기가 차서 대답했으나, 우두커니 여자는 들은 둥 만 둥 제 머리털의 한쪽을 손가락질해 가리키며 "보세요. 이 석남꽃 가지는 어젯밤에 그이와 둘이 노나 꽂은 거예요. 그분도 한 가지를 꽂고 왔으니 가 보세요. 지금도 꽂고 있을 거예요" 우겨 댈 줄밖에는 더는 몰랐네.

지금 우리 눈에도 이 꽃가지는 조금만 무엇해도 보일 만 안 보일 만 하느니만큼 그때라고 달랐으면 얼마나 달랐을라고?

그때도 처음 듣고 보는 이들은 "어디에 석남꽃이 꽂혔느냐?"고 "어디 네 소원대로 시체 머리까지라도 찾아보자"고 죽은 항을 담아 놓은 널 뚜껑을 여럿이 모여 서서 열어젖혔네.

나무관세음보살! 저와 독자들에게도 이 석남꽃이 역력히 보이도록 눈을 맑게 하옵소서!

—글쓴이의 기도

널 뚜껑은 삐거덕 열리고 젊은 항의 시체는 사랑하는 여자와 사랑하는 가족의 눈앞에 못 맺은 혼인을 아직도 한하는 듯 드러났네.

"아버지, 어머니, 우리 사이는 떼어 놓지 못해요. 보세요. 나는 몸을 버렸지만, 내 짝과 나는 영원히 합해지지 않았어요?"

시체는 말하는 듯했네.

"그래 네 말대로 석남꽃은 어디 있느냐?"

형제 중의 하나가 널가에 같이 선 여자한테 물었네. 아직도 이 사람은 우리마냥 눈이 덜 뜨였던 거지.

"밤도 아닌데요……"

사랑하는 여자는 도리어 이상해라 하였네.

그 모양은 마치 밝게 불 켠 방에서 방 속의 그 꽃을 똑똑히 보고 있는 사람이 밖의 어둠 속에서 아직 못 보고 "어디냐?"고 묻는 사람에게 대답하는 것과 꼭 같았네.

"밤도 아닌데요……" 하는 그 말엔 미쳤다든지 그런 기운은 눈 씻고 보려야 없고 '어떻게 보면 안 보일 수도 있느냐?'는 안타까움만이 무주공산을 비치는 햇빛의 안타까움처럼 그들 둘의 석남꽃을 비치며 부르르부르르 굽이치고 있었네.

"보인다. 아가, 염려 마라. 내게도 보인다!"

마침내 이렇게 소리치며 두 번째로 이 꽃을 보신 이는 그들의 아버지와 어머니였네.

"옳지! 우리 놈의 이것은 어젯밤 너와 같이 맞은 밤중의 찬 이슬! 옳지! 여기 보이는 것은 우리 놈이 어젯밤에 신고 갔던 신발!"

두 부부는 번갈아 가며 뵈는 걸 주워세기 시작했네.

그러고는 혼인식도 없이 온 이 영원의 신부를 불렀네.

"아가. 인제는 벌써 늦을 것도 없구나. 네 소원대로 네 낭군하고 둘이 영원히 살아라!"

그러나 시체의 머리에 어젯밤의 석남꽃은 뵌다 해도 이건 시체인 걸 어찌하리오. 신부는 쓰러져서 비로소 땅을 치며 통곡하기 시작했네. 그랬더니 신부의 눈앞에 또 역력히 신랑은 살아나 일어서 와서 그 뒤 이 둘은 30년 동안을 같이 살다가 갔다고 하네.

—『대동운부군옥』 권8

매가 꿩의 일로 울던 데

매가 꿩의 일로 울던 데를 이야기할 테니, 이 이야기는 자네 마누라보고 우리나라 수실로 베갯모에 수놓아 달라고 해서 쉴 때 가끔 베고 쉬면 좋을 것이다. 특히 그 눈물을 잘 수놓아서 베고 쉬면 좋을 것이다.

신라의 31대 신문왕 때라는데, 국무총리 충원이가 동래온천을 갔다가 신라 서울로 돌아가는 길에 굴정역에 이르러서 동지벌에서 쉬고 있었지.

문득 보니, 어떤 사람이 매를 날리자 매가 자지러져 도망쳐 날아가는 꿩 뒤를 쫓아가고 있었네.

꿩이 금악산을 넘어가자 꿩도 매도 안 보여 짤랑거리는 매방울 소리만 더듬어 찾아가 보니, 굴정현 관북정 우물가에 가 닿았는데 매는 우물가 나무 위에 앉았고 꿩은 우물물 속에 떠 있더란 말이야. 우물물빛은 매한테 찢긴 꿩이 흘린 핏빛으로 벌겠네.

자세히 보니, 꿩은 두 죽지를 나란히 펴 그걸로 두 새끼를 품어 안고……

그래 나무 위에 앉아 있는 매를 보니 매도 울고 있더래여.

그게 무슨 날이었는지. 화투 끗으로 따지더라도, 참 이런 날은 아주 오광일세.

사람하고 매하고 꿩하고 이렇게 만나기는 이게, 얼마 만이야. 틀림없는 오광일세, 화투 끗으로 따지더라도.

그래 충원이는 저도 매하고 같이 울고 이때 이 자리를 그대로 못 두어 서울 오자 신문왕한테 이야기해서, 그 자리에다가 절을 지었더라네마는.

이 이야기를 다 들었으니, 자네는 자네 마누라보고 말해서 이 이야길 우리나라 수실로 베갯모에 수놓아 달라고 해서 쉴 때 베고 쉬면 좋을 것이다.

특히 그 눈물을 잘 수놓아서, 쉴 때 베고 쉬면 썩 좋을 것이다.

—『삼국유사』 권3

혜현의 정적

혜현은 고요한 것을 좋아했어요.
그래 마을에서 나가 중이 되었습니다.

중이 된 뒤 처음엔 『법화경』을 읽고 지내고 다음엔 강사 노릇도 좀 하긴 하였습니다만, 뒤엔 이것도 모두 두루 시끄러워서 마침낸 제일로 고요한 곳을 찾아 절보다 더 고요한 달라산이란 산에 가서 살게 되었습니다.

달라산의 고요는 몇 길이나 되었던지 산은 험하고 인적도 없었지만 비로소 혜현의 마음에 들었습니다.

혜현은 깊은 고요 속에 홀로 앉아 인제는 마음속에 아직도 기억되어 있는 세상일들을 잊어버리는 공부를 시작했습니다.

고요엔, 가벼운 듯하면서도 세상일의 어떤 것보다도 무서운 무게가 있는지 기억했던 마음속의 일들은 하나하나 이 고요 밑에 깔리기 시작했습니다.

그래 마지막 판에는 그가 살 예쁘게 보던 마음속의 여자도, 산 눈과 이빨 그대로 깔리고서 그의 고요는 거의 완전한 것이 되었습니다.

혜현이 가졌던 제일 깊은 고요는 몇 길이나 되었는지?

어느 날 혜현은 거기 앉은 그대로 이승을 떴습니다.

혜현의 마음이 몸을 버리기만을 엿보고 있던 이 산의 호랑이들이 마음 나간 그의 몸을 에워싸고 모여들었습니다.

오래 굶주렸던 범들은 우우 몰려들어 그의 살을 뜯어 먹고 내장을 긁어 먹고 뼈다귀까지 씹어 먹었습니다.

그래 마지막 남은 것은 너무 딴딴하고 둥글둥글해서 어쩔 수 없는 해골과 거기 붙어 조금 남은 혓바닥 조각뿐이었습니다.

오래 말을 참은 혓바닥 조각은 그의 고요가 아직도 좋은 양 꽃같이 거기 그대로 다붙어서 또 꽤 오랫동안 이 깊은 고요를 받들어 갔습니다.

전하는 말로는 세 겨울 세 여름을 붉은빛 그대로 있었다 하지만, 그야 날이야 몇 날이었든 간에……

하여간 꽤 오래 지나도록 주홍빛 그대로 있더니 뒤에 빛이 변해 꽃자줏빛이 되긴 했지만 꽃자줏빛으로 변하면서는 다시 또 이내 돌같이 딴딴히 굳어 버렸습니다.

그래 또 이 남은 굳은 것이 고요를 받들어 갔습니다.

혜현이 맛본 고요 속에는 무엇이 들어 있었는지?

몇천 길이나 몇천 리나 들어가고, 남은 것은 또 몇천 리나 몇천 길이나 되는지?

—『삼국유사』 권5

하느님의 에누리

경덕왕은 아이가 없어, 그 일을 중 표훈이한테 상의했겠다.

"짐이 아이가 없으니, 자네가 하느님한테 좀 청해서 있게 해 주게."

그래 표훈은 이런 것 함부로 안 할 일이긴 하지만, 왕의 소원이라 못 한다고 할 수도 없어 그길로 바로 하늘에 올라가서 하느님을 만나보고 내려와서 왕한테 하느님 말씀을 전했네.

"하느님이 그러시는데, 계집애 같으면 하나 점지해 주어도 좋지만, 사내 같으면 안 되겠다고 그럽니다."

"그 계집애를 사내로 좀 고쳐 주시라고 하지."

왕이 말했네.

그래 표훈은 또 두 번째로 하늘로 안 올라갈 수가 없었겠다.

하느님은 두 번 고쳐 올라온 표훈의 말을 듣자 "계집애를 사내로 고치는 것도 되긴 되겠지만, 그러면 아마 뒤가 시끄러울 거야" 하고, 표훈이 내려오려고 하니 슬쩍 옷소매를 잡아당기며, "그런데 표훈이 여보게, 요담부턴 너무 뻰질나게 하늘 문턱을 드나들지 말기를 부탁이야. 너무들 함부로 여길 옆 동네 드나들듯 드나드는 바람에 무람도 없어졌으려니와, 첫째 요샌 하늘 비밀이 허투루 너무 새 나가서 못쓰겠네. 요담부턴 당초에 그렇겐 드나들지 말아" 했네.

그것도 그럴 일이지, 여북 귀찮으면 큰 중이라고 붙들어 잡고 통사정을 했겠나. 아닌 말로 며느리 예뻐 내버려 두면 시아버지 불두덩에까지 올라앉는다는 푼수로, 이건 고치자 고치자 맨 고치자 판이니 말이야. 그나 그뿐인가 무얼 한 가지씩 하늘 속 일 알아냈다 해 가지곤 하느님 골치 아프게시리 지껄여 대니 말이지.

그래 표훈이가 씁쓸한 얼굴을 해 가지고 와서 왕 경덕이한테 이 말을 다 알려 바쳤지.

그래도 왕은 "시끄러우면 대수야. 아들이면 그만이지" 하고, 우리나라 사람들 썩들 내리내리 잘하는 것, 왜 그것 있지 않아? 아들 못 낳는 여편네는 관두고, 딴 마누라 갈아들이는 것. 그걸 해서 만월이라던가 하는 도가道家 말류末流의 마누라로 바꿔 들여서, 하느님 에누리시켜 아들을 하나 낳긴 낳았더라네.

그렇지만 하느님을 에누리까지 시키면 결국은 못써.

이게 낳아 놓으니, 사내놈이 맨 계집애놀음만 하는데, 이게 어떻게 왕 노릇을 잘해 내는 재주가 있나. 맨 비단 주머니나 해 달래서 허리에 차기나 좋아하고. 도가道家, 산 기운 다 날라 낸 패들하고 울긋불긋 시시덕거리기나 좋아하고.

그래 마지막엔 역적이 찔러 버리고 말았지.

혜공왕이 이 에누리로 된 사내앨세.

—『삼국유사』 권2

신라찬新羅讚

신라는 대명 제국이나 칭기즈칸의 나라나 로마 제국과 같은 큰 완력의 나라는 아니다. 그러나 자그마한 대로 아름답고 마음 밝기론 하늘 아래서 제일가는 나라가 아니었을까.

꽃들도 이곳의 꽃들은 애인이 하는 것 같은 귀엣말로 늘 말씀을 하고 있었다. 우리들의 감미로운 비밀을 거기다 대고 말씀하면 앵무새처럼 곧잘 배워 종알거리는 꽃들이 살고 있었다.

공기와 시간에는 허무가 깃들일 좁쌀알만 한 빈터도 없이 혼신魂身이라는 이름을 가진 비물질의 기막힌 물질이 그득히 차 있어서, 이것을 숨 쉬어 마음에 받아들이고 사는 모든 남녀는 다 영생하였다. 죽음이라는 것을 아주 가지지 않았다.

마치 한 여인이 친정과 시댁을 가지듯이 육신의 인간 사회에 나서 혼신의 영원체로 통하는 두 주소를 항시 가지고 살아서 이들의 무선 전화는 시간의 제한 없이 몇백 몇천 년 사이를 두고도 선연히 통화되었다.

가령 신라 시조 박혁거세의 어머님과 제26대 진평왕조의 어떤 여자하고도 잘 통화되었다.

죽음이 영 없는 혼신의 영생이 근본이기 때문에 어떤 고기잡이는 객지에서 육신을 떠난 제 아내의 호흡을 죽통에 떠 담아 가슴에 품고 환고향길에 오르기도 하였다.

이런 사람들이 부는 피리 소리는 그것 역시 혼신이 붙어서 시간의 영원과 우주의 무한의 끝에서 끝까지 울리어 갔다.

여기 신라 여인의 육체의 모양을 담은 석굴암벽의 관음보살상과 그 옆에 앉은 신라 남자의 육체—석가모니 본존을 보아라.

발끝에서 머리끝까지 어느 옷 끝의 주름 하나까지도 '무원부지無遠不至'의 영생의 노선으로 통하는 모습을 안 보이는 건 하나도 없다.

이를테면 이 살과 옷들은 하늘과 영원을 외육外肉으로 하는 미묘하디미묘한 내육內肉일 따름이다.

이 속에 담겨 있던, 어느 과학보다도 성소聖所보다도 정밀하게 달통해 가던 신라의 마음들.

그들은 밤에 꾸는 꿈속의 사건마저 현실적 사건으로 하여 꿈속의 언약과 죄책까지를 다 가려 밝혀내며 살았다.

아, 용장하고도 거룩할진저!

오늘날 누구도 덮어 두기로 하고 사는 이 정신 현실의 맨 마지막 뒷전 구석인 밤 꿈속의 책임까지를 빠뜨리지 않고 다 지고 살았던 신라 정신, 거룩하고도 삼엄하고 또 아름다울진저!

밤 꿈속에 본 곰의 부탁을 깨어서 지켜 실행하여, 곰의 혼을 모시는 한 채의 절간을 지은 사내의 그 큰 사랑, 큰 책무감, 큰 멋이니 저 석굴암의 미묘하고 무한한 멋도 꾸며 낸 것이리라.

우리 눈앞에 남은 기록이 안 보여 그렇지, 신라 사람들은 길 가다 담장 머리에 피는 한 포기 풀꽃을 아껴 사랑하고 기념해서도 이어 절간들을 지어 간 건 아닐까.

생명의 사제로서의 인생의 멋, 아마 이 이상을 더 갈 수는 없을 것이다.

하늘을 나는 날짐승 중에서 가장 무자비하기로만 통하는 매도 신라의 어떤 것은 새끼를 품고 있는 꿩을 보고는 감동하여 우물가 나무에 앉아 엉엉 울고 있었다는 우화가 있고, 또 이 매를 기념하여 커다란 절간도 덩그렇게 세웠었다.

생명의 사제로서의 멋—이 이상으로도 더 나아갈 수 있을까.

이런 멋으로만 된 절간의 법당 어디쯤 그득한 혼신이 흐르는 공기 속에 허리가 구부러지게 깔깔거리며 웃고 섰는 선덕여왕의 그 맑은 너털웃음 소리가 영남 특유의 굳센 명랑성을 띠고 울려 나오는 듯하다.

"아이 야야…… 춘추야! 국법도 덜된 것은 좀 고쳐서 살아야지, 왜 그러고 섰어? 빨리 가서 네 아이 밴 처녀를 장작더미에서 끌어내려 구해라!"

어느 산수유꽃 근처, 웃으며 이렇게 퍼부어 대는 처녀 왕의 호통 소리가 울려 퍼지는 듯하다.

한국의 여인상

여기에 우리 현대인이 이미 잊어버린 지 오랜
우리 옛 여인의 사랑의 한 규모를 보이려 한다.
그것은 옛일이어서 진부한 게 아니라 우리의 그것들보단
훨씬 더 크고 온전하고 힘세고 끈질기고 또 훤칠한 것이다.
첫째, 그는 그 사랑을 어떤 하위의 가치와도 타협하지
않는 점에서, 또 어떤 역경에서도 굴복하지 않는 점에서,
그래 그 결과로 또 영원을 현실로서 가지는 점에서
우리의 표준이 된다. 내가 2천 년의 구름과 안개를
헤치고 여기 소묘해 보이는 이 여인들의 마음과 말씀과
행동들이 현대인의 애정의 관습들에 맞건 안 맞건,
우리는 이 크고도 힘센 사랑 앞에 전율과 향수를
안 느낄 수는 없을 것이다.

사소의 사랑과 영생

여기 2천 년 전 신라의 어떤 집 마당가 꽃밭 앞에 한 처녀가 서 있었다.

때는 글쎄, 아마 이른 아침일 것이다.

교양은 어느 정도냐? 첫째 활을 잘 쏘아 꿩 같은 건 먹고 싶을 때는 어느 때나 바로 잡아 구워 먹을 만하고, 또 매사냥에도 잘 길들어 있어 활질이 싫을 때는 매를 부려서도 얼마든지 배고픈 건 면할 만하다. 또 말을 썩 잘 달린다. 백 리를 한 번도 주춤거리지 않고 쏜살같이 달려갈 만큼 잘 탄다.

이건 내 말이 아니고, 이때를 적은 역사책이 말하고 있는 거니 안심하길 바란다. 노래와 춤 물론 구김살 하나 없이 햇빛같이, 달빛같이 썩들 잘했다. 문자—아직 고증이 되지 않아서, 이게 좀 문제지만, 내 생각으론 문자도 이미 있었다. (이 점에 나는 퇴경 권상로와 의견을 같이하는 자이다.)

비단도 지금의 양단만 못하지 않은 것을 썩 잘 짜 칠칠 감고 지냈다. 이것도 내 말이 절대로 아니니 안심하길 바란다.

이만한 교양을 가진 처녀가 이른 아침 그의 꽃밭 앞에 서 있다.

그는 사랑을 하고 있다.

플라토닉한 사랑이냐고? 아니다. 그야 무척 플라토닉하기도 하지만, 육체도 풍성히 있는 그런 사랑을 하고 있다.

그럼 고민이 있을 것 아니냐고 하실 것이나, 이 처녀에게 있는 것은 고민이란 말로 표현할 수 있는 그런 것이 아니고 아주 딴것이다. 그의 사랑의 염려들까지도 언제나 어두움에 찌부러질 줄 모르고 날으는 새벽 종달새와 같은 몸짓을 가졌기 때문이다. 그의 고민은 무슨 의젓한 도약과 비슷하기 때문이다.

그는 꽃밭 앞에 서서 마음속으로 혼자 생각에 빠져 있다. 사랑을 안고 호숫가에 온 자가 그 속 깊이깊이 마음을 보내듯이 꽃 속으로 깊이깊이 들어가고 있는 것이다. 이것을 연전에 자유시로 나타내 보노라 한 게 있어 아래에 옮긴다.

노래가 낫기는 그중 나아도
구름까지 갔다간 되돌아오고,
네 발굽을 쳐 달려간 말은
바닷가에 가 멎어 버렸다.
활로 잡은 산돼지, 매[鷹]로 잡은 산새들에도
이제는 벌써 입맛을 잃었다.

꽃아. 아침마다 개벽하는 꽃아.
네가 좋기는 제일 좋아도,
물낯바닥에 얼굴이나 비취는
헤엄도 모르는 아이와 같이
나는 네 닫힌 문에 기대섰을 뿐이다.
문 열어라 꽃아. 문 열어라 꽃아.
벼락과 해일만이 길일지라도
문 열어라 꽃아. 문 열어라 꽃아.

—「꽃밭의 독백—사소 단장娑蘇斷章」

그의 사랑의 고민이란 이런 성질로 된 것이어서, 되돌아오고 마는 노래의 의식, 말로 달려가 바닷가에 멎어 버렸지만 그걸로 막다른 데를 삼지 않고 또 꽃(자연) 속에 문을 열고 깊이깊이 들어가려는 것이다. 그러고 또 그 속은 벼락이건 해일이건 감수하려고 한다.

내가 말하고 있는 이 처녀는 지금도 적극적인 처녀들이 더러 그러는 것처럼 배 속에 이미 그의 씨를 가졌다. 그리고 요새와는 달라 처녀가 애를 갖는다는 것은 어떤 경우에도 있을 수 없는 일이었다. 요새 같으면 아내 있는 사내의 씨를 밴 경우만이 곤란하지, 총각한테 그런 것이면 펼 길도 있지만, 그때엔 법이 총각의 씨라도 용서하지 않았다. 신라 중기엔 처녀가 애를 배면 불에 태워 죽였지만, 상대엔 사회에서(가정에서까지도) 쫓아내는 추방형을 받아야 했던 듯하다.

그러니 요즘 같으면 이런 형편이 된 처녀에겐 이건 아무래도 한동안일망정 어둠 속에 얼굴을 묻어야 할 고민거리일 것이다.

그러나 사소는 여기에서 찌부러지거나 변형되는 일이 없이 사랑을 더 크게 키울 줄밖에 모른다.

드디어 이 처녀의 꽃밭 위에 또 하루의 새 해가 떴을 때 아버지는 옆에 와서 혈육에게 말한다.

"이 세상 법이 그러니 여기서 떠나 따로이 살길을 찾아야지?"

처녀는 머리를 끄덕여 긍정을 표시하고 따로이 살길에 오른다.

역사책은 그가 집을 떠날 때 가지고 간 것으로 매 한 마리만을 말하고 있지만, 가끔 집에 편지할 때 쓸 종이거나 그 비슷한 것도 틀림없이 가지고 갔다.

그래 이 처녀는 이날로 집을 나서서, 그가 잘 못 보는 데는 매가 보고, 매가 잘 못 찾는 데는 그가 찾고 하여, 어떤 태산준령의 마음에 드는 곳에 와서 '따로이 살' 처소를 정한다.

집에서 가지고 온 매가 그와 집 사이에 가끔 안부를 전하는 편지를 옮길 뿐 그는 집 꽃밭에서 이미 보인 그의 원願을 체험으로 옮기어 가는 동안에 집에 돌아가는 것을 까마득히 잊어 간다.

지금도 비둘기를 길들여, 발에 셀룰로이드의 작은 통을 달아서 편지를 전하는 일은 군용으로는 더러 쓰이고 있지만, 옛 신라에서는 비둘기가 아니라 매를 길들여 그렇게 썼던 것 같다.

산에 와서 따로 살길을 찾은 지 한동안이 지난 어느 날, 그는 편지를 부쳤다. (이것은 필자가 상상으로 옮긴 것이지만, 편지를 거래한 사실이 역사책에 쓰여 있으니 나의 이 대필은 용납될 줄 안다.)

그것을 쓴 것은 붓이 아니라 손가락이나 무슨 나뭇가지나 풀 줄기였을 것이고, 거기 쓰인 잉크도 풀잎이나 꽃잎을 찧어 만든 것이거나 아니면 새들의 피였을 것이다.

피가 잉잉거리던 병은 이제는 다 나았습니다.

올봄에
매는,
진갈매의 향수香水의 강물과 같은
한 섬지기 남짓한 이내[嵐]의 밭을 찾아내서

대여섯 달 가꾸어 지낸 오늘엔,
홍싸리의 수풀마냥 피는 서걱이다가
비취의 별빛 불들을 켜고,
요즈막엔 다시 생금生金의 광맥을 하늘에 폅니다.

아버지.
아버지에게로도,
내 어린것 불거내弗居內에게로도, 숨은 불거내의 애비에게로도
또 먼먼 즈믄 해 뒤에 올 젊은 여인들에게로도,
생금 광맥을 하늘에 폅니다.

—「사소의 두 번째 편지 단편斷片」

내 부정不淨하여 실력이 모자라므로 완전한 대필은 못 하는 게 유감이지만, 그의 산중에서의 정신생활의 첫 극복의 하나는 이런 것이었을 듯하다.

위의 졸작 자유시에 보이는 '이내[嵐]'라는 것은 일본 사람들의 한문 글자의 의미로는 폭풍이지만, 우리나라와 중국에서는 공기가 특별히 맑은 것을 뜻하는 것으로, 그 맑은 공기들 가운데서도 산맥이 거듭 싸인 지대의 어느 특수한 곳에만 어리는 맑은 공기를 말한다. 웬만큼 험한 산악 지대 위에서도 하늘은 오히려 코발트빛이지만, 이내의 빛깔은 코발트가 아니고 눈부신 초록빛이다.

이것은 늘 한군데 그대로 있는 기운은 아니고, 하늘의 계시처럼 어느 때 어느 곳에만 나타난다. 『강희자전』에는 '산기증청자山氣蒸清者'라고 나와 있지만, 하여간 이것이 나타나면 하늘의 해일을 보고 있는 느낌이어서 몸이 금세 오싹 으스스해진다.

산에 간 사소의 몸부림은 처음 한동안 적은 것은 아니었을 것이다. 그러나 그는 드디어 이 이내의 몇 섬지기 바탕을 발견하고, 그 밑에 육신 안의 피를 홍싸리 밭처럼 서걱이다가 마침내는 좌정하면서, 두 사람 이상이 땅 위에 살아 자손을 이어 가려면 이 사이를 연결하는 한 이로理路의 광맥을 가지지 않을 수 없음을 자각한다. 그리고 인간 사회에서 단절된 새로운 삶의 체험자에 의해서 체득된 것은 현재만이 아니라 영원을 표준으로 하고 또 범자연으로 하는 것이다.

위의 편지 속에 보이는 불거내는 박혁거세의 또 다른 이름이다.

그래 매가 발목에 편지를 매달고 가서 아버지에게 전하자, 아버지는 아래와 같은 편지를 또 그 매 편에 부쳤다.

여아女兒 보아라.

인제는 영원히 세상으로 다시 돌아올 생각 말고, 이 매가 날아가 닿는 곳을 네 집으로 정해라……

이것은 아버지의 편지를 거의 그대로 옮긴 것이다.

그 아버지도 이렇게 사람 중의 상인上人이 어떻게 위치해, 어떻게 시간, 공간의 면적을 삼아야 되는 것임을 잘 알고 있었던 것이다.

사소는 아들 불거내를 험산준령에서 한 마리의 매만을 짝하여 어떻게 낳아서 어떻게 길렀을까? 해산 직후의 첫 국밥은 무엇으로 하고, 삼칠일의 먹이는 무엇으로 했을까? 또 처음부터 타잔과 같은 훈련이 되어 있은 것도 아닐 텐데 그 많은 산골의 맹수들은 어떻게 일일이 피하고 막아 냈을까?

그의 애인 즉 불거내의 아버지는 사소가 있는 곳을 찾아내어 가끔이라도 드나들며 아들 기르는 데 힘을 보탰을까? 아니면 불거내의 아버지란 사람은 이 산골에는 한 번도 발길을 들여놓지 못하고 만 조무래기였는가? 아니면 한 번쯤은 사소의 발자취를 밟아 나타났다가 이미 영생에 자리 잡은 이 여인에게 꾸지람을 듣고 물러나고 만 것인가?

이런 여러 가지 의문들을 출가 후의 사소는 우리에게 남긴다. 아마 옛날에는 반드시 있었을 듯한 사소의 전기는, 없어지기 일쑤였던 우리의 통례에 의해서 지금은 그 전모를 보이는 건 다 없어지고 부분적 기록만이 남아 있기 때문이다.

그러나 신라가 그 수행한 산 이름 그대로 붙여 '선도산 신모'라는 존칭으로 사뭇 제사 드려 온 이 여인의 선도산에서의 사실 그대로를 읽을 길은 없을지라도 가능한 상상을 다하여 그 상모를 그려 볼 수는 있다.

정신의 애로들의 한정 없는 극복과 타개도 난문제였겠지만, 우선 당장의 어려운 일은 맹수들과의 관계였을 것이다.

죄의 씨(당시 사회에서는)를 죄의 씨 아니게 길러 영생값이 있는 자로 만들려는 의욕으로 늘 등에 업고 다니며 매사냥을 일삼다가 만나는 곰이나 이리나 호랑이들을 첫째 그는 어떻게 하였을까?

여기에서 우리는 고대 신선도를 상기해 본다. 신선들은 손수 기른 호랑이를 흔히 타고 다녔다. 그야 신선도까지 갈 것도 없이 얼마 전에 우리나라에 온 독일 서커스에서도 소년이 호랑이를 타고 다녔다.

이렇게 생각해 보면, 사소도 옛 신선들의 예를 따라 맹수를 길들이는 일은 큰 과목으로 가졌을 것 같다. 어떤 방법으로든지 길들이지 못했다면 그와 아이는 먹히는 수밖엔 없으니까. 그리고 맹수가 득실득실했던 고대 준령의 생활자에게는 피하고만 산다는 일은 하루 이틀 일도 아니고 전혀 불가능했을 것이니까.

스테판 말라르메의 극시 「에로디아드」에는 바다를 잠재울 만한 힘을 가진 사자를 인솔하는 사람의 모습이 보이거니와 사소에게도 이런 인솔력의 훈련은 영원 참가의 훈련과 아울러서 한동안의 일과였을 것 같다. 무슨 방법으로, 어떤 과정들을 거쳐서? 그것은 독자 여러분이 상상해 보시길 바란다.

'법? 그게 무어냐? 그것은 시대에 따라 변할 수 있다. 그러나 사랑으로 낳은 내 자식은 영생하는 놈을 만들겠다. 기어코 만들겠다.'

이런 고집이라면 큰 고집, 자각이라면 큰 자각을 가진 이의 험산의 육아 생활에서는 무엇보다도 먼저 힘이 필요했을 것이다. 그는 역도도 힘쓰지 않을 수 없었을 것이다. 도시의 뒷골목에 들어서면 요즘도 눈에 띄는 '규팡' 들기 같은 그런 무게 들기에도 정진했을 듯하다. 가까이 많이 있는 것은 바윗돌이니 처음에 몇십 근부터 들어 올리기 시작하여 하루 이틀, 1년, 2년, 5년, 10년…… 이렇게 계속해 가는 동안에는 역도로도 범 같거나 그 이상의 힘을 그예 획득해 가졌을 듯하다.

아이의 아버지가 여기 왔었는지? 왔다가 그냥 물러갔는지 또는 동거를 한동안이라도 했는지? 또는 마침내 이 여인의 제자 푼수가 되지나 않았는지? 어느 것을 똑 집어 말할 수는 없다.

그러나 신모神母로서 뒤에 전 민족적인 추앙을 받고 신모사까지가 마련되어 전해 온 걸로 보면 생존 시에도 제자들이 전무했을 것 같지는 않다. 단 몇 사람이었는지 열 몇 사람쯤 되었는지는 모르나 하여간 입산 후 상당 세월이 지나서부터는 그를 발견하고 뒤를 따르는 사람들이 있었을 것으로 상상된다.

혹 맨 처음의 제자는 산으로 나무나 매사냥이나 왔다가 사소가 기르는 범과 함께 가고 있는 것을 나뭇가지 사이로 엿본, 사소와 비슷한 형편의 어느 처녀나 아니었을까?

그렇다면 이 첫 제자의 사소를 만난 감동은 하늘에 닿는 것이었을 테고, 이 제자 하나만으로도 사소의 길을 세상에 전파하기엔 족했을 것이다.

그들은 서로 말을 주고받았을 것이다.

"나는 아무리 생각해도 잘못이 없어 이렇게 살고 있다. 사랑해 아이를 낳으면 결혼해 살면 될 일 아니냐. 법은 언젠가는 우리 소원대로도 뜯어고쳐지리라. 그런 것을 내 아들과 내가 눌려 찌부러져서 되겠느냐? 그래 내 자식은 한 세상만 사는 놈이 아니라 몇 억만 세상이라도 사는 놈을 만들어 놓고 보겠다. 너도 네 생겨날 자식이 아깝거든 이렇게 해라."

"저도 그 생각도 해 보긴 했어요. 그렇지만 막상 길 떠날 결단이 잘 나지 않았어요. 선생님, 여기는 너무 무섭겠네요."

나는 인제 사소의 산중 수행에 대해서 여기 더 쓸 지면이 없다. 뒤에 나는 사소를 극시로 다루려 하거니와, 하여간 사소는 아들 박혁거세를 한 영생인의 자격으로 이 산에서 길러, 신라 개국의 왕위에 오를 만한 마음과 몸을 만들어 내고, 자기도 영원한 신모의 자리에 올랐다.

그런데 『삼국사기』의 저자 김부식이 이를 중국 여자로 기록하고 있는 것은 심히 유감이다.

김부식이 어느 해 송나라에 사신으로 갔을 때, 그곳 서울의 박물관 구경을 간 일이 있었는데, 그때 안내하던 한 관반학사가 어떤 여인의 초상 앞으로 그를 이끌고 가서, "이 초상을 아는가?" 물었다. "모른다" 하니, "하, 그게 무슨 말인가? 이분으로 말하면 바로 귀국 신라의 시조 박혁거세왕의 자당이신데, 그걸 모르다니? 이분으로 말하면 원래 중국 태생이지만 귀국에 귀양살이를 갔었지. 사실은 어떤 황제 폐하의 공주님이셨는데, 그만 처녀 때 일찌감치 애를 배셨기 때문에 그렇게 쫓겨났던 것이야. 그래 배 속의 아이가 신라에서 커서 박혁거세왕이 되셨지. 선도산이라고 하는 그곳 산에서 우리 공주님이 신선살이를 하시면서 길러 내서 말씀이지" 했다.

『삼국사기』에 쓴 것을 보면, 말수는 이보다 적지만 말투까지도 그 뜻은 꼭 이런 것이었다. "이 자식, 우리한테 조공이나 드리고 사는 개똥이 고려 놈. 대국 맛 좀 봐라. 너의 시조 어미를 우리가 던져 버린 죄인이라고 해도 별수가 없지? 이놈아" 하는 배포였을 것이다.

중국의 공주, 처녀 잉태로 쫓겨난 것 운운이 이 박물관 안내인의 창작이 아니라 그들의 정부가 계획적으로 그 초상을 꾸며 놓고 그렇게 선전하고 있었다 하더라도 경우는 마찬가지다.

그러나 어리석다기보다 너무나 못난 것은 고려의 김부식이다. 그는 그 말을 그대로 『삼국사기』에 사실인 것처럼 옮겨 놓았다. 그래 김부식의 책 거의 그대로를 일연도 『삼국유사』에 옮겨 놓은 것이다.

하여 우리 왕조들이 중국에 조공을 드리는 동안 신라 시조의 어머니는 이어서 중국의 공주 노릇을 해야만 했다.

그러나 이것은 우스운 일일 따름이다.

사소가 처녀 잉태자였던 것은 중국에서도 알고, 대국 노릇을 여기에까지 지나치게 해 본 데 불과하다.

여자로서 신모 수행자는 사소 외에도 박제상의 부인—치술령 신모 같은 이가 문헌에 또 보이는 것으로 미루어 우리 신라에서는 상대부터 흔히 내려오던 관례의 하나임이 틀림없다. 한번 귀양살이 온 일이 있다고 하는 중국 공주님의 일이 아닌 것이다.

(『주부생활』 1970.8.)

연인들의 연인 여왕 선덕

'나를 잊지 말아라. 나는 영원히 사느니……'

신라 사람들은 누구나 이렇게 자기를 생각하고 살았다. 더구나 여왕 선덕은 더 거세게 이렇게 자기를 생각하고 살던 여인이었다.

그를 뭐라고 부르면 좋을까?

연인들의 연인, 그렇게 부르는 것이 내 생각에는 제일 마땅하게 생각된다. 연인들의 연인 노릇을 한 이들도 땅 위엔 많이 있기야 있었으리라. 그러나 나는 선덕여왕과 같이 연인들의 연인 노릇을 철저히 한 분을 어느 역사 속에서도 알지 못한다. 연인들의 연인의 자격으로선 바로 이 선덕여왕이 세계 역사에서도 둘째가라면 서러운 분이었다.

그는 지금도 연인들의 제일 연인의 자격으로 역력히 살아서, 세상의 고단하고 쓴 뭇 연인들을 따스한 말씀으로 위로하고 안심시킨다.

"사랑은 국법보다도 더 힘세야 하는 것이다. 연인들은 안심해라."

그가 육체로 살아 있을 때 하던 말을, 그는 지금도 우리 귀에 햇빛 속에서 또 이슬비, 소소리바람, 진눈깨비 속에서 항용 소곤거리고 있다. 그의 이 영원한 보장으로 우리는 모국의 햇빛과 궂은 날씨에 연인의 용기를 가질 수 있다.

"여왕님. 당신은 어느 훌륭한 민주주의보다도 사람들의 사랑을 더 잘 이해하셨습니다. 참으로 사랑이 국법보다 더 세다 하신 말씀은 맞사옵니다."

지금도 우리가 그를 이렇게 찬양할 수 있어서 가장 살맛 나는 자랑이 되는 것이다.

어느 날.

산책을 즐기는 평소의 습관으로 선덕여왕은 경주 남산에 올랐다. 김춘추를 비롯해서 몇몇 가까운 신하들이 옆에서 그를 모시고 있었다.

이때 자기의 왕도를 두루 내려다보던 여왕의 눈에는 한 곳에서 억세게 타오르고 있는 큰 불길이 보였다. 흉하게 치솟아 올라 하늘에 번지는 적지 않은 연기가 여왕의 걱정하는 말씀을 나오게 했다.

"저게 웬 불일까, 저게? 누구 아는 사람은 없나?"

여왕은 꼭 누가 알리라 해서 물은 게 아니라 궁금해서 혼잣말처럼 말해 보았다.

오래잖아 신하 중 한 사람의 입에서 다음과 같은 대답이 나왔다.

"아마 저것은 김유신이 누이를 태워 없애려고 질러 놓은 불인 듯합니다."

"김유신?"

여왕은 그 이름 때문에 놀라 물었다. 김유신이라면 아끼는 신하의 이름이기도 했던 것이다.

"김유신이라니? 우리 김유신은 아닐 테지?"

"바로 그 김유신입니다."

"무엇? 왜? 왜?"

여왕의 놀람은 적은 게 아니었다.

"처녀가 애를 배서 법대로 사른대요."

대답하는 자의 말소리는 아주 나직했다. '처녀가 애를 배면 사르지 않을 수 없는 신라의 국법을 시행하고 있는 한 사람이긴 하지만, 막상 이런 마당을 앞에 보기는 안되었습니다' 하는 듯한 말씨였다.

"그 배 속 아범은 누구라더냐?"

여왕은 재차 물었다.

"응? 누구래?"

그러나 좌우의 신하들은 마함을 물린 듯 아무 대답도 없이 서로 눈치만 살피기 시작했다. '알기는 압니다만, 말씀드리기는 어렵군요' 하는 낯빛이었다.

"알거든 어서 말하라는데, 왜들 갑자기 벙어리가 됐어?"

여왕의 음성은 높아졌다.

이때 선덕여왕의 눈에 잘 띄는 곳에서 새파랗게 질린 얼굴을 하고 머뭇거리던 대신 김춘추의 눈에 눈물이 핑 괴며, 여태껏 버티고 있던 머리가 더 견딜 수 없는 듯 저절로 수그러져 내렸다. 누가 보아도 그것은 바로 죄인의 꼴이었다.

더구나 김춘추는 김유신과는 가까운 사이로 자주 김유신 집에 드나들던 것을 잘 아는 여왕이기에 그것은 죄인의 확증이 아닐 수 없었다.

"네가 그랬느냐?"

김춘추의 모양을 물끄러미 살피고 섰던 여왕은 노여움과 서러움이 함께 섞인 음성으로 마침내 이렇게 물었다.

김춘추는 대답 대신에, 여왕을 눈물 어린 눈으로 한번 우러러보고는 그 자리에 꿇어 엎드렸다. 젊은 어깨가 가볍게 경련하고 있었다.

누가 보아도 이제 그것은 죄인의 몰골이었다.

"네 이 고얀 놈 같으니!"

여왕의 날카로우면서도 무엇을 많이 사랑함으로 해서 같이 우는 듯한 음성이 신하들의 귀를 따갑게 적셨다.

'어떻게 하시려는가?' 하는 낯빛으로 우러러보기만 하는 자, '당신도 국법은 어떻게 하실 수도 없지 않아요' 묻는 듯한 얼굴로 서 있기만 하는 자뿐으로, 그들은 모조리 금시에 벙어리가 된 듯 아무 말도 하지는 못했다. 그러나 김춘추와 그의 몇몇 가까운 친구들만은 여왕의 입에서 나올 다음 말에 큰 기대를 걸고 있긴 했다.

선덕여왕의 마음속의 사랑을 잘 알고 있는 그들은 일부러 이 마당의 행차를 저 불사르는 광경 앞으로 이끌었던 것이다. 아마 선덕여왕이면 이 너무나 가혹한 국법을 처음으로 없애는 왕일 수도 있을 거라 해서……

그리고 그들의 예정은 들어맞았다.

왜냐하면 여왕은 이날 그 벙어리들 속의 김춘추를 보고 아래와 같이 명령했기 때문이다.

"이놈아! 총각 놈이 계집애를 좋아했으면 어떻게라도 해서 구해 낼 도리를 하지, 왜 이러고 있어! 이 넋 나간 놈아! 어서 가서 살려 내라! 어서 가!"

이렇게 해서 여왕은 오랫동안 지켜 내려오던 국법을 어기고, 젊은 김춘추는 물속의 고기같이(이건 내 말이 아니라 시인 괴테의 말이지만) 달려가서 형장의 여인을 구해 냈다.

그의 연인들의 연인 노릇은 정말 철저한 것이었다.

그는 남의 연인들의 연인이었을 뿐만 아니라 또 여왕 자기를 짝사랑하는 자의 구호자이기도 했다. 아마 이런 구호자 노릇으론 이 여인이 세계 역사에서 가장 대표적이었을 것이다.

어느 맑은 날.

여왕은 왕궁을 잠시 놓아두고 절에 와서 하늘로 향불을 피워 올리고 있었다.

아무도 몰래 혼자 간추리며 눈에 안 보이게 하늘로 보내는 마음을 이렇게 향불에 실어 보내는 것은 여왕이 하는 여러 일들 가운데서도 여왕에겐 제일 마음에 맞는 일 중의 하나였다.

여왕은 손수 향을 집어 향로의 불에 놓고는 향 연기가 무거운 땅을 떠나 하늘로 솟아오르는 것을 보며 소리 없이 그러나 그윽히 웃고 있었다.

당 태종이 비긴 것처럼 '나비 없는 모란꽃'이 환하게 핀 웃음과 황금 왕관과 몸에 띤 칠보의 아른거리는 빛을 지그시 짓누르며, 그 웃음의 그늘이 맑게 뻗치어 법당의 넓은 뜰에 주욱 깔리고, 그의 마음을 실은 향기는 절 대문을 넘어 소곤거리듯 밖으로 배어 나갔다.

그 미소의 선연한 그늘에 젖어 절 안의 중들과 따라온 신하들은 말을 잊고, 절 밖에 모여 있던 무리들은 그윽한 향기에 젖어 그들의 달가운 침묵을 키우고 있었다.

그러자 이 침묵을 차마 다 못 참는 누구의 소리인지 마치 어느 구만 길 낭떠러지를 떨어져 내리는 꿈꾸는 사내의 외마디 잠꼬대이기나 하듯 아니면 누구의 예리한 비수에 가슴을 찔려 새빨간 피를 쏟는 듯 못 견디게 애타는 외마디 소리가 문밖의 무리 속에서 일어났다.

그러고는 여럿이 어울려서 웅성거리는 소리가 들렸다.

그때 절 안의 눈들은 모두 그쪽으로 쏠리고, "가 보아라!" 여왕의 말씀이 떨어졌다.

그래 나갔던 시종 서너 명이 까닭을 알고 와서 여왕의 앞에 다시 서자, "누구 아픈 사람 아닌고?" 여왕은 물으시었다.

그 음성엔 역시 모란꽃에 덮치는 구름 그늘 같은 그늘이 끼어 있었다.

여왕은 시종이 주춤주춤 망설이면서 전하는 외마디 소리의 곡절을 들었다.

들으면 그 외마디 소리는 어떤 미친 사내가 지른 것인데, 말씀드리기 외람하옵지마는 딴게 아니옵고, 바로 여왕 마마를 무척 그리워하다가 그렇게 미치고 말았다는 것이다.

"흠…… 그래? 저런이라니……"

역시 모란꽃이 소리 내 웃는다면 바로 그것일 소리로 여왕은 밝게 소리 내어 웃으며 신기해했다.

"아, 그래? 그러면 이 절 마당으로 들어와서 내 곁에 좀 가까이 있어 보래지……"

그는 시원한 눈웃음으로 웃음을 바꾸며 이렇게 낭랑히 말씀하시곤 다시 또 향을 집어 향불 위에 얹었다.

미친 사내는 시종에게 이끌려 절 마당에 들어섰다.

신하들과 중들은 처음엔 신기한 느낌에 눈을 동그랗게 떴다가 이내 그 너무나 누추하고 처참함에 얼굴들을 돌렸다.

그러나 선덕여왕은 향롯가에 선 채 사내가 마당에 들어설 때부터 들어와서 조금 있다 절 마당 돌탑 뒤로 자취를 감출 때까지 하나도 빼지 않고 그의 움직이는 모양을 지켜보고 있었다.

더욱이 여왕이 뚫어져라 보고 있는 것은 그 이상하게 타오르는 사내의 두 눈이었다.

미친 이는 마당에 들어서서 처음 선덕여왕을 보자 피식! 하고 제가 저를 비웃는 바로 그 웃음을 웃곤 이어서 여왕에게 눈총을 퍼부어 댔지만, 마주 퍼부어져 내려오는 여왕의 시선이 마침내 무슨 약이 되었는지, 오래잖아선 혼곤히 취한 사람처럼 누그러져서 머리를 떨어뜨리고 비틀비틀하며 여왕의 앞을 떠나 마당가에 저만큼 있는 돌탑 뒤에 가 숨어 버렸다.

그러고선 땅에 펄썩 주저앉아 여왕의 불 피우는 향기에 아련히 젖어 옥색의 하늘 한쪽을 바라보다가 잠이 들어 버렸다.

미친 이의 불은 여기 잔잔한 호수에 던져진 돌처럼 가라앉아서 무슨 꿈을 꾸고 있는지?

더러 신하들 사이에서는 서로 마주 보고 짓궂은 눈웃음을 주고받는 사람들도 없지는 않았다마는, 선덕여왕의 얼굴의 적막은 미친 이의 돌탑 밑에 혼곤히 든 잠이 있어 한층 더 깊어만 갔다.

분향이 끝난 뒤 왕궁으로 돌아가기 전 여왕은 이 돌탑 뒤로 걸어 나오시었다.

그래 거기 깊이 잠들어 있는 미친 이를 손가락으로 가리키며, "나, 이 사람한테 무얼 주면 될꼬?" 하고 옆을 따르는 신하들한테 물었다.

"……"

신하들이 마침내 대답을 못 해서 머뭇거리니,

"소원대로 나를 아주 주어 버릴 수는 없고……" 하며 여왕은 깔깔거리고 웃었다.

"그러니 내 살이라도 닿은 걸로 이런 거라도 하나 벗어 놓을밖에……" 그러시며, 팔에 끼고 있던 금팔찌 한 쌍을 빼어 미친 이의 가슴 위에 시원스런 손놀림으로 얹어 놓았다.

독자, 어떻게 생각하시는지? 이런 노릇을 한 여인은 아마 세계 역사에도 더는 없을 것이다.

그는 세상에 있을 때 "나는 죽으면 도리천에 가서 묻히겠다"고 했다고 한다. 도리천이라면 불교의 하늘의 계급들 가운데서도 높지 못한 맨 아래의 욕계 둘째 하늘에 불과하다. 아마 자신의 피와 욕망 있는 사람으로의 분수를 그는 이렇게 스스로 헤아렸던 듯하다.

그는 연인들의 연인이었을 뿐만 아니라 모든 외로운 사람들의 편이기도 하였다. 그는 곧잘 나라 안의 홀아비 홀어미들에게 땔나무나 먹을 양식도 나누어 주곤 하였다.

그는 불교를 위해서 많은 힘을 썼지만, 시정자施政者로서는 불교뿐 아니라 유교의 장점까지도 널리 이해하여 흥륭시키기도 한 큰 교양인이었다. 속세의 살림살이에는 유교의 질서와 상식이 필요한 것도 그 맑은 지혜로 헤아려 알았던 것이다.

내 일찍이 그를 존경한 나머지 그의 말씀의 단편인 것처럼 하여 한 편의 시를 쓴 것이 있어 여기 덧붙여 둔다.

짐의 무덤은 푸른 영嶺 위의 욕계 제2천.
피 예 있으니, 피 예 있으니, 어쩔 수 없이
구름 엉기고, 비 터 잡는 데—그런 하늘 속.

피 예 있으니, 피 예 있으니,
너무들 인색치 말고

있는 사람은 병약자한테 시량도 더러 노느고
홀어미 홀아비들도 더러 찾아 위로코,
첨성대 위엔 첨성대 위엔 그중 실한 사내를 놔라.

살의 일로써 살의 일로써 미친 사내에게는
살 닿는 것 중 그중 빛나는 황금 팔찌를 그 가슴 위에,
그래도 그 어지러운 불이 다스려지지 않거든
다스리는 노래는 바다 넘어서 하늘 끝까지.

하지만 사랑이거든
그것이 참말로 사랑이거든
서라벌 천 년의 지혜가 가꾼 국법보다도 국법의 불보다도
늘 항상 더 타고 있거라.

짐의 무덤은 푸른 영 위의 욕계 제2천.
피 예 있으니, 피 예 있으니, 어쩔 수 없이
구름 엉기고, 비 터 잡는 데—그런 하늘 속.

내 못 떠난다.

—「선덕여왕의 말씀」

(『주부생활』 1970.9.)

하늘도 탐낸 미인 수로

'하늘이 아는 미인'이란 말이 누가 맨 처음 써먹은 것인지는 모르지만 예부터 전해져 내려오고 있다. '나라가 갸우뚱할 만한 미인'이니 하는 '땅이 아는 미인'의 자격만으로는 아무래도 만족지 못하던 누군가가 시작하고, 여기에 동감하지 않을 수 없던 사람들이 그걸 답습해 왔을 것이다.

그런 '하늘이 아는 미인' 이야기는 노장老莊 계통의 중국의 신선 선녀들의 이야기들 속에는 꽤 많이 있고, 또 공자 근처의 여자에게도 있었다. 『논어』에 보이는 남자南子라는 여자도 그런 여인임에는 틀림이 없다.

공자와 남자 사이에 스캔들이 전해져서 공자의 제자들이 공자더러 묻자, "그야 하늘이 알 일이다"라고 대답했다는, 그 하늘이 알 일

속의 여자도 '하늘이 아는 여자'의 일종임엔 다를 것이 없으니까 말이다.

그러나 동양의 '하늘이 아는 여자'들 가운데서도 내가 지금부터 말하려는 우리 한국산의 수로는 그 맛이 매우 다른 데가 있다. 『삼국유사』의 작자 일연 스님의 표현에는 이 나라 사람 아니면 도저히 빚을 수 없는 독특한 표현의 미학이 있다.

우리가 먹는 맛있는 김치에는 미나리나 생강이나 마늘, 고추를 비롯해서 배, 잣, 쇠고기 등 땅의 온갖 진미가 들어 있고, 또 바다의 새우나 청각, 조기 같은 맛까지가 포함되어 있지만, 이것을 잘 짓씹고 있는 동안에는 뭐라 형용하기 어려운 아련히 먼 하늘의 묘한 맛을 느끼기도 한다.

김치 속에 들어 있는 땅과 바다의 온갖 진미를 모아 버무려 낸, 진미들의 합계의 끝에 미리 정해 놓은 듯이 보이는 그 아련한 하늘의 맛, 하늘의 향내, 하늘의 미소 들이 배어나 있다. 우리 미인 수로를 두고 일연이 표현한 것에서도 나는 우리의 좋은 김치 맛과 비슷한 것을 느낀다.

아니, 미인 수로를 꾸미는 데 일연은 기이하게도 맨 먼저 하늘에 있는 것들부터 끌어와 자료로 쓰고 있다. 이것은 오늘날 우리 여인들의 화장법과는 현저한 차이가 있다.

산에 진달래꽃들이 하늘과 바다와 땅의 온갖 것을 비추고 피어 있는 날—하늘 문을 열고 내려오는 검은 암소를 끈 신선, 바닷속의 용들의 연정, 강원도 강릉 땅의 사내들의 바른 고함 소리와 그 손의 몽둥이까지를 두루 비치면서 피어 있는 날, 우리 여주인공 수로는 고을살이를 가는 남편의 행렬 속에 끼어서 동해의 어느 절벽 밑을 지나가고 있었다. (이런 표현은 내가 새로 하는 것이 따로 없다. 그건 고려의 중 일연이 일찌감치 은근히 이대로 비쳐 놓은 일이다.)

"저 진달래꽃 좀 가져 봤으면……" 했는지, "눈에 대 봤으면……" 했는지, 하여간 그 비슷한 말 한마디를 수로가 했다.

이것도 요즘 여자들이 피크닉을 가서 좋은 꽃을 보다가는 마침내 하는 짓은 핸드백 속의 손거울이나 꺼내 들고 낯에 분칠이나 하고 마는 것과는 대조적이다.

이편은 제 잘난 거나 먼저 드러내려 하고 있지만, 저편은 하늘과 땅이 빚어내는 아름다움 속에 먼저 젖어 들어가 그걸로 비교도 안 될 만큼 크게 효과적인 간접적 화장을 하고 있는 것이다.

그렇다. 어느 시인, 대학교수, 성직자, 신선의 높은 취미라도 이 간접적인 화장의 효력 앞에는 잠시 눈길을 안 줄 수 없는 그런 미묘한 화장을 우리 수로는 하고 있었다.

하늘 옥경玉京의 노자 · 장자류의 그 많은 패들의 눈은 모조리 진달래의 초점으로 쏠리는 이 여자의 눈과 서로 눈을 맞추고파서 갸우뚱 그리로 쏠리었겠지. 파파 늙어 빠진 어떤 늙은 신선 할아버지까지가 음력 칠월 칠석날의 견우 비슷하게 검은 암소 고삐를 끌고 산책하다가 하늘문을 냉큼 나서 수로, 이 여자의 옆으로 슬쩍 나타나 다가섰다는 걸 들으면……

왜 이 다가선 늙은이를 하필 노자의 신선이라 하느냐고?

그야 "그가 사는 곳이 어딜는지 모를레라" 한 것이나 또 검은 암소를 골라서 끈 것이나 일연 스님이 말하고 있는 조건이 모두 그렇다. 자연이 몽땅 그의 집인 신선을 "어디 사람인지 모를레라" 하는 것이나 검은 암소 고삐를 그 손에 들리는 것은 예부터 내려오는 많은 신선들의 이야기책이나 그림에는 두루 공통되어 있는 것이니까.

그건 그렇고, 하늘에서 쓰윽 불거져 나온 화장 시종化粧侍從—그 늙은 신선의, 수로를 장식하는 간접적 채색법이 또 아주 볼만하다.

"이 진달래 바윗가에 소고삐도 그만 딱 놓아 버리겠습니더" 경상도 말씀으로 이렇게 말씀한 것인지, "에라, 소고삐고 뭐고 다 모르겠다. 진달래 바위야, 어따, 소고삐는 잠깐 너나 가지고 있거라" 했는지 딱은 모르겠지만, 늙은 신선은 틀림없이 이 비슷한 말로 수로의 아름다움을 찬양하고 또 그걸 이어 간다.

"부끄러워 마이소. 부끄러워 마이소. 아따 조끔도 수줍어 마이소. 그만하면 이 할애비라도 기운을 내게 해서 그까짓 다람쥐 새끼보다도 더 빠르게 절벽을 뽀르르 기어오르게도 할 만합니더. 이 할애비를 다람쥐같이 만들어, 진달래꽃 한 송이 꺾어다 드리게도 할 만합니더."

하늘 속에서 나온 것이 이어 하는 수로 부인의 미의 채색은 이런 것이다. '나를 아니 부끄리시면 꽃을 꺾어 바치리이다'라는 우리 신라 향가 「헌화가」 속의 말씀에는 잔사설은 빼놓았지만, 그걸 대충만이라도 내놓자면 이런 것 아닌가.

요컨대 '수로 부인은 이렇게까지 하늘도 알 만큼 이뻤더라'는 이야긴데, 그야 '하늘이 아는 여자의 아름다움'도 예부터 땅 위엔 상당히 많이 있어 왔지만, 이런 식의 별난 은유와 감칠맛은 우리 옛 국산에만 있었던 것 아닌가 한다. 특히 '하늘의 영감이라도 뽀르르 절벽 위를 기어오르게도 할 만큼 이뻤더라'는 느낌을 말한 은유 속에 담긴 재치와 익살은 이 고장 것다워서 아주 재미있다.

그러나 신라 사람들의 욕심은 그들의 미인 수로를 하늘의 가장 노련한 감식안의 찬양과 수식에 적셔 내는 것만으로는 만족하지 못하고, 땅 밑 깊은 바닷속으로까지 끌고 들어가서 거기 찬양으로 다시 더한 감칠맛을 무쳐 내놓아야만 견딘다. 김치에다가 바닷속의 청각 냄새며 새우, 조기 냄새까지를 겸해야 했던 욕심과 비슷한 것일 듯하다.

수로 부인이 이미 하늘의 심사에 당선되어 나아가다가 또 이틀을 가서 어느 동해안의 정자에서 점심을 먹고 있는데, 하늘의 심사에까지 뽑힌 맵시라, 아무렴, 바닷속 밑바닥의 시궁창에까지 그 예쁜 게 내리비쳐서 땅 밑의 탁객濁客 용왕의 군침까지를 지르르 흘리게 했다고, 이것도 일연 스님이 틀림없이 비쳐 보이고 있다.

용은 수로가 풍기고 적시는 아름다움의 힘에 그대로 가만히는 있지를 못하고, 이를테면 지남철에 어쩔 수 없이 끌리는 쇠붙이처럼 깊은 바다 위로 솟아올라서 정자 위의 점심 자리로 당기어져 가지 않을 수 없었다고, 이것도 틀림없이 일연이 그려 보이고 있다.

잠옷 비늘 같은 짜디짠 비늘들이 바르르바르르 소리를 내며 떨고 있었다는 등의 잔사설은 옛날에는 대강 빼 버리고 말했으니까 표현하진 않지만, 그런 잔사설도 모두 그 속에는 함축되어 있는 것이다. 탁주 따위에 일생 동안 탁하게는 빽빽하게 미련스레 젖어 온 놈이라 두 눈엔 새빨간 핏줄이 서고, 날름거리는 혓바닥에 지렁이 침도 질질질 흘리면서…… 어쩌고 하는 등의 잔사설도 저절로 다 간직되어 있는 것이다.

호메로스가 그의 시 『오디세이아』에서 말하는 루비(홍보석) 산의 루비 더미가 바닷속을 내리비치던 것, 그것의 물방울이 바닷속의 조개한테로 들어가면 영락없이 진주가 된다던 이야기 정도는 아직도 희미한 힘이라고 할 수 있겠지.

수로의 매력, 이것은 그 정도가 아니라 무슨 불가피한 전기의 흐름같이 미련한 용의 철갑 비늘 속의 멍청한 살 속의 뼈다귀까지 쩌르르르 감전해 들어가서, 여기서 다시 몇천 개의 큼직한 주낙 낚시 같은 힘까지 나타내어, 큼직한 고래를 낚아 올리듯이 용을 감쪽같이 정자의 점심상 머리에까지 끌어 올리는 힘까지 가졌으니까.

경국지색이니 하는 옛 중국인들의 말씀의 미학은 아직도 선머슴들의 주먹구구만 같아 보인다. 이 감칠맛 내기에 여러모로 되게는 철저하려던 꽤나 잘사는 집 김치 비법 같은 말씀에 대한 미학에 비긴다면……

용은, 그렇지, 미인이 하나 아주 구체적으로 되자면 짭짤한 소금 내나 미역의 오존, 산호 냄새 같은 것까지도 뺄 수는 없을 테니까, 그런 냄새들이 물씬한 등때기에 수로를 들쳐 업어 날라 천 길 바닷속을 두루 적시며 밑바닥 깊이깊이 가라앉았다.

바다가 지닌 온갖 향내와 그 밖의 온갖 아름다움을 다시 더 보태려는 것이다. 비너스가 지니었던 것—바다의 물결들의 낱낱의 소원을 합계해서 지니고 탄생했던 것, 그런 것을 일체 다 우리의 수로도 갖추어 지니게 되는 것이다.

다만 잉글랜드의 좋은 이야기꾼 초서가 『캔터베리 이야기』에서 두드러지게 내보이고 있는 비너스 손등 위의 영원을 우는 뻐꾸기의 애수반을 제외하고는……

그리고 또 호메로스의 『일리아스』에 나오는 바다 태생으로는 아주 천격인 비너스의 일련의 팸푸 행위—얼마 전까지 종로 3가 막바지서도 흔히 보였던 그리스의 헬레네 유괴의 팸푸 행위나 신답지도 못한 그 출혈의 이력 등을 제외하고는……

수로의 남편 강릉 군수가 저도 모르는 사이에 땅에 팍 주저앉아 엉덩방아를 찧을 만큼 바닷속 깊이깊이 땅 밑의 온갖 아름다움을 착색하러 가라앉아 들어가는 것이다.

용이 그 아내를 업어
바다로 들어가는 바람에
남편이 땅에 주저앉아
엉덩방아를 찧으리만큼

예뻤었다는 이 표현도 꽤 재미있다. 이 여자, 꽤는 예쁘게 말해져 있다. 먼 고려 때 중이지만 일연 스님의 여성미의 감칠맛은 꽤다.

적으나마 김치에 꼭 바다의 청각이라는 나물의 냄새를 안 넣고는 배길 수 없는 우리나라 아주먼네들한테 뒤지지 않을 만큼은 꽤인 것이다.

중도 희한하게는 자세한 중도 다 있었다.

그래 하늘과 바다가 두루 갸우뚱 반해 버린 수로, 말하자면 하늘과 땅 밑의 바다에 뽑히어 먼저 거기 미인으로서 빈틈없는 조건을 갖춘 수로는, 비로소 비너스 탄생 비슷한—그러나 하늘의 평가를 한 번 더 먼저 거쳤기 때문에 비너스보다 훨씬 더한 감칠맛을 풍기는 미인의 자격으로 다시 땅에 돌아온다.

그리고 이 땅으로 다시 솟아올라 나오는 언저리가 사람들이 해 온 이야기 가운데서는 찾아볼 수 없는 묘한 것이다.

반한 바다가 수로를 업어 간 데에 엉덩방아를 찧고 자빠진 것은 수로의 남편이지만, 바다의 독점에 먼저 실력으로 반대하고 탈환책을 들고 나온 것은 바로 하늘이다.

하늘은 이 미인 없이 아무래도 너무 허전하여 옥경의 또 한 늙은 신선을 남편한테로 내려보내 탈환책을 가르친다. 여기엔 물론 그 남편이 불쌍해서보다도 하늘이 먼저 수로의 미를 잘 보이는 데 두지 않고는 허전해서 그대로 있을 수 없다는 뜻이 드러나 있다.

물론 그만큼 예뻤다는 수식인 것이다.

"여보시오, 강릉 군수님. 당신을 위해서 하는 말씀이지만……"

이런 경우엔 누구나 바른말은 하지 않는 것이니까, 이렇게 아마, 하늘 옥경의 사람답게 우리 국어의 표준 말씨로 늙은 신선은 말을 붙이기 시작했을 것이다.

"어서 엉덩방아 찧은 엉덩이를 털고 일어나서 나 하라는 대로만 하면 영락없이 군수님 마나님을 바닷속에서 도로 불러올리기는 올릴 것이오. 나는 하늘 옥경에서 온 사신의 자격으로 말씀이지만, 이건 나나 우리 하늘을 생각해서가 아니라 군수님 당신을 생각해선데, 별수 있나, 사람의 일엔 할 수 없이 사람을 번저 동원해야지."

여기 이 사람의 일 운운의 언저리는 이런 뜻으로 틀림없이 그가 말했다고 일연도 분명하게 적어 놓았다.

"뭇 사람들의 입은 무쇠도 녹여낸다는 말이 있듯이 사람이 하는 것 가운데서는 다수의 말씀이 으뜸으로 힘 있는 것이고 그다음이, 그렇지, 주먹이나 몽둥이니까 사람의 일로야 아무렴 그것들을 먼저 잘 써먹을밖에 없지. 말씀 가운데서도 제일 좋은 말씀은 아주 멋들어지게 좋은 가락 붙인 노래고, 그중에서도 가장 힘 있는 좋은 것은 합창이 아닐 수 없는 것이니 여보게, 강릉 군수, 자네를 인젠 자네라 부르겠네, 부디 나 하라는 대로 자네 고을 강릉 땅 사람들한테 방을 붙여 그 사람들을 먼저 두루 모으게. 그렇지, 입 다음은 주먹이고 몽둥이니까 몽둥이도 하나씩 들고 나오라고 해. 그래 바닷가로 그 사람들을 불러 모아서 외쳐 노래 불러 바닷속이 못 견딜 때까진 이편에서도 물러서지 않도록 하게. 그렇지, 주먹은 두었다 언제 써먹겠나, 주먹마다 든 몽둥이로는 온 바다의 뼈다귀 속이 모두 아플 만큼 그 바다 언덕을 되게 되게 내리치면서 말씀이야.

용아 용아
흉악한 용아,
내놓아라
내놓아라.
우리 수로
내놓아라.
내놓겠니?
안 내놓겠니?
네놈이 만일 안 내놓으면
그물로 잡아 구워 먹고 말겠다.

노래 말씀은 아마 이 정도면 될 거야. 이렇게 강릉 사람들보고 바닷물 속에다 외쳐 대라고 해. 그러면서 몽둥이로 자꾸자꾸 바다 둔덕을 아주 아프게 후려갈기라고 해. 사람의 일은, 그렇지, 무엇보다 먼저 사람이 앞장서 나서야 하는 거니까, 그런 뒤라야 하늘이니 귀신도 겨우 돌봐 줄 수 있는 거니까, 그렇게 하게. 그 밖엔 하늘과 땅의 지혜를 몽땅 다 뒤져내 봐야 별수 없네, 알겠나?"

이렇게 하늘은 훈수하고, 한쪽의 땅지기인 강릉 군수는 거기 맞추어 강릉 땅의 입들과 몽둥이들을 동원해서 바다 밑바닥이 울리게 노래하고 두들긴다. 그래 바다를 아프게 하고, 아파 못 견디게 해서 그 힘으로 다시 수로를 하늘과 바다의 한복판인, 애초의 땅 위의 봄 진달래꽃 옆으로 다시 끌어 올려 돌아오게 한다.

땅 위의 사람들의 수로에게로 쏠리는 마음의 표현—합창과 주먹의 몽둥이질의 인력으로, 수로는 바다 밑의 갖은 아름다움을 흡수한 뒤에 다시 땅 위로 사르르르 솟아오르지 않을 수 없이 된 것이다.

그러니까 결국은 하늘과 바다와 땅을 모두 자기에게로 갸우뚱하게 만든 그 자신의 아름다운 매력의 신축자재한 역학으로서……

이런 아름다움의 표현은 나는 눈으로도 귀로도 처음 대한다.

더구나 마지막에 많은 사람들의 수로를 부르는 합창 소리에 어울리게 해저로부터 덩그러니 수로가 다시 솟아오르는 언저리, 또 그 많은 몽둥이의 해안 난타의 다이내믹한 찬양의 수식 속에 좋은 달처럼 수평선에 다시 솟아오르는 언저리의 아름다움은 정말 독특하게 멋들어진 것이다.

내, 여기 느껴 한 편의 작대기 같은 시를 써 보았다.

1

암소를 끌고 가던
수염이 흰 할아버지가

그 손의 고삐를
아조 그만 놓아 버리게 할 만큼,

소고삐 놓아두고
높은 낭떠러지를
다람쥐 새끼같이 뽀르르르 기어오르게 할 만큼,

기어올라 가서
진달래꽃 꺾어다가
노래 한 수 지어 불러
갖다 바치게 할 만큼,

2

정자에서 점심 먹고 있는 것
엿보고
바닷속에서 용이란 놈이 나와
가로채 업고
천 길 물속 깊이 들어가 버리게 할 만큼,

3

윈 고을 안 사내가
모두

몽둥이를 휘두르고 나오게 할 만큼,

왼 고을 안 사내들의 몽둥이란 몽둥이가 다 나와서

한꺼번에 바닷가 언덕을 아프게 치게 할 만큼,

왼 고을 안의 말씀이란 말씀이

모조리 한꺼번에 몰려나오게 할 만큼,

"내놓아라

내놓아라.

우리 수로

내놓아라."

여럿의 말씀은 무쇠도 녹인다고

물속 천 리를 뚫고

바다 밑바닥까지 닿아 가게 할 만큼,

4

업어 간 용도 독차지는 못 하고

되업어다 강릉 땅에 내놓아야만 할 만큼,

안장 좋은 거북이 등에

되업어다 내놓아야만 할 만큼,

그래서

그 몸뚱이에서는

왼갖 용궁 향내까지가

골고루 다 풍기어 나왔었느니라.

—「수로부인의 얼굴」

*「헌화가」의 암소를 끄는 할아버지를 신선이라고 본 관점은 김선기 선생의 소론小論에서 개발되었음을 말해 둔다.

(『주부생활』 1970.10.)

신라의 여자 나그네

신라의 어떤 여자의 모양은 달밤에 그네가 앉아 있는 산하고 함께 황해 바다를 넘어서 중국 서울에 있는 왕궁의 뜰의 못물에 가 뚜렷이 비치어 황제를 가만있지 못하게 했다고 일연 스님은 책에서 말씀하고 있지만, 그야 이건 물론 '가령 비유해 불려서 말하자면 그럴 만큼 여자가 썩 잘났었다'는 이야기니 거짓말하곤 영 다른 것이지.

양귀비, 서시, 왕소군, 조비연 같은 중국 미인들 이야기엔 이런 이야기는 전혀 그림자도 없으니 이건 순 국산인가 본데, 참 묘하다.

"그게 어디 있는 산속이냐?"고, 중국 안을 다 뒤지게 하다가 드디어 신라에 심부름꾼들을 보내 이 산을 찾아내게 해서, 심부름꾼은 이 산 꼭대기에 표적으로 신짝을 하나 벗어 걸어 두고 왔다는 이야긴데, 뒤에 저희들 황제가 또 못물 속을 보니 그 신짝까지가 뚜렷했다고 하니, 이 산의 여자 참 예쁘긴 꽤 예뻤을 거다.

여간 여자 같으면 중국 당나라 때 황제였으니 느물리어 녹았을는지도 모르지만, 이 여자는 아주 딱 관세음보살의 모양으로 끝까지 의젓한 바람에 감히 뭐라고 수작을 걸어 보지도 못했었다. 그런 드문 이야기 같은 건 그만 쑥 들어가고 어느 책에도 감히 나타나 보이는 데가 없다.

그런데 이 여자의 액션이 아주 묘하다. 요새 서양의 집시, 히피족에게서 들려오는 남녀 관계 비슷한 짓을 하고는 있지만, 그것하고도 또 영 다른 이 여자의 액션은 참 묘하다.

괴테의 『빌헬름 마이스터의 편력시대』에 나오는 나그네 여인같이 이 신라의 무명 여인도 나그네지만, 괴테의 나그네 여인은 왔다가 떠난 뒤엔 하늘과 영원을 무척은 애수나 향수로만 만들고 있으나, 이 신라의 여자 나그네는 훨씬 더 깊은 하늘의 미소로 웃어 보인다.

여러 빛 수정 바위들도 여기저기 솟은 백월산 무등골이라는 산중에 해가 설핏이 기울고 있을 땐데 '나이는 이십대고, 숨결에서는 난초꽃과 사향 냄새가 은은히 나는 의젓한 여인 하나가 그곳 북쪽 암자 절간 앞에 문득 도착해 있었다'고 일연 스님은 이야기를 시작하고 있다. 성덕왕 8년의 일이라고까지 판에 박아 놓았으니 물론 이건 사실이다.

“산도 여러 천 개 있는 대로 모두 저물고, 갈 길은 멀고 들를 마을도 없어 스님의 암자에서 하룻밤 묵어갔으면 싶어 왔어요……”

여자 나그네는 이곳 암자의 주인 박박이한테 이렇게 말을 건넸는데, 박박이는 거절한다.

“절간은 더럽 타선 안 되는 데니 여자를 가까이할 수 없소. 막아섰지 말고 어서 여길 뜨시오” 하고, 문을 닫아걸어 버렸다고 쓰여 있다.

그래 나그네 여인은 거기서 다시 남쪽 암자를 찾아가 사정해 봤는데, 이곳 중 부득이란 사람은 아까 박박이하곤 생각이 좀 달라서 혼자 살며 수도하고 있는 단칸방에 이 난초꽃 향내 나는 여자를 그냥 맞아들여 버렸다고 한다.

“어디서 이 아닌 밤중에 찾아오셨소?” 부득이가 물어서 다시 나온 여자의 대답 말씀은 “하늘이 남실남실해서 오는 건지 가는 건지 잘 모르겠구먼요. 스님 뜻이 아주 깊숙하고 단단하게 구신다던데, 좀 옆에서 도와 드릴 일 없어요? 산마다 어둡고, 사람 사는 덴 여기뿐이고, 소나무 대나무 그늘도 인젠 너무나 짙어 버리고, 골짜기 개울물에서도 너무나 엄청난 새소리가 들리기 시작하고, 더는 못 가겠네요. 누구냐고 더 캐묻지 마시고 하룻밤만 재워 주세요” 하는 것이었고, 이걸 받아 그네를 맞아들일 때의 부득이의 말씀은 그저 단순히 아래와 같았다고 한다.

“여긴 여자하고 사귀는 데는 아니지만, 보살 노릇을 하려면 중생들 하자는 대로 따라가기도 해야 한다니 할 수 있다고? 이 어둔 밤 산골에서 모른 체할 수도 없고……”

여기까지만 듣고 보면 이조 때 개성 기생 황진이가 지족이란 중을 처음 찾아갔을 때의 수작과 아주 많이 비슷해서, 이 여자가 방에 들어간 뒤엔 지족 스님하고 황진이 사이에 일어났던 일하고 거의 같은 일이 있을 줄로 예상해 보시기도 쉽지만, 그런 일이 생긴 것도 아니고, 그렇다면 뭐냐, 황진이가 끝까지 녹여 보지 못했다는 화담 서경덕 이야기 같은 거나 벌어지는 것이냐 하면 또 그것도 아니니 일은 묘한 것이다.

액션도 액션도 온갖 스릴러 속의 그 숱한 액션들도 우리는 늘 많이 보아 왔지만, 아래서 우리가 보는 것은 영 아주 새로운 엉뚱한 딴 짓거리다.

아무렴, 그건 틀림없이 황해 바다를 넘어서 중국 당나라 황제의 못물에까지 썩 예쁘게 반짝반짝 비칠 만한 짓거리지.

맞다.

'암자 안으로 맞아들여 거기 있게 하고……'

아주 높으신 스님 일연께서는 다시 이 한 쌍을 꼭 이렇게 말씀해 소개하시는구먼요. 밤이 깊을수록 부득이란 중은 깨끗을 내고, 등불을 가느스름하게 해 놓고, 염불을 속으로 이어 외고 있는 동안에 밤은 완전히 반나마 기울은 삼경의 쑥꽃빛이 되어 있었다고 이렇게 소개하고 계시는구먼요.

"아이고! 나 죽네!" 하고 소리를 친 것인지, "날 좀 보세요" 한 것인지, 하여간 그런 자세한 소개까진 옛 중들은 잔소리 영 잘 않는 거였으니까 역시 없지만, '색시가 부르더라' 그렇게 이어서 간단히 쓰여 있고, 그다음에는, 에……

그것 참 "나 애 낳을라는가 봐요" 이렇게 말한 걸로 되어 있어요.

하필이면 깊디깊은 산속에 혼자 자취하며 숨어 수도하는 젊은 중 옆에 밤중에 찾아와서 이러려고 여자가 미리 작정하고 덤빈 것인지, 그 애기가 어느 길가에서 얻은 누구의 아이인지 그런 잔소리도 역시 옛 스님의 잔소리 싫어하는 습관 때문에 보이진 않지만, 여자가 이 중을 부르고 나선 왕골풀을 깔아 달라고 했다고는 쓰여 있어요.

고려나 이조 어느 때부터는 애기 날 때 볏짚을 깔기로 되었지만, 신라 때는 강화도 화문석의 원료인 왕골도 애기 받을 때 깔 것으로 썼던 모양이지요.

그런데 나 같은 사내가 이런 일을 당했다면 아무래도 퍽 쓴웃음이 먼저 터질 것만 같은데, 중 부득이는 그러지를 않고 '슬퍼서 싫단 말을 못했다'고 했으니, 역시 이 점은 나 같은 사람하곤 다르기는 달라.

하긴 이 '슬퍼서'라는 것은 그저 '보기에 민망해서'나 '가슴이 뗑하고 울려서' 그런 실감으로 고쳐 볼 수도 있는 일이지만, 그야 하여간, 이 중 참, 깊은 산골에 혼자 살다가 별난 일도 다 해 보게는 되었지.

대개 석가모니 냄새가 나는 곳에 가면 이야기가 첫째 모두 이렇게 우리가 미처 생각도 못 해 보던 걸로 일어나고 있는데, 이런 건 멋이 있지.

'그때에 촛불은 은근했더라' 했는데, 이건 우리라도 불가불 이쯤 표현할밖에 없을 거요. 암, 그야 은근이었겠지.

중 부득이가 만일 오늘날의 집시, 히피족이나 되었더라면 무슨 기타나 만돌린 같은 거라도 한 곡 손톱으로 뜯으면서 픽픽 웃고 있겠지만, 부득이는 먼 옛 신라의 중이라 실없게 씨석씨석 웃지도 못하고 기타도 울리지는 못했지만, 그게 은근한 것이기야 우리나 이 중이나 거의 마찬가지였겠지.

"중 부득이가 왕골풀 다발을 날라다 여자 옆에 풀어 깔고 있을 적에 촛불은 은근하고, 몇 군데 뚫어진 창구멍도 은근하고, 그 구멍으로 코끼리같이 기어 나가는 그 은근 때문에 밖에 서 있는 소나무 대나무들도 어쩌고저쩌고하여, 그만 이 백월산은 들먹들먹거려 황해 바다라도 넘어가고 싶은 마음이 다 된 한 무더기 신바람이 되었더라, 뎅, 뎅, 뎅……"

요새 우리 같은 잔소리뿐인 글쟁이들이라면 그 은근을 이쯤은 수다 떨어 늘어놓았겠지만, 일연 스님은 말수가 굵직해서 '그때에는 은근했더라' 단 한마디로만 말하긴 했어도, 그 속에 감칠맛은 한정없이 다 들어 있는 것이구먼요.

그런데 옛날 이스라엘의 어진 목수 요셉 성인이 베들레헴의 추운 밤에 마구간에서 애를 낳던 자기 아내의 시중을 들던 일보다 한술은 확실히 더 뜬 이 '중의 왕골 깔기'의 액션도 꽤 괜찮은 것이긴 하지만, 고다음의 짓거리가 한결 더 묘하지.

질질 끌 것 뭐 있겠는가. 단숨에 냉큼 말하지.

숨에서 난초꽃하고 사향노루 배꼽 속 사향 냄새가 났었다는 여자와 중 부득이는 애기를, 이 아닌 수풀 속의 단둘만의 한밤중에 새 애기를 하나 덩그렇게 받아 놓고는 둘이 다 가지런히 그만 입은 옷들을 후닥닥 벗어 던져 버리고 아주 발가숭이의 순 누드가 되어 버린 것이다.

"나 목간도 좀 시켜 주이소, 야……"

신라 말은 아무래도 시방 경상도 말을 더 많이 닮았을 테니까 이 여자가 벗기 전에 한 말씀은 아마 이 비슷한 것이었겠지.

하여간 『삼국유사』에는 틀림없이 "또 목욕을 청했다"라고 쓰여 있다.

"예, 아씨, 예, 에헤헤헤……"

중의 대답은 이 경우 이렇게쯤 나왔어도 무던하기야 했으련만 사실은 중이 이때 뭐라고 대답했다는 기록은 아무것도 없고, 얼굴에까지 나타났는지 아닌지는 모르지만 잠시 부끄럼을 탔던 것만이 말해져 있다.

복사꽃빛이나 붉은 흙빛하고도 달랐을 것이고, 그건 가령 무슨 빛이었을까. 물론 이런 언저리에 오면 우리는 칩경 음력 7월 시골의 모든 산 것들이 두루 약이 차올랐을 때, 다 큰 암소의 꽁무니에 코를 가까이 갖다 대는 다 큰 수소의 소리 없는 웃음 속의 수줍음 같은 걸 연상해 불러일으켜도 예사이겠지만, 일연 스님의 글을 보면 이것도 아니었고, 그저 '잠깐 부끄럽다가 슬픔에 눌리고 만 것'이라는 뜻으로만 말하고 있다.

역시, 눈 한 번 깜짝일 사이만큼의 잠깐은 깊은 산 복숭아꽃빛 같은 빛에 젖었는데 곧 거기서 꿈이 깨듯 깨어났고, 그것은 말하자면 먼 산 새벽 종소리나 그런 무엇같이 휘영청히 울려오는 것이었다. 무엇 그런 신바람의 실감을 말한 것 아닌가.

하여간 이 깊은 산골의 단신 수도자 부득이의 잠깐의 부끄러움 다음의 새 신바람은 또 그의 통나무 목욕통을 매만져 갖추게 하고, 그 속에 이상한 여자 나그네를 옷 벗겨 앉히고, 나무 때어 끓인 물에 그네의 누드를 깨끗이 닦아 내게 했다.

"더운물 좀 더 퍼 와요?" 어쩌고 그러면서 여자의 누드도 볼 만큼은 다 보면서…… 물론 그야 그랬겠지.

'이미 목욕통 물에서 향기가 물씬하자 이건 그만 금빛으로 변했다.'

일연 스님은 이렇게 이 묘한 여자 나그네가 들어앉은 통나무 목욕통 속의 물빛 값을 올려놓고 있는데, 이건 나라도 할 수 없이 그 비슷하게 했겠다. 말이니 말이지만, 이건 루벤스의 성화보다도 좀 더 멋있는 것 아닌가 봐.

그런데 그 향내 진동한 물이 모두 또 금빛을 내는 걸 보고 이 중이 그만 깜빡 황홀해 있는데, 또 여자가 한다는 말이, "스님. 우리 스님도 벗고 여기서 좀 씻으시이소" 하더라네!

좋지! 얼씨구, 말씀 참 좋고말고! 기타뿐 아니라 장구도 한바탕 나와서 긴모리, 자진모리, 중모리, 실컷 울릴 만하지. 아니 역시 여기엔 절간의 바라가 나을까.

'면강종지勉强從之'라고 했으니 아마 중은 또 잠깐 어름어름하다가 애써서 겨우 어떻게 어떻게 바지와 속옷을 벗었던 모양인데, 그 통 속에 들어가서는 그래도 기분이 상쾌했다고 해 놓았다.

살에서도 금빛이 비치게 되고, 옆에선 바짝 연꽃이 피는 걸 느꼈다고 해 놓은 걸로 보면 아주 좋은 기분이었겠지.

사내끼리라면야 아무리 친한 사이라도 남이 먼저 씻고 난 물에 들어가는 게 그렇게 상쾌할 수는 없겠지만, 이건 여자라도 입에서 난초꽃과 사향 냄새까지 나는 여자였으니 아무리 애 낳고 씻은 물이라곤 해도 어이튼 기분이야 기분이었겠지.

이렇게 아까 미리 말해 놓은 것처럼, 참 이상한 한밤중의 한 쌍의 남녀의 발가벗은 누드가 백월산이라는 산골의 조그만 암자 절간 속에 손으로 나무 목욕통의 물을 점벙거리며 새 애기 하나를 사이에 두고 기분 좋아 있었던 건데, 내 느낌은 여기선 말하지 않겠으니 여러분 느낌으로 생각해 보라.

이런 성질의 목욕 풍경이 어느 화가의 그림에 또 달리 있었는가. 한 나그네 여인이 실마리를 연 이 그림이 황해 바다를 날아 넘어서면 중국 황제의 궁궐 속 못물에까지 비치어 황제 그 사람까지 가만있질 못하게 할 만한 힘을 가졌더라는—비슷하면서도 훨씬 더 미묘한 이 이야기, 묘하다.

나 같으면 이 이야기 이 정도로 끝내도 되겠는데, 우리 옛사람들의 무엇 맛보는 건 현대의 우리보다는 단순치가 않아, 후렴의 감칠맛을 기어이 내게도 또 맛보지 않고는 있을 수 없게 하고 있다.

이 여자하고 중하고는 한바탕 이렇게 했더라—해 버리고 마는 것이 요새 우리 액션 표현가들의 상식인데, 참 치근치근하고 바닥까지 닿게는 온갖 감칠맛을 다 맛보아야 했던 우리 옛사람들은 후렴이 여러 겹이다.

왜, 먼저, 이 글의 어디선가 내가 말씀한—그 여자 손님한텐 무척 딱딱히 굴어야 한다고 생각하고 사는 그 '박박'이란 중 있지 않은가.

이 사람은 시비를 가리느라고 진미를 맛보지 못한 마음이 아직도 남아서, 해 저물어 온 여자 손님을 거절하고 되게는 도사리고 앉았다가 '아마 그 여자가 부득이한테 가서 파계를 시켜 놓았겠지' 하고 부득이 스님한테로 캐 보러 갔는데, 막상 가서 보니 웬걸, 부득이는 쓰윽 연꽃 위에 앉은 부처님 그대로 기분 좋아 있는 것이 아닌가. 꼭 미륵불같이 번질번질 빛났다고 해 놓았다.

"여보게, 스님. 자네 어떻게 해 이만큼 됐는가?"

박박이가 물었다고 후렴은 말한다.

"응, 해 져서 여자 손님이 와서 들어오라고 하고, 둘이 같이 벗고 한 물에 목욕하자고 해서 또 그러고……"

부득이는 대답하고 "거기 목욕통 속에 남은 물이 아직 있으니 자네도 씻어 보려면 한번 씻어 보게" 했다고 한다.

그래 박박이도 꾀까다로운 시비의 모래 씹는 맛보다는 이 세 번째의 찌꺼기 물이 나은 걸 겨우 느끼고 통나무 목욕통의 헌 물속에 다시 한 번 더 들어간 것으로 되어 있는데, 신라 사람 후렴은 이 정도로도 절대로 끝나지는 않는다.

이 목욕통에서 여자 나그네가 씻고 남은 물로 씻어 본 덕으로 부득이나 박박이가 둘 다 영 안 죽는 끝없는 목숨을 얻은 건 마찬가지지만, 경덕왕 광덕 2년에 이 두 스님의 모양을 조각으로 새겨 백월산 남사라는 절에 가지런히 모셨는데, 부득이는 몸에 얼룩 반점이 생기지 않았지만, 여자 나그네를 안 맞아들인 박박이의 조각된 몸엔 얼룩얼룩 반점이 생겨 돋아났다 하고, 이것은 남은 목욕물이 모자라 덜 씻긴 때문이란 해석을 달고 있다.

이것, 해 어스름 여자 손님이 오시면 어느 경우에도 우리는 잘 모셔 들여야만 하는가 보다. 동가홍상이면 어디 몸에 얼룩이 있어서야 창피해 쓰겠다고? 단칸 공부방에서라도 잘 맞아들여 시봉해 드리고 그 얼룩만은 면해야지.

옛날 그리스 신의 우두머리 제우스도 나그네를 푸대접하는 자를 가장 엄하게 벌하는 율법을 만든 일은 있었다.

그러나 이런 여자 나그네가 황혼에 와서 그 사내 주인을 죽지 않는 영원의 사람으로 만든 이야기는 제우스나 그의 부하 신들의 이야기 속에는 영 없다.

기독교의 성경에도 사마리아 여인이나 막달라 마리아 같은, 예수 주변의 여자 이야기들이 있긴 하지만, 그들은 두루 주님 예수보다 모두 형편없이 약하다.

이런 여자 나그네—관세음보살과 꼭 같은 모양이었다고 일연 스님이 말한 그런 여자 나그네들이 별 자취도 없이 오고 갔을 신라의 쪽으로 천 년, 이천 년을 넘어 내 그리움의 눈은 오늘도 간다.

괴테가 『빌헬름 마이스터의 편력시대』에서 그려 보인 뜨내기 여인—그네도 서쪽 나라들이 만든 모든 뜨내기 여인 가운데서도 가장 그리운 여자이기는 하다. 그네가 우리 뒤에 남기는 것은 손 닿을 수 없는 것을 향하는 향수뿐이다.

그러나 우리 『삼국유사』 속의 떠돌이 여인은 그네가 사라진 자리에 무엇보다 더 뿌리 깊은 웃음을 놓는다. 이것은 향수가 아니고, 우리의 본고장에서 직접 꽃봉오리 터 오는 것이다.

참, 아까 바삐 이야기를 하다가 빼먹은 게 한 가지 있는데, 이름 모를 신라의 여자 나그네는 그네를 맞이해 대접하던 부득이란 중이 몸에 금빛을 느끼며 기분 좋아하는 사이 어디론지 눈에 안 띄게 사라져 자취를 감춘 걸로 되어 있다.

이것도 괴테의 여자 나그네 비슷하긴 하지만 다르다, 다르다.

그 하늘 한복판에서 날아오는 빙그레한 미소는……

(『주부생활』 1970.12.)

끝없이 흐르는 여자 나그네 황진이

산은 옛 산이로되 물은 옛 물이 아니로다.
주야에 흐르니 옛 물이 있을소냐.
인걸도 물과 같아야 가고 아니 오노매라.

황진이의 이 시조를 외고 앉았으면 우리 눈앞에 이 나라의 어디쯤엔가—금강산 변두리나 지리산 근처, 혹은 전라도 나주 같은 곳의 어드메쯤 한 나그네 여인의 흘러 다니는 모습이 아직도 은은히 보이는 듯하다.

언뜻 보기엔 황진이 그네의 이 방랑의 모습은 따스한 봄 물줄기처럼 다정해 보인다. 그러나 그네의 이 흐름은 역시 시원한 고비를 넘어서 차츰 싸늘해져 가는 가을 강물의 느낌을 한결 더 주는 것 같다.

그네가 스스로 지은 어떤 글귀에서도 보이는 것처럼.

거문고 소리에 흐르는 물 싸늘히 流水和琴冷

바로 이 싸늘한 느낌인 것이다.

그리고 이 싸늘한 흐름에서는 꽤는 이상한 향내가 난다. 이 향내는 이 땅 위에서 일하고 있는 모든 일꾼들의 손을 잠시 쉬게 하고, 또 무심결에 먼 하늘의 어디 한쪽을 번히 돌아다보게 하는 그런 매력을 지녔다.

어사 이덕형이 이 여자의 고향 개성에 갔을 때 들은 것이라고 써놓은, 그 방에서 가끔 이상한 향내가 났다는 것도 아마 우리와 같은 느낌을 말한 것인 줄 안다.

"방 안에선 가끔 이상한 향내가 나서 며칠씩 계속되었다"라고 한 것은 황진이의 정신에서가 아니라 실제로 방 안에서 피운 향을 말하는 거라고 볼 수도 있다.

그러나 어느 편이거나 마찬가지다. 끝없이 흘러가는 여자 나그네. 그네를 생각하면 지금도 우리는 아주 멀리서부터도 코에 저려 드는 듯한 그 이상히도 상긋한 향내를 맡는 느낌이니 말이다.

달빛에 오동잎 다 지고 月下庭梧盡
서리에 누르르는 들국화 송이…… 霜中野菊黃
하늘은 다락 위 한 뼘 사이에, 樓高天一尺

천 잔의 술로 우리는 취하나니　　人醉酒千觴
흐르는 물소리 내 거문고 줄에 들고　　流水和琴冷
그대 부는 피리 향엔 매화 향이 스미네.　　梅花入笛香
내일 아침 우리 둘이 헤어지면은　　明朝相別後
그리움만 호올로 물결쳐 갈 것을……　　情與碧波長

이 글귀는 황진이가 시인이고 학자며 또 정부의 여러 곳 장관이기도 했던 양곡陽谷 소세양에게 준 것이라고 전해지고 있다.

이걸로 보면 그네는 시조만을 잘 지은 것이 아니라 한시에도 능해서 여러 한문 시인들 틈에서도 단단한 한몫을 봤고, 또 대개는 시인과 학자를 겸한 이때의 높은 벼슬아치들하고도 마음이 잘 맞는 친구가 되기도 했던 듯하다.

하기야 자하紫霞 신위 같은 이조의 가장 큰 시인이 그네를 아껴 황진이의 한글 시조를 한문으로 번역까지도 할 정도였으니 더 말할 것은 없다.

그네는 이조를 흘러내리는 가장 한 많은 여류 시의 물줄기를 대표한다.

그리고 이 뜨내기 여인은 꽤가 아니라 대단한 미인이기까지도 했던 모양이다. 한때 황진이가 살던 개성에 왕의 어사로 간 일도 있는 이덕형이 『송도기이』에서 말하는 걸 보면,

마침 중국 황제의 사신이 여기 들어와서 사방의 구경꾼 남녀들이 모

여 길가에 수풀같이 늘어서 있었는데, 그 사신들 가운데 한 우두머리가 황진이를 눈여겨보고 말에 채찍을 해 달려와서 한참 동안을 눈총을 퍼붓고 가더니, 우리 통역보고 '당신네 나라엔 하늘 밑에선 제일 고운 미인이 있소'라고 했다고 한다.

이 정도 매력이었다면 굉장한 것 아니었을까.

이 여자는 소위 부끄럼 잘 타는 것으로만 예쁜 그런 미인은 언제부턴지 아니게 되어 있다. 수작도 남자만 못지않게 꽤 복잡해져 있고, 또 말도 꽤 잘 타고 다녔던 것으로 전해져 오고 있다.

벽계수가 저만은 황진이한테 절대로 녹지 않는다고 버티는 것을 개성 만월대로 꾀어내게 해 놓고, 거기 나가

청산리 벽계수야 수이 감을 자랑 마라.
일도창해하면 다시 오기 어려우니,
명월이 만공산하니 쉬어 간들 어떠리.

를 간드러지고 능청맞게 노래 불러 댈 때에도 말 위에 탄 채였고, 또 길가의 남자 친구한테 준 것이라는

말이 어째서 헐떡이나 했더니
하나 더 그대 마음을 싣고 오며 그렇군……

하는 구절 같은 데서도 우리는 말 위에 말짱히 도사린 이 여자의 모습을 눈앞에 그릴 수 있다.

이렇게 생긴 여자 뜨내기가 황진이다. 그네는 때론 말도 타고, 때로는 많이 걷기도 한다. 그러나 그네의 본색은 끊임없이 흘러가는 나그네인 것이다.

이 여자는 불교 신도도 알짜로는 될 수 없을 만큼 지독하겐 붉게 타는 진삿빛 짙은 한을 그 인연의 한가운데 지니고 살아야 했지만, 절간이나 중들도 상당히 좋아할 줄도 알았고, 또 그네의 어떤 짓은 한동안 중들 가운데서 스승을 찾으려고 했던 것 같기도 하다. 허균의 『성옹지소록』에 보이는

> 일생 동안 화담 서경덕의 사람됨을 그리워하여 찾을 때는 꼭 거문고와 술을 들고 그의 못가의 집에 들러 무척은 반갑게 있다가 갔었다. 그네는 늘 말했다 한다. 지족 노선사는 30년을 참선하고도 나하고 몸을 망치고 말았지만, 화담 선생만은 오래 가까이 지냈지만 끝까지 나를 어지럽게 건드리진 않았다고……

한 말을 보면, 그네는 화담의 유학에서보다는 먼저 지족의 불교에서 인생관을 배우려 한 것 같다.

지족이 만일 황진이의 예쁜 데 홀려 그 몸을 건드리지만 않았더라면 그네는 알짜 불교도가 될 뻔도 했다. 그래서 유교로는 못 고칠 한

을 씻어 고치고 아주 다른 정신의 모습을 우리한테 전했을는지도 모른다.

그러나 이렇게도 안 된 것이 그네의 인연이고 숙명이어서, 그네는 그 끝없는 한과 함께 흘러가야 했다.

황진이가 화담을 찬양한 사연은 보여도 화담 그가 황진이한테 무얼 가르쳤는지는 전해지지 않아서 확실히는 알 길이 없지만, '하늘이 정해 준 사람의 운명' 이상의 새 운명을 이 유교의 선비가 더 가르칠 길은 없었을 것이니, 화담으로서도 황진이의 그 검붉은 핏물 든 인연의 한을 아주 씻어 낼 길이 없었던 것이다.

아주 깨끗할 것 같은 중을 찾아가 실망하고, 겨우 다시 만난 하늘의 깨끗한 한 사람의 종 화담의 인상이 이 여자에게는 중요했던 것 같긴 하다.

정조를 못 지킨 여자가 정조 있는 남자한테 점점 더 끌리는 그 푼수로서 말이다. 그러나 나는 차라리 황진이가 지족의 한때의 혼란을 이해하고 그와 같이 대처승의 생활을 했더라면, 그네의 정신 속의 피멍울들은 많이 완화되었을 줄 안다.

지족은 예쁜 것에 참을성은 모자랐겠지만, 그래도 사람이 하늘의 종이 아니라 하늘땅 모두를 맡은 주인이어야 하는 것만은, 서로 아기 낳고 사는 동안에는 어떻게라도 알게 해내긴 냈을 테니까.

이렇게 싸늘해져 가는 가을 물처럼 흐르는 여자를 보는 것은 외면하지 않고는 견디기 어렵지만, 하여간 황진이는 이렇게 흘러와 바로 우리 앞을 가고 있다.

강원도 금강산 솔숲 사이에서도 이를테면 이조 백자의 필통에 놓인 매화꽃의 심지에 박힌 검붉은 진사의 타는 불처럼 이글거리고 섰기도 예사지만, 또 어디로 어떻게 오는 것인지 지리산 밑 나주의 어떤 술자리 같은 데 불쑥 장지문을 열고 얼굴을 내놓기도 한다.

어느 때에는 국무총리의 아들이나 하나 꾀어 데리고, 말도 안 타고 짚신으로 터벅터벅 걸어서 강원도 금강산 깊숙이까지 스며들어가 거지가 되어 헤매기도 한다.

유몽인의 『어우야담』에는

> 이생李生을 시켜 하인 하나 따라오지 못하게 하고…… 같이 금강산에 들어가선 깊이 안 가 본 데가 없으며, 절을 두루 찾아 밥을 빌어먹었고, 어떤 때는 제 몸을 팔아 중한테 양식을 얻기도 했지만, 같이 간 이생은 나무라지도 않았다.

고 금강산에 간 황진이의 모습을 말하고 있다.

꼭 사실인지 아닌지는 잘 모를 일이지만, 한때 황해도 도지사이기도 했던 유몽인의 기록을 근거 있는 것으로 믿기로 한다면, 이 깊은 산속까지 들어와서도 참 외롭고 서글프기만 했던 것은 우리 황진이다.

서로 눈이 맞아 같이 도망쳐 온 사내는 배고프니 제 애인이 몸 파는 걸 말릴 힘도 없는 주제를 나타내고 만 마당에서, 작파하고 온 매음녀의 직업을 산속에서까지 되풀이해 입에 풀칠할 양식을 얻는다는 것은 어느 여자에게도 당하기 어려운 일일 텐데, 더구나 황진이처럼 민감한 여인에겐 문둥이나 사형수의 죽기 전의 격리감보다도 더 지독한 고독과 슬픔을 갖게 했을 것이다.

옛날 상말에 '제기랄 것, 그놈의 메밀국수 안 먹겠다'는 것이 있다.

못나고 김빠진 사내 녀석이 무능해 아무것도 못하니, 아내가 절에 가서 메밀국수 누르는 일을 해 주고 그 찌꺼기를 조금씩 얻어 와야 했지만, 그것도 그냥 손만 가지고 되는 건 아니고 중한테 안기어 또 한 가지 짓을 해 주고라야 되었었다.

그런데 아내가 얻어다가 끓여 주는 메밀국수를 사내 녀석이 먹으면서 자세히 보니, 아내의 양어깨에는 중이 그 메밀국수 묻은 두 손으로 억세게 거머쥐었던 더러운 흔적이 아직도 역력해서, 그래도 그 사내란 것이 창피하다고 한마디 한 소리인 것이다.

이런 상말이 예부터 내려오는 걸 보면, 이렇게 서글퍼야 했던 여인네들은 황진이 같은 기생이 아니라도 더러 있었던 모양이지만, 그까짓 이생 같은 놈하고 난질 나온 것을 많이 뉘우치며 황진이의 고독은 무척이나 컸을 것이다.

유몽인은 이어서 말하고 있다.

두 사람은 수풀 속을 헤매는 동안에 굶주리고 피곤해서 그전 모양하곤 딴판이 되었다. 그래 한 군데엘 오니 재주놀이하는 선비 여남은 명이

냇물 위 솔숲에서 잔치를 벌이고 있어, 진이는 지나가며 아는 체를 했다. "술 할 줄 아시오?" 하고 그들이 술을 권하기에 사양하지 않고 받아 마시며 노래를 부르니 노랫소리는 유난히 맑아 수풀과 바윗속까지 울렸다. 선비들이 놀라 "안주도 마음대로 들구려" 했는데, 진이는 "나한테도 하인 하나가 있는데요. 불러서 여기 술 남은 것 좀 먹일깝쇼?" 하고 이생을 불러 술하고 고기를 먹였다.

유몽인의 『어우야담』에 보이는 '하인'이라는, 애인의 별칭은 꽤 깊은 맛이 있다.

그야 물론 잔치하는 사내들의 사나워질 수도 있는 수작을 미리 꺼려 그런 것이라고 해도 그만이지만, 하여간 '오빠'라고 해도 되고 '동생'이라고 해도 될 것을, 하필이면 왜 꼭 이 '하인'이란 말로 입 밖으로 튀어나왔던가 하는 것은 그때의 황진이의 마음속이 짐작되기도 해 꽤 실감이 있다.

아닌 게 아니라 인제 우리가 보기에도 이 무슨 국무총리의 아들이었다는 동행의 사내는 황진이의 끝없는 용서 속에서만 숨 쉴 수 있는 정신적인 하인이 되고 만 것이 분명하니 말이다.

사내란 예나 지금이나 바로 계산하자면 어느 매음녀만도 못한 것도 상당히 있기는 있다.

이런 지독스레도 외로운 여인 하나가 흐르고 있다. 가을의 새파란 물줄기처럼 흐르고 있다.

동짓달 기나긴 밤을 한 허리를 버혀 내어
춘풍 이불 아래 서리서리 넣었다가
어론 님 오신 날 밤이어든 굽이굽이 펴리라.

이조의 제일 시인 신자하도 무척은 좋아하여 한문으로 손수 번역까지 했던 이 한 편의 시조 속엔 황진이의 끝없이 불타는 사랑이 모든 것을 포근히 녹이려 하고 있다. 그러나 이것은 결국 그네 혼자만의 것이고, 어느 사내한테서도 그 바라던 반향이 온 것도 아니었다.

그네가 일생 동안 만났다는 여러 사내들 가운데서 선전관 이사종과의 관계는 그래도 제법 오래갔고, 또 비록 겨우 여섯 해 동안일망정 꽤 오붓하기도 했다. 그러나 두 개의 좋은 노래가 서로 만나 어울리다가 헤어지는 것처럼 결국은 또 그것도 그네에겐 허전하기만 한 것이 되고 말았다.

어우於于 유몽인이 이 부분도 말하고 있다.

선전관 이사종이 노래를 잘해서, 황진이하고 같이 놀고자 하여 천수원 냇가에서 말에서 내려, 갓을 벗어 배를 덮고 누워 몇 곡조 소리 높여 부르니, 진이가 놀라 천수원에 말을 매어 놓고 귀를 죄어 담아 들으며 '드문 노랫소리다. 서울에 이사종이가 있다더니 그 사람인가 보다' 하고 누구를 보내 알아보니 정말 사종 그 사람이었다. 자리를 옮겨 서로 가까이해서 즐기다가 진이 그네의 집으로 끌어들여 며칠을 같이 지내고, "여섯 해만 같이 살아 보자"고 진이 쪽에서 사정했다. 그리고 이튿날 바로 3년 살 만한 재산을 몽땅 사종의 집으로 옮기곤 그것으로만 3년 동안 꾸려 나갔다. 그 뒤는 사종이 또 진이네 식구를 먹였는데, 꼭 진이가 사종이네 집을 먹이던 것같이 하여 이번도 3년 동안을 지냈다. 그러고는 진이의 말이 "일은 다 약속대로 마쳤으니 잘되었소" 하고 그만 하직하고 떠나 버렸다.

이 이야긴 황진이의 사랑 이야기 속에선 꽤 그래도 오붓한 편 아닌가. 이렇게 싹 가위로 자르듯이 잘라서 채우고 헤어지는 남녀의 사랑은 요즘도 계약 결혼이라든지 그런 것 속에도 아직 더러 남아 있기도 한 모양이지만, 황진이의 경우 그것은 여섯 해의 한 이불 속보다도 그 뒤에 남은 여운이 무척 서글프다.

실없는 제자 설담이 너무 일찍 스승 진청의 노래를 다 배운 걸로 작정하고 떠나려 했을 때, 스승 진청이 부른 서러운 노랫소리는 수풀의 나무들을 울리고, 가는 구름을 못 가게 하여 제자 설담을 못 가게 했다는 이야기를 허균은 황진이 이야기 어디에선가 끌어다 대고 있지만, 황진이와 이사종의 이 사랑과 이별하는 마당은 누구 하나 그걸 말릴 진청조차도 없이 아주 쓸쓸한 여운만이 질펀한 것이다.

곤륜산 옥을 잘라 직녀 빗 빚었지만
견우 그만 가시어서 하늘에다 던졌네.

황진이의 이 시 한 수 때문에 그네가 처녀 때에 이웃 총각이 그네를 짝사랑하다 죽어서, 그때부터 시집가는 걸 작파하고 기생이 되었다는 이야기도 사실일 수도 있게 된 것이리라.

정말 그 이유로 기생이 되었건 안 되었건 간에 그네의 마음속에 한 애인의 상여가 일찌감치서부터 만들어져, 사내들과의 관계의 배경의 슬픔을 이루고 있었던 것만은 그네의 글에서나 이야기에서나 문득문득 풍겨 나오고 있다.

어져 내 일이야 그릴 줄을 모르던가
이시라 하더면 가랴마는 제 구태여
보내고 그리는 정은 나도 몰라 하노라.

이 시조에서도 풍겨 나고 있는 것같이 '보내고 그리는 정'이 가슴속 어디엔가 숨어 있어, 이것이 그네의 방랑의 바탕을 이루는 것이 아닌가 한다.

그러나 그네가 다시 찾는 상대는 영 그네를 만나러 오는 일은 없고, 그래 또 방랑은 계속된다.

이런 나그네, 특히 여자 나그네가 땅 위의 산골을, 들녘을 걸어가고 있는 것을 생각하는 것은 우리에게도 어딘지 멀리로 향하는 그리움을 자아내게 한다.

청초 우거진 골에 자는다 누웠는다
홍안을 어디 두고 백골만 묻혔나니
잔 잡아 권할 이 없으니 그를 슬퍼하노라.

이 시조는 선조 때의 시인 백호白湖 임제가 장단의 황진이의 무덤을 지나며 보고 지은 걸로 전해진다.

백호에게뿐 아니라 우리와 우리 후손들에게도 늘 훤칠한 이 딱한 황진이는 죽어 자고 있으면서도 밝고도 서럽게 깨어 있는 듯 오래 두고 그리운 여인이 될 것이다.

(『주부생활』 1971.1.)

자하문

* '자하'란 부처님 몸에서 나오는 자줏빛 금색 안개로, 불국사 대웅전으로 들어가는 중문의 이름이다.

부처님 득도하신 날

음력 12월 8일은 불교의 교주인 석가모니 부처님께서 그분의 나이 서른다섯 살에 인도의 네란자라 강가의 피팔라 나무 밑에서, 밤 초경에서 새벽 사경에 이르는 사이에, 우주와 영원의 주인인 것을 철저히 자각하고 부처님으로서 새 출발을 시작하신 날이다.

이날 초경과 이경에 크게 열린 지혜의 마음눈으로 보고 재확인한 것은, 그가 오래 이름 붙이며 구성해 오던 우주 전체의 면밀하고도 화려 장엄한 구체의 체계였다.

삼경이 되었을 때 그는 그 필연성들을 오래 두고 추구해 오던 삼라만상의 인과관계를 만족한 마음으로 다시 다짐해 인정하고, 사경이 되어 샛별이 하늘에 떴을 때 과거와 현재와 미래 영원에 있었고 있고 있을 마음의 전모를 좋은 것 언짢은 것 할 것 없이 쭉 한번 훑어보시고는 이 모두가 내 것이라는 자각을 하고 또 모든 목숨 있는 것은 마음으론 다 내 아들딸들이라는 크고 어질은 슬픈 느낌으로 스승의 길에 오를 것을 작정하신 것이다.

나는 다시 한 번 돌아온 석가모니 부처님의 성도절成道節을 맞이하여, 먼저 그가 이름 붙여 구성한 우주의 삼계—욕계와 색계와 무색계 속의 그 많은 하늘의 천체들을 또 한 번 우러러본다. 그러고는 그의 생각 그대로 내 육신 속에서 욕정에 얽매여 있던 것 중의 액체 그것까지도 욕계의 대기권 이내를 구름 따위로 맴돌다가 비로 내렸다가 또 증발했다가—항시 변신하여 헤매야 할 것을 생각한다.

우리 피의 빛깔 같은 색소도 태양 광선이 뻗어 가는 곳까지 액체보단 더 멀리 가기는 하겠지만, 이것도 석가모니의 생각 그대로 기껏해야 색계 안에 오르락내리락하고 있을 걸 생각하고 묘하게 우주 안의 구분을 잘하신 데 새삼스레 감동한다.

그러고는 내가 가진 것 중에서 마음만이—그것도 욕慾이나 색상色相에 얼크러지지 않는 마음만이 갈 수 있는 무색계—그것도 너무나 딱 들어맞아 밤하늘을 보고 있다간 아! 감동의 고함 소리가 곧 내 목구멍에서 솟아날 지경이다.

내 마음이 오욕과 색상의 어떤 것들에 다붙어 떠날 줄을 몰라 못 간다면 할 수 없지만 그렇지만 않다면 나는 내가 가진 것 중에 제일 가벼운 마음의 소원을 따라 아마 태양 광선에도 타는 일 없이 무색계에도 갈 수는 있을 테니까. 전화의 말씀이 가설만 되면 우주 어디까지나 갈 수 있는 것은 우리가 잘 짐작하는 일 아닌가? 석가모니는 그러나 벌써 2천6백 년 전에 이것이 가는 것과 제일 멀리 가는 것을 알고 그것이 갈 수 있는 하늘들의 이름까지를 아주 자세히 우리 정신의 실상에 맞추어서 명명해 놓은 것이다.

영원도 거기 가장 간절한 정신의 혈맥들을 이어 주어 한눈에 그득히 늘 실유케 하는 점은 석가모니 이상의 스승이 이 땅엔 아직 없다. 이 점 여러분은 멀리 갈 것 없이 토함산 석굴암의 석가모니적 연유를 또 한 번 기억해 보시기 바란다.

석굴암은 신라 재상 김대성이 '전생의 어머니'라는 요샌 전연 없어진 족보 관계의 어머니에게 효도를 다한 것을 기념해서 세운 것이라는데, 전생의 어머니란 사실은 가난하고 처참한 늙은 과부로서 그네가 남의 집에 고용살이하던 대성이란 이름의 외아들을 사별하고 밤낮으로 울고 있는 것을, 김문량이란 사람이 듣고 하늘의 명령으로 여겨 마침 생겨난 자기 아들의 이름을 대성이 그대로 하고, 그 과부를 자기 친아들의 전생의 어머니로 맞이해 거두게 했다는 이야기는 우리 누구나 잘 알고 있다.

어떤가. 어느 성인이 이런 순 정신적인 인과관계의 필연까지를 추구하여 사람 세상의 영원의 간절한 맥락을 한 오라기도 빼지 않고 꾸며 놓으려 체계화한 일이 있었는가? 그의 대자대비하고 빈틈없는 크나큰 정과 이해—그것은 아직까지도 이 땅이 낳은 가장 대표적인 것이다.

염화미소

—내가 좋아하는 말

어느 날 석가모니가 옆에 있는 꽃에 손가락을 대어 말없이 만지니, 그 앞에서 보고 있던 제자 가섭이 역시 소리 없이 빙그레 법열의 미소를 지었다. 염화미소拈華微笑.

언어 이전의 석가모니의 마음이 언어 이전의 가섭의 마음에 전달되었대서 이심전심以心傳心이라 하는데, 이것은 불타와 그 제자 사이뿐 아니라 오늘의 우리들 사이에서도 물론 가끔 있는 일이다. 공해에까지 이르기 쉬운 수다스러운 언어보다도 진실은 오히려 이렇게 전달되는 것이 아닐까.

그러나 내가 더 주목하는 것은 이야기 속에 담긴 고도한 가치관이다. 꽃은 선인가? 악인가? 시是인가? 비非인가? 아무래도 그것은 선악 시비 이전이고 그 이상인 가치 같다.

마땅히 지켜야 할 사람들의 생명의 순수성을 상징하고 있는 듯만 싶은 꽃의 이 개벽은 선악 시비나 언어보다 훨씬 더 고도한 최상의 가치만 같다.

그 때문에 석가모니가 말없이 주목해 만지고, 가섭이 간절하게 동의해 법열의 미소를 지은 이 가치관—참으로 달가운 이 가치관에 주목하는 것이다.

지금도 내 정신을 지탱해 살아가는 데 가장 큰 힘으로 삼는 것은 이런 가치관이다. 이 착안이 없었더라면 어려서부터 신경질인 나는 저 선악 시비의 혼잡의 틈에서 살아남았더라도 벌써 산송장이 다 되어 버리고 말았을 것이다.

(『여성동아』 1973.10.)

청란청법

지난번 대구 경북대학교에서 무진장 스님과 같이 강연하던 때의 일인데, 난초를 좋아하는 나인지라, 먼저 강연 차례를 마친 나는 아직 내가 못 가진 영남산産의 그것들을 구하러 바로 시중으로 빠져나가려 했다. 이곳 강연이 끝나면 또 안동의 강연이 바로 이어 대기되고 있어서 무진장 스님이 여기서 강연하는 동안밖에 빈 시간이 내겐 없었기 때문이다.

그래 예로 무진장 스님의 시작하는 이야기를 잠깐 듣다가 빠져나가려 한 것이 귀 기울여 듣고 있는 동안 어느새인지 또 거기에 골몰하고 말아 난초고 뭐고 깡그리 다 잊어버리고 끝까지 그의 강연을 열심히 다 들어 내는 청법대중聽法大衆의 하나가 되어 버렸다.

강연회가 끝나자 대기 중이던 안동행에 오르면서 나는 동승한 무진장 스님에게 나의 그 망란청법의 처음 가진 경험을 비로소 말하며 유쾌한 웃음으로 그를 찬양했다.

그랬더니 안동에서 우리를 마중하러 나온 젊은 시우 김원길 군이 우리 옆에서 듣고 있다가 "그건 그 반대로 구성되었어도 좋겠습니다. '망란청법忘蘭聽法'을 '망법청란忘法聽蘭'으로 해두요" 한다. 들어 보니 왜 아니리오. 그것도 역시 처억 잘 들어맞는 이야기다.

나는 "맞네. 맞네. 자네 것두 아주 잘 들어맞는 이야기여" 하고 흡족하게 웃으며 그를 찬양해 주었다.

그러다가 보니 내 마음속에도 한 개의 운韻 다는 일이 저절로인 듯 생겨 대두擡頭해 이르기를 "청란청법聽蘭聽法이면 그 어떠냐" 했다.

그래 드디어 난초도 빼놓지 않기로 하고 일행의 양해를 얻어 가게로 차를 몰아 몇 포기 차지해서 차에 옮겨 실었다.

설법의 그늘에 아조 잊힐 뻔하기도 했다가 설법 위에 머리를 쓰윽 들어 내밀기도 했다가 인제 그 설법과 가지런하여 겨우 내게 온 이 팔공산과 은해사와 울릉도며 지리산 또 지리산 이웃사촌 산의 난초들, 이것들이 나와 현신現身의 붕우지교를 맺도록까지에 보인 3단계 과정의 곡절, 그 곡절 속에 이게 있어 또 이리 간절한 것이다.

(『불광』 1975.12.)

분향

견디기 어려운 집착의 화로 머릿골치가 아픈 사람들에게 나는 좋은 향을 골라 분향하고 지내는 습관을 붙여 그 머릿골치 아픔을 완화해 보시기를 권한다. 몰라, 이걸로도 완화되지 않을 지독스런 무슨 탐착이라는 것이 따로 있는지는 몰라도 하여간 내 경우는 목욕재계하고 좋은 향을 사르며 거기 몰입하는 걸로도 어느 만큼의 마음의 안정은 되돌아오곤 했다.

석가모니 부처님께서도 출가하기 전의 왕태자 시절부터 분향하는 습관을 가져 전단栴檀이라는 인도 특산의 향나무를 즐겨 불사르어 맡고 지냈다. 또 출가하시어 스님이 된 뒤에도 이 향을 이어 애용해 제자들에게도 권하셨다고 한다.

이 전단향은 잘 몰라서 그렇지 우리나라에서도 구하기 어려운 것은 아니다. 어느 곳의 한약재상이거나 좀 큰 곳에 들어가서 백단白檀이라는 약재를 내놓으라면 한 근에 일금 천 원 정도로 살 수 있는 것이 이 전단 향료의 향나무 토막들이다. 약재상은 이것들을 두루 백단이란 이름으로 부르지만 정말 백단이란 그중에서도 표피가 하이얀 빛을 내는 것이고, 표피가 붉은 것은 적단, 누른 것은 황단, 또 자줏빛이 나는 것은 자단이라 하고, 이것들을 총괄해서 전단이라고 하는데, 구할 때 그 표피를 잘 살피는 게 좋을 것이다.

『대지도론』이라는 책에 '향은 그걸 소유한 자나 소유하지 못한 자나 다 함께 맡고 즐길 수 있는 덕을 가졌다'고 꽤나 유머러스하게 향의 미덕을 찬양해 말한 것이 있거니와, 그 보편적인 덕도 물론 좋지만 그보다도 더 좋은 것은 근시안적인 우리들의 고된 탐착의 답답함을 서서히 완화시키며 우리의 생각과 느낌을 좀 더 멀리 이끌고 갈 수 있는 점이다.

우리가 때로 매우 구중중하고 따분한 자기의 시름을 어쩌지 못해할 때, 좋은 향을 사르어 맡는 데 몰입하여 그윽한 향내가 퍼져서 뻗치어 가는 먼 곳으로 마음을 보내고 있노라면 자연히 하늘 끝 언저리와도 다시 만나게 되고, 이 '영원한 시간의 역사 속의 목숨'이라는 자기의식도 느끼게도 되고 하여 저 혼자의 딱함에 자지러질 필요가 없다는 용기도 새로 얻기 마련인 것이다.

내가 알고 있는 향목 가운데 가장 좋은 것은 전북 고창의 선운사에서 산출하고 있는 침향沈香이 아닐까 한다. 이것은 물속에 참나무 토막을 집어넣어 오래 잠가 두었다가 꺼내 말려 빠개서 피우는 것인데, 물속에 잠가 두는 기간은 몇십 년 그런 정도의 세월을 가지고는 안 되고, 적어도 몇백 년은 지내야만 향다운 향내가 배어 나오는 것이라니, 그 향 자체가 벌써 영생의 상징체로 되어 있다.

침향을 피우며 우리는 참나무 토막을 물속에 집어넣던 몇백 년 혹은 몇천 년 전의 우리 선인들이 그들을 위해서 이 일을 한 게 아니라면 후대인 우리를 위해서 그리한 것이라는 걸 돌이켜 곰곰 생각하게 될 것이니, 이런 향이 우리의 사사로운 시름을 씻어 완화하는 효력은 더 막대할밖에 없이 되어 있다.

(『불광』 1976.1.)

시와 인생

'시와 인생'이라는 제목을 쓰고 보니, 웬일인지 내게는 먼저 샤를 보들레르의 시 「뜨내기 길로 부르는 말씀」(「여행에의 유혹」)의 한 구절—

안개 낀 하늘에
어리인 해는
눈물 속에 반짝이는
네 외면하는 눈만큼이나
내게는 정말 기막히누나.

가 맨 먼저 생각나고, 그다음에는 저 당나라 이백의

둘이 잔 드니 산꽃망울 벙그네.
한 잔 드세. 한 잔 드세. 또 한 잔 드세.
내 취해 조을걸랑 그댄 그냥 가시고,
내일 아침 생각나건 거문고나 안고 오시게.

하는 「산중여유인대작山中與幽人對酌」이 또 아울러서 생각난다.

이거 왜 이러는가를 가만히 생각해 보니, 시거나 인생이거나 정든 사람 사이에서 못 잊어라 연연해 하는 것도 보들레르처럼 표현해 나역시 버리기 어렵고, 그러나 또 이렇게만 가슴 메이게만 살려다가는 심장이 첫째 견디어 낼 수 없는 것이니, 이백의 좀 신선다웁게 '내 취해 조을걸랑 그댄 그냥 가시고' 정도의 침착 완화의 연습도 사람은 또 필요로 하지 않을 수 없기 때문이다.

나 같은 사람이 이 세상엔 많은지 적은지 그건 나도 모르지만서두, 하여간 나는 이 두 정황에 한쪽 다리씩을 걸치고 겨우 산답시고 하고 있는 것만은 사실인 성싶다.

그래 나는 어느새인지 그전부터 때때로 생각해 오던 버릇대로 지금 이 자리에서도 또 시인의 자격은 첫째 애인의 자격이라고 되풀이해 생각하고 있다.

성인聖人의 자격은 인류의 스승이라고 한다면, 시인의 자격은 아무래도 그 애인인 점에 있는 것 같다. 보들레르가 서러웁고 딱한 현실의 바닥의 친우였다면, 이백은 딱한 그들을 자연의 선연한 기운으로 씻어 자연에 매접媒接시키는 그런 훤칠한 애인이었다고 할 수 있다.

성인에게는 아무래도 성인으로서만 걷는 지엄을 흩트리지 않는 걸음걸이가 있어야 한다. 이백처럼 취해서 건들거리거나 강물 속의 달을 만지려다가 육신의 목숨을 버리는 그런 따위의 비계율의 자유 속에 일순도 살아서는 안 되는 것이다.

그러나 나는 언제부터인가 성인보다 시인 쪽이 훨씬 더 인간적이고 매력 있다는 생각에 기울어져 살아오고 있다. 물론 이렇게 해서 나는 성인보다 훨씬 아래 사람으로 죽은 뒤에 평가될 것도 헤아릴 줄 안다.

내가 제일 좋아하는 선인先人—우리들의 정신의 역사 속에서 가장 정밀했고 또 가장 명철했던 선인 석가모니 선생이 임종에 제자들보고 "너희들은 애써 지옥으로 들어가거라. 되도록이면 오래오래 거기 머물며 그들의 마지막 마음의 벗이 되어라" 하신 뜻을 잘 안다.

그러나 나는 여기 영주해 떠나지 못할 것이고, 어떤 스승의 걸음걸이도 가지지는 못할 것이고, 그래서 때로는 두 다리 중 한 다리씩을 따로따로 걸치는 일도 있을 것이다. 한 다리는 보들레르나 그런 사람들의 쪽에, 또 한 다리는 저 훤칠한 이백이나 또 그런 사람들의 쪽에……

(『불광』 1976.3.)

하동 화개고考

여생 쉴 만한 자리를 찾아다니다가 경남 하동의 쌍계사 입구인 화개마을에 당도했다. 화개는 내 벗 김동리의 소설 「역마」 속의 마을이기도 하고, 또 신라 시인 고운孤雲 최치원의 한 절구의 제목으로 나오는 곳이기도 하여, 그만큼은 더 여기 마음을 주며 쌍계사 쪽으로 올라가면서 '왜 화개라는 이름이 생겼는가?' 궁금하던 참에 보니, 화개마을에서 쌍계사까지 시오 리쯤의 가로수가 모다 꽤 오랜 나이를 자신 벚꽃나무들인 것이 눈에 뜨인다.

그래 이 벚꽃나무들 때문에 '화개花開'라는 이름이 붙은 것 아닌가 생각하며 올라갔는데, 쌍계사에 닿아 내 친우인 이 절의 전 주지 윤기원 스님에게 물으니, 아니라, 이 벚꽃은 일정 치하 이곳 화개 면장이었던 김진호가 심었으니 신라 때 붙인 화개라는 이름과는 관계가 없고, 김진호의 넘치는 힘의 상징처럼 길게 무성히 자라 나부꼈던 붉은 수염하고나 관계가 있는 것이라 했다.

일본인들이 판치던 망국의 때에도 김진호 노인의 자기 고장 아끼는 힘과 정은 먼저 배꼽까지 우거져 너울거리는 붉은 수염의 번질번질한 빛에 잘 풍겨져 있었던 것인데, 음식을 먹을 때 수염이 걸리면 그는 한 손으로 그걸 싸악 쓸어 옮겨서 한쪽 무릎 밑에 멋들어지게 깔고 있는 것이 썩 보기 좋았다고 한다. 화개라는 이름의 원주인공은 아니지만 이것 또한 그 이름에 어울리는 성싶어 나도 어느새 지긋한 눈웃음을 짓고 있었다.

"아따 김진호 노인의 그 붉은 수염 힘 정도겠나? 화개라는 이름을 붙인 이의 힘은 무량 갑절 더 세지. 더 세어……"

이런 말머리로 시작한 내 벗 윤기원 스님의 이야기를 들으면 그 이름의 연유는 대강 아래와 같은데, 아닌 게 아니라 그건 틀림없이 무량 갑절 세고도 남는 것이다.

새 부처님으로 일컬어지던 중국의 육조 스님이 돌아가실 때 유언으로 "인제 신라가 내 머리를 옮겨다가 기어코 삼국 통일의 한 방편으로 쓰리라" 하셨는데, 신라의 김대비라는 스님이 전해 오는 소리를 듣고 그럴 일이라 하여 당에 잠입해서, 그곳 거류 동포 가운데 슬기로운 장사들의 동의와 협조를 얻어 육조 스님 묘소에서 시신의 머리를 앗아 감쪽같이 신라로 되돌아왔다.

당나라 전체가 떠들썩해지니 아직도 꿀려 지내는 신라 사람들로서는 무서 무서 이 머리를 감추고 지낼 수밖에 없던 판에, 하룻밤은 김대비 스님이 꿈을 꾸니, 머리가 아주 하이얗고 슬기로워 보이는 노인 한 분이 꿈에 나타나서

강주 지리산 아래 康州智山下
눈 쌓인 계곡 칡꽃이 만발한 곳 雪裡葛花開

오언절구 두 줄을 기억 잘되게 소곤거려 읊조려 주고는 사라져 버렸다. 이게 바로 육조 스님의 넋 아니겠느냐는 사람들의 생각은 물론 맞는 것이리라.

그래 꿈에서 깨어난 김대비 스님은 지금의 하동 지방인 강주 쪽의 지리산 일대를 두루 누비며 찾아 헤매다가 지금 쌍계사 뒤쪽의 양지 바른 곳까지 와서 보니, 삼동의 겨울인데도 어느 칡덤불 넌출에 진보라 칡꽃이 역력히 피어 향기를 풍기고 있더라나. 그래 김대비는 '바로 여기다' 하고 그 자리에 육조 스님의 숨겨 온 머리를 묻은 것이라 한다.

그런데 그게 무량력無量力이라는 것은 그 무슨 말씀인고? 일정의 식민지 때 제 고장 화개를 이쁘게 하려고 화개에서 쌍계사까지 시오리 길가의 무거운 바윗길에 쫘악 이어 벚꽃나무 수풀을 빚었던 수염 좋은 김진호 노인의 힘쯤이랴?

그것은 딴게 아니다. 석가모니 부처님 이래의 둘째 번 부처님으로 일컬어져 오던 육조, 그의 유지대로 그 머리를 여기—신라의 영지靈地에 옮겨 묻어 모심으로써 삼국시대의 인심은 신라로 기울어지지 않을 수 없었을 것이니 말이다.

(『불광』 1976.4.)

돌을 울리는 물

근원은 알지도 못할 곳에서 나서, 돌부리를 울리고 가늘게 흐르는 적은 시내는 굽이굽이 누구의 노래입니까.

이것은 만해 한용운 스님의 시집 『님의 침묵』에 들어 있는 「알 수 없어요」라는 시의 한 구절이다.

'근원은 알지도 못할 곳에서 나다니?' 생각과 정이 좁고 옅은 사람은 대뜸 이렇게 반문할 것이다. "아, 시냇물의 근원이 산골인 것은 빤한 일 아닌가? 그걸 왜 고로초롬 말씀하시는가?" 하고.

그러나 좀 더 멀리 보자면 그게 그렇게 간단하지가 않다. 시냇물도 비가 와야만 흐를 수 있으니 우선 시냇물의 근원은 비라고 해야겠다. 그러나 여기서 말씀하고 있는 근원은 맨 먼저 비롯한 근원임에 틀림없는데 그렇다면 비도 맨 처음의 근원은 되지 못하는 걸 우리는 잘 안다. 왜냐면 비는 구름이 모여 내리고 또 구름은 땅 위에서 솟아오르는 수증기가 합해져서 만들어지고 또 수증기는 결국 땅 위에 있는 물에서 날아오르니 만해 스님 생각 그대로 그 어느 것이 근원인지도 따지지 못하게스리 뱅뱅뱅뱅 윤회전생만 하고 있으니 말이다.

알겠노라. '근원은 알지도 못할 곳에서 나서'라는 말의 뜻은 알겠노라.

그건 그러려니와 '돌부리를 시냇물이 울리다'니? 그건 무슨 뜻이고 무슨 느낌이신가? "시냇물에는 가슴이 터질 듯한 무슨 기막히는 사연이라도 있단 말인가?" 어떤 독자는 으레 또 이렇게 물을 줄 안다.

그렇다. 목숨들이 모여 사는 세상에선 '돌을 울리는 물' 이걸 늘 알고 느끼는 게 가장 중요한데, 그만 그대 소견이 좁아지고 정이 얇아져서 그 쉬운 까닭을 알지도 느끼지도 못하게 되었다니 참 딱한 일이다.

조용히 지혜와 정을 다해 들어 알고 느껴 주길 바란다.

물이란 시냇물이건 고인 물이건 두루 참 기가 막힌 것이다. 제군은 먼저 이 세상에서 가장 그리워하던 애인이나 부모 형제자매 자녀 누군가의 죽음을 생각해 보시기 바란다.

그리운 사람도 죽었다면 화장해서 한꺼번에건 흙에 묻어 천천히건 결국은 수증기 되어 하늘로 날아 올라야 할 액체의 소유자들이다. 그러니 하늘의 구름에는 제군의 그리운 사람의 몸에 담겼던 액체도 어디엔가 분명히 포함될 것인데, 비란 구름에서 내려오는 것이고 물이란 비가 와서 되는 것이다. 그대가 만일 그리운 이를 사별한 사람으로 여기에 마음이 쓰여 그런 비를 맞고 그런 물소리를 듣기라면 그것 참 사람 많이 울리는 일이 아니고 무엇인가?

그대가 받고 가는 우산의 한 귀에 몇십 년 전에 돌아가신 그대 어머님의 액체였던 것이 꼭 어느 때에도 안 떨어져 내리리라는 단정이나 세울 수가 있는가? 그런 빗방울도 함께 내려 모여 흐르고 있는 시내인 것이다. 어찌 돌인들 안 울리고 둘 일인가?

그래 만해 스님은 이런 걸 헤아려 아시고 느끼다가 '돌부리를 울리는 시냇물'이라는 구절을 만드신 것이다. 모든 것에 박정해서는 안 된다는 뼈에 저리는 자비의 교훈이 물론 그 속에는 그득히 들어 있다. 시냇물이 자기와 가까웠던 사람뿐이 아니라 남의 모든 그리웠던 사람들의 피였던 것도 합친 것이라면 어떤가?

그렇다면 기막힌 것이 안 되고 말 수나 있는가?

(『불광』 1976.5.)

석가와 예수

예수가 십자가에 못 박히기 전 마지막 저녁밥을 제자들과 같이하는 자리에서 제자들의 피곤한 발을 두루 물에 씻어 주었던 일은 영원히 사람들의 공명을 얻을 것이다.

그러나 은전 몇 닢에 한때 눈이 어두워 예수의 육신을 헤롯에게 판 제자 가롯 유다까지도 거부하지 말고 딴 제자들과 똑같이 대해 주었더라면 좋았을 것을, 그러지 못했던 것은 많이 유감스럽다.

똑같이만 대해 주었더라면 가롯 유다마저도 잃지는 않았을 것을, 죄인도 끼인 자리에서 그 죄를 은근히 말해 빠져나가 목매달아 죽게 한 것은 참 유감스러운 일이 아닐 수 없다. 성인聖人의 사랑은 이와 같이 또 잃기도 해야 하는 것일까?

그러나 석가모니의 경우는 그렇지 않다.

석가모니의 육신의 죽음도 자연사라기보다 춘다라는 사람이 공양한 버섯국을 먹고 돌아가시긴 했지만, 석가모니는 잘못을 아무에게도 알리지 않았을 뿐만이 아니라 그 독으로 차근차근 숨넘어가는 자리에서, 자신을 죽음에 이르게 한 바로 그자를 또 새로운 제자로까지 만들어 내고 있었다.

"춘다야. 이 독버섯을 먹고는 어느 신도 살아남지 못할 것이지만 나는 어느 독으로도 죽일 수 없는 마음뿐이기에 영원히 바로 사는 마음으로 남을 것이다. 말을 알아들었거든 내 뒤를 이어 살도록 해라."

석가가 숨넘어가면서 한 이 말씀의 뜻을 받아, 석가를 독살한 춘다는 석가의 또 한 제자로서 가담하지 않을 수 없었던 것이다.

두 성인의 두 현신의 임종 이야기 사이에는 상당한 차이가 있다. 이것은 서른세 살의 아직도 청년이었던 예수와 고령이었던 석가모니의 나이 차이기만 할까? 나이의 차보다도 그 속에는 더 근본적인 사상과 감정과 의지의 등차가 있는 것 아닐까?

이 자세한 고찰은 여러분들이 하시기 바라지만 하여간 이 두 임종 이야기 속 인류애의 심도를 재 본다면, 아무래도 석가모니가 그리스도보다 훨씬 더 깊다는 것만은 사실이겠다. 미래 영원의 시비선악 속의 모든 목숨을 넉넉히 맡을 만한 아버님다운 사랑의 깊이를 느끼게 하는 것이다.

신라의 화랑훈에 보이는 '멀리 가지 않는 데가 없는' 사랑의, 가로 가도 한정 없고 세로 가도 한정 없는 그 광도와 심도를 석가의 임종 이야기는 가지고 있는 것이다.

(『불광』 1976.7.)

건달바고考

별로 하는 일도 없이 어칠비칠 놀고 살면서, 남의 집에서 무슨 맛있는 음식 만드는 냄새가 나면 그리로 쏠려 가서는 어영부영 갖은 사설을 다 늘어놓아 음식 임자의 마음에 들기에 애쓰고, 그 덕으로 겨우 음식 찌꺼래기쯤 얻어먹거나 그도 아니면 그저 냄새만 먼발치에서 맡는 걸로 그치기가 일쑤인 그 참 딱하고도 또 웃기는 사람들—"예에 그것 조끔만 적선해 줍시오" 이런 말로 빌어먹을 줄도 모르기 때문에 거지라고도 할 수 없는 이런 사람들을 가리켜 우리는 지금도 '건달' 아니면 '건달바'란 말로 부른다.

이 말은 사실은 우리나라에서 생긴 말이 아니라 인도에서 온 말이고, 또 신라 향가에도 보이는 걸로 미루어 꽤나 오랜 세월을 우리 민간에 퍼져 사용되었는데 까닭을 곰곰 짐작해 보자면 재미있다기보다는 훨씬 더 기막히다. 비단 음식을 두고뿐만이 아니라 되어도 그만 안 되어도 그만으로만 살다 간 온갖 건달들의 수효가 신라 이래 많았을지를 짐작해 보는 것은 참 기막히는 느낌이다.

얼마 전 시골의 어느 읍내에서 들으니 여인숙이라는 이름이 붙은 여관들에서는 하룻밤 천 원짜리의 매음 미녀들이 들끓고 있다는데, 이들도 역시 건달이지 뭐 딴것인가? 현대에 와서 늘고만 있는 '돈 건달'—돈 냄새 맡고 엉겨드는 그 돈 건달의 일종이지 뭐 딴것일 수 있는가? 이 나라의 구석구석에 박혀 있을 이런 여자 건달들까지를 생각하면 서글퍼서 이것 참 견디기 어렵다.

그리고 이 건달바라는 것은 사실은 인도 고대의 한 신의 이름 '간다르바Gandharva'의 한자 음역 '건달바乾達婆'를 우리 소리로 발음한 것이니 신을 뜻하는 것은 틀림없는 것인데, 자타국 어디에서 만든 어느 신의 이름도 지금 우리 각자의 대명사로는 활용됨이 없는 세상에 유독 이 인도 신의 이름 건달바만이 살아서 통용되고 있다니, 이 어찌 아니 기막힌 일인가?

현대에선 아마 유일한 현신들인 건달바 남녀 제군!

원래가 냄새를 잘 맡는 짓이 본분일 따름이기에 의역해도 '후향신嗅香神'이 될 뿐인 제군에게는 특별히 죄랄 것도 또 원래 없는 것이니 안심하고 지내고야 있겠지만, 기왕이면 그만큼 한 신위에 해당하게스리 인제부터는 너무 지나친 천덕꾸러기 노릇일랑 그만하고, 냄새나 한 가지 특별히 잘 가납해 맡아 알려 주시기 바라네.

우리가 워낙 급하게 될 냄새가 나거든 즉시! 또 사알사알 어느 골목 어느 구석으로 돌아서 가는 게 살길인지, 그것도 그때그때 아주 썩 잘 냄새 맡아서 또박 그거나 한 가지 부탁하세. 그러면 어찌어찌 살아갈 길은 겨우겨우 잡히지 않겠나?

(『불광』 1976.8.)

숙명통

전생에 우리가 무엇을 하던 목숨이었던가를 이해하는 마음의 능력을 숙명통宿命通이라고 한다.

신라에 김과의란 사람이 있어 아들 하나를 낳았는데, 어려서 중이 되어 『법화경』을 좋아해 읽고 있다가 둘째 권에 와서 잘못해 불똥을 떨어뜨려 글자 하나를 태웠다. 열여덟 살에 갓 젊은 목숨을 문득 거두어 딴 곳의 김과의란 성명을 가진 사람의 집에 가 태어났는데, 또 중이 되어 『법화경』을 아조 좋아해 읽고 있다가 그 둘째 권에 오자 꼭 글자 한 자를 몰라 묻고는 잊어버리고 묻고는 잊어버리고 해서 걱정이 되었다. 그러던 어느 날 그의 꿈에 어떤 사람이 나타나 말하기를 "스님이 전생에도 어떤 딴 김과의 댁에 태어나 중이 되어서 『법화경』을 읽고 있다가 잘못해 글자 하나를 불태워 놓았기 때문에 현생에서도 그 글자에만 가면 항시 잊게 되는 것이오. 그때 그 책이 시방도 있으니 가서 보시구려" 했다. 그래 이 젊은 중은 꿈이 일러 준 대로 그 집을 찾아서 하룻밤 재워 주기를 청하니, 전생의 부모는 누군지 알고 싶어 매우 궁금해하는지라 『법화경』 이야기를 하고 가져다가 둘째 권을 보니 틀림없이 그 한 글자가 불구멍 나 있었다.

이것은 당나라의 혜상이 쓴 『홍찬법화전』에 나오는 이야기다. 전생의 일을 알아내는 이해 같은 것이 바로 숙명통이라는 슬기다.

그런데 많은 요새 사람들은 육안에 보이는 것만 섬기고, 그럴 수 없는 것은 두루 모른 체해 온 버릇 때문에 이 숙명통의 가능함을 쉬이 인증하려 하지 않는 것을 나는 알고 있다. 그래 이것이 불가불 가능하다는 내 생각을 몇 마디 아래에 늘어놓으려 한다.

우리 육안에 보이는 모든 것들이 필연적인 인과관계로 이루어져 있다는 통념에만 반대하지 않는다면 내게 잠시만 귀를 기울여 주기 바란다. 한국 농촌의 우체부의 발바닥이 두터운 까닭은 날마다 그가 여러 십 리씩의 길을 걷기 때문이라는 것과 같은 그런 필연한 인과관계만을 반대하지 않는다면 되겠다.

우리가 속옷 가게에서 한 벌의 무명 속샤쓰를 살 때, 그걸 파는 점원과 사는 자기와의 인과관계는 우리는 육안으로 다 잘 보아 인증한다. 그런데 왜 그 무명 샤쓰의 원료인 목화밭을 가꾸던 임자와 자기와의 인과관계는 눈에 안 보이는 일이라고 인증하려 하지 않는가?

우리가 육안으로 보지 못한 몇백 년 몇천 년 전에 있던 목숨과의 관계는 얼마든지 현재의 우리에게 있다. 첫째는 우리가 눈으로 보지 못한 선조들과의 관계도 그것이요, 또 옛날 성현들이 남긴 경전이 현재 우리에게 영향하고 있는 관계도 그것이다. 육안으로 안 보이는 것과 자기와의 인과관계를 인증하기로 한다면 바로 숙명통이란 말에 해당된다.

우리의 현재 마음은 각자가 단독으로 만든 것도 아니고, 또 우리 시대에만 빚은 것도 아니고, 참으로 오랜 옛 선조 때부터 대를 이어 옮겨 오며 취사선택해 온 것들이다. 흐르는 강물은 때로 흐리기도 하고 맑기도 하고 급류도 되고 완류도 되면서 늘 한결같이 끊이지 않고 흘러간다. 그리고 여기에는 수없는 전생과 현생과 내생이 늘 생겨난다.

그래 김과의의 아들이 꿈에라도 '내 전생은 이거였지' 하는 요령이 선다면 맞는 것이 아닐 수 없다. 왜냐하면 모든 것은 마음의 필연을 따르는 것이니, 그 마음이 가장 고스란할 때 이해하는 것은 필연일밖에 없으니 말이다. 시골의 우체부의 발바닥이 두텁다는 인과관계의 필연을 아는 것도 결국은 마음의 이해인 것이다.

(『불광』 1976.9.)

운수행각

구름이 흘러가며 만상 위에 뜨듯이, 물이 또 흘러가며 만상을 비치우듯이 가고 있는 사람의 길을 운수행각雲水行脚이라고 한다. 사문이나 거사의 인생행로 말이다.

그런데 내 생각 같아서는 운수행각의 수련은 비단 사문 거사에게만 한정할 것이 아니라 이 땅 위에 사는 자 누구나가 한동안씩은 반드시 다 거쳐야 할 한 과목으로만 보인다.

왜냐고? 인간이란 육신으로 생겨 나올 때도 자연에서 오는 것이고, 육신이 죽어 돌아갈 때도 역시 자연으로 돌아가는 것일 뿐만이 아니라, 소년에서 노년에 이르는 사회생활의 따분한 사이사이에도 때때로 고향의 힘을 빌리듯이 자연의 힘을 빌리지 않고는 견디기 어려운 자이니, 구름이나 물이 흘러가듯 하는 운수행각의 수련은 인생

살이의 가장 기본적인 능력의 하나로 일찌감치부터 우리 자녀들에게 부과하여 길들게 할 중요한 과목이라고 생각되기 때문이다. 또 사회생활 속의 여러 가지 저속한 인간 가치의 에누리 사이에서는 운수행각의 수련을 거쳐야 천지와 생사에 대비해서만 자각하게 되는 비중 높은 인간 존엄의 회복도 가능하다.

예부터 '귀여운 자녀에게는 여행을 시키라'는 속담이 전해져 내려오지만, 이 운수행각의 수련을 자녀들에게 쌓게 함으로써 사람의 그리움과 대단함, 사람의 가치의 천지대天地大함을 체득게 해 큰사람이 되게 하려는 저의가 그뜩이 들어 있음을 알 수가 있다.

나는 소년 시절의 다난 속에서도 한 청복을 얻어서 어느 첫여름 석전 영호 박한영 대종사의 서찰 하나에 의지해 서울서 금강산까지 도중의 각 사찰에서 숙식하며 운수행각하던 기억을 지금도 생생히 마음속에 지니고 있거니와, 이때처럼 사람들이 천신天神같이 대단하고 주위의 산천초목이나 금수의 무리들까지가 일대 신성神聖으로 간절히 느껴진 때는 내 생애에 더 이상은 없었던 걸 돌이켜 생각해 보면, 운수행각의 효력의 막대함은 한결 더 커지기만 한다.

여섯 개의 바라밀을 마음속에 명심하며 눈부신 혼신으로 걸어가던 연천 심원사와 금성 천불사 사이의 맑고 맑은 산골의 냇물가에서 문득 눈 주어 보았던 어떤 산골 처녀의 성결키만 하던 선녀 그대로의 모습, 뻐꾹새 꾀꼬리들의 더없이 간절한 울림, 심지어는 절에서 싸 준 쑥떡의 그 대단턴 맛까지도 이 이상으로 더 간절히 보이고 간절히 들리고 간절한 맛이던 때를 나는 내 생애에서 더 찾아볼 길은 없는 것이다.

권고하노니 귀여운 자녀를 가진 어버이들은 좋은 때를 가려 그들에게 운수행각의 천지간 여행길에 오르게 할 일이다. 되도록이면 여섯 개의 바라밀을 그들의 마음속 깊이 정교하게 간직하게 해서……

(『불광』 1976.11.)

청자와 호국룡

고려청자의 쑥빛이 밴 하늘빛의 바탕을 보고 앉아서 우리 겨레의 영원한 정적 속의 숨은 수세守勢를 천천히 음미하고 생각해 보는 것은 참 대단한 실감이 있다. 인류 역사의 모든 동작의 충돌이 빚는 승리라는 것이 이 고요한 영원의 부동의 승리만이야 할까 하여서다.

그러나 이런 고려청자적인 형이상의 영원한 승리만으로는 형이하의 세계에서의 무한한 패망만을 가져오게 하는 것일 수도 있다. 이것은 형이상의 바다라면 바다요, 하늘이라면 바로 그 하늘 같은 것이어서 모든 형이하의 세계의 승자들과 패자들을 모조리 머금어 버리는 바탕의 유지이기사 하지만 이런 바탕의 유지만으로는 어디 육신 말짱히 가진 민족의 진취의 길이 융성히 마련될 수 있겠는가?

여기에서 불가불 생각되는 것은 역시 삼국 통일의 대표자인 문무

대왕 김법민 같은 호국룡護國龍의 정중동의 산 움직임이다. 청자의 고요한 영원의 수세를 살려 형이하의 현실에서도 늘 진취하는 용으로서의 자각이 우리 각자에게 있어야만 이 청자의 형이상의 바다와 하늘은 비로소 유력하게 사는 것이 될 수가 있다.

연전에 시인 임성조 거사가 문무대왕의 해중 능침陵寢이 있는 감포 바닷가를 여행하다가 얻어 준 한 개의 검은 돌멩이 속의 두 용무늬를 나는 이 글을 쓰는 지금도 좌우의 몇 개 청자와 아울러 유심히 들여다보고 있다.

한 마리의 용은 두 눈깔이나 아가빠리 몸포가 다 뚜렷이 드러나 있는데 또 한 마리는 돌멩이의 아래쯤에서 겨우 얼굴만을 빼끔히 겸손인 듯 드러내고 있는—말하자면 '쌍호국룡도'가 무늬져 있는 돌인 것이다. 일테면 많이 나타난 용은 문무대왕이라 해야겠고, 겸손한 편을 그의 반려 장군 김유신으로 봐 주어야겠지.

돌멩이의 두 용이 옆에 있어 고려청자의 고요한 영원의 바탕엔 비로소 충분한 생기가 돌고, 또 청자의 영원한 바탕이 있어 용들의 무진한 힘은 비로소 가능한 것 아닌가 하는 생각이 들자, 이 두 가지는 아무래도 그냥은 보이지 않는다.

고려청자의 소극의 승리나 신라 통일기의 두 호국룡의 적극의 승리를 대조해 보며 따악 함께 합쳐 놓고 보니 아조 유력한 것이 되는 걸 알겠다.

(『불광』 1977.1.)

거시기 팔자

거시기는 신라의 운이 벌써 기울 때 사람. 당나라로 조공 가는 창피한 배에, 쉰 명의 호위 궁사 중의 하나로 뽑히어 내키지 않은 항해를 하고 있었다.

뜻밖에도 폭풍이 일어 뒤집히려는 배를 가까스로 달래어서 어느 섬가에 닿았는데, 점을 쳐 보니, 쉰 명의 호위 궁사 중의 한 사람을 이 섬에 희생으로 남겨 두고 가면 바다의 용이 폭풍을 거두리라 해서 여럿은 그 하나를 제비 뽑아 골라내야 했다. 문패만 한 널빤지 조각에 저마다 성명을 써 바닷물에 던져 봐서 가장 깊이 가라앉는 놈이 남아 있기로 했는데, 우리 거시기가 또 여기서도 뽑혔다.

배 떠난 뒤, 섬에 혼자 남은 따분한 거시기 앞에 흰머리의 한 늙은 사내가 다 죽어가는 시늉으로 나타나서 말하기를 "나는 이 섬을 지키는 용이다. 어디엔지 우리보다 더 힘이 센 흉악한 마귀가 살고 있어, 새벽만 되면 어김없이 나타나서 우리 겨레들을 날마다 하나씩 다 잡아먹고 인제 남아 있는 건 나와 내 딸 하나뿐이다. 보니 그대는 활도 잘 쏘는 모양인데, 할 수 있다면 우리를 살려 다오. 그리 못 한다면 우리 다음엔 그대도 먹혀 죽어야 할 것이다" 하는 것이다.

이판사판이란 말이 있지? 이판사판이면 힘주는 걸 작파하고 그냥 슬며시 먹혀 죽어가는 것보다야 있는 힘 다 주어 보는 것이 상책이다.

우리 거시기도 역시 그렇게 하여, 새벽에 남은 용의 식구를 먹으러 오는 마귀에게 화살을 겨냥해 당겨 쏘았는데, 용하게도 저 흉악한 것의 콩팥을 영락없이 꿰뚫었다. 허허허!

그래 우리 거시기에겐 난생처음으로 상팔자가 한번 돌아와 용왕의 딸을 덩그렇게 마누라로 해서 가슴팍에 좋은 꽃까지 간직하고 살았더란 이야긴데 어떤가? 이만해도 살 만하기사 한 팔자 아닌가?

"거시기…… 저 거시기…… 도무지 요놈의 팔자가 그 어찌 된 팔자더라?"

우리는 살기에 하 답답하면 이렇게 문득 거시기를 찾는다. 하지만 거시기처럼 해서라도 살맛은 역시 있는 것이다.

(『불광』 1975.11.)

팔자와 연분 정분

우리나라에 태어나서 오래 살아 본 사람이면 누구나 잘 아는 '팔자'라는 말이 유교가 만들어 준 말인 대신에, 또 '연분'이니 '정분'이란 말은 불교에서 나온 것도 알 만한 이는 두루 다 잘 아는 사실이다. 그래 오늘은 우리 겨레들이 오래 써먹어 온 이 세 가지의 말이 우리 역사와 민족정신에 어떤 영향을 끼쳐 왔는가 하는 것을 곰곰이 또 한 번 생각해 보려 한다.

팔자八字는 물론 사람이 처음 어머니 배에서 생겨났을 때의 연, 월, 일, 시의 네 가지—즉 사주四柱의 간지干支 여덟 글자를 뜻하는 것이니, 가령 '갑자년 갑자월 갑자일 갑자시 여덟 글자에 맞추어 태어난 사람은 팔자를 잘 타고났다'든지 '갑자년 을축월 병인일 정묘시에 생겨난 놈은 싹수가 없는 팔자'라든지 하는 따위로 생겨난 운명을 정해 버리는 것으로서, 이건 순전히 유교의 역리易理에서 발생한다.

사람의 팔자는 다 하늘이 헤아려 명령해서 정해 주는 것이니, 거부해서는 안 되고 오직 잘 순종하면서 살아야만 사람의 타고난 분수를 다할 수 있다는 것이다. 남의 집 종으로 태어난 놈은 종의 분수에 순종해 지켜 내야 하고, 약소국의 팔자인 나라 백성들은 약소국의 분수를 잘 지켜 종주국의 명령에 언제나 잘 순종해야 하고, 가난하게 살 팔자면 또 가난을 견디면서 만족하고 살 자각도 해야만 한다는 것이다.

그리하여 유교의 팔자 정신은 대국인 중국의 왕도 정치의 패권을 위해서는 참 좋은 것이었지만, 약소한 우리나라 사람들에게는 진취성을 막고 소극적인 삶에 자족게 하는 정신적인 암이 되었던 것이다. 이 팔자 정신이라는 암의 유일한 치료제로서 쓰여져 온 것이 바로 연분, 정분의 불교 정신이다.

꾀까다로운 이치가 아니라 사람들이 서로 아끼고 살다 보면 누구나 깨닫기 마련인 것으로, '아무리 사주팔자라 하더라도 연분, 정분상 사람들의 사이가 어디 그럴 수가 있느냐' 하는 자각이 바로 그것이다.

종의 아들과 주인 양반의 딸 사이에 연애가 생긴다.

유교의 분수 정신이라면 이런 관계는 허락할 수 없지만, 불교의 자비는 '연분이 닿아 그리된 걸 정분상 어쩔 것이냐'가 되어 용감한 자유를 그들에게 고취하여 출분도 시키곤 했던 것이다.

고려가요 「만전춘」에 보이는 '얼음 위에 댓잎 자리 보아 님과 나와 얼어 죽을망정' 어쩌고 하는 것도 그런 정분의 자유로 출분한 연인 남녀의 한밤의 느낌이라고 나는 생각한다.

남녀의 애정에서뿐이 아니라 사람과 사람 사이의 모든 관계를 통해서 불교의 연분, 정분을 헤아리고 느끼게 한 정신은, 오금 제대로 못 펴게 하던 유교의 팔자 정신을 완화하여 사람들에게 따뜻한 인간관계를 회복게 해 준 유일한 정신적 치료제였다.

유교 팔자의 몰인정보담이야 불교의 연분, 정분이 훨씬 인간적이다.

내가 아는 영원성

나는 내 나이 스물이 되기 좀 전에 문학소년이 되면서부터 이내 영원성이라는 것에 무엇보단도 더 많이 마음을 기울여 온 것만은 사실이다.

그러나 이때 의식하기 시작하여 장년기에 이르도록 집착해 온 그것은, 말하자면 내가 쓰는 문학작품이 담아 지녀야겠다고 생각하는 그 영원성이었다. 영원히 사람들에게 매력이 되고 문젯거리가 될 수 있는 내용을 골라 써야 한다. 한 시대성의 한계 안에서 소멸되고 말 그런 내용이 아니라 어느 때가 되거나 거듭거듭 문제가 되는 그런 내용만을 골라 써야 한다.

일테면 남녀의 사랑을 비롯한 사람들 사이의 여러 사랑에서 파생하는 환희와 비애, 절망과 희망 이런 것들은 사람들이 살아 있는 한 언제나 문젯거리일 것이니 그런 걸 써야 한다. 이별, 상봉, 질투, 화목 또 생과 사—어느 시대에나 공통될 인생의 문제는 잘 찾아보면 얼마든지 있는 것이니 이걸 써야 한다. 그래 이걸 말하는 내 말의 매력만이 무능하지 않다면 나는 미래 영원 속에 이어서 내 독자를 가져 그들한테 작용할 수 있다. 간단히 말하자면 이런 영원성이었다.

"서 형, 그대는 시대성을 무시하는 몽유병자일세."

"서 형, 그대는 결국 터무니없는 낭만파일 따름일세."

모든 사회주의자들과 유물주의자들과 자연과학 만능주의자들은 나를 핀잔하고 나를 멸시하고 나를 경원했으나, 나는 이 근본적인 신조에서만은 막무가내였던 것이다.

언제 어디서나 사람들이 공통으로 되풀이 되풀이하고 살아가는 가장 인간적인 내용, 일테면 셰익스피어의 극시 속에 들어 있는 것들 같은 것—그런 것에 골몰하는 일이었다.

그러나 이와 같은 영원성에의 헌신도 1950년의 6·25 사변과 같은 현실의 각박이 다가왔을 때, 아직도 많이 무력한 내 실천 의지력을 가지고는 나를 끝까지 구제하진 못했다.

1951년 여름, 내가 음독에서 다시 살아남게 되자 나는 또 다른 영원성을 마련해 가져야 했다. 그래서 저절로 마음눈을 붙이고 바짝 다가가서 매달린 것이 말하자면 그 '사승자史乘者의 자각'이다.

"이 못난 놈아, 가장이나 되는 놈이 처자는 어쩌라고 그런 짓을 저지르느냐? 너의 아버지도 할아버지도 또 너의 선대도 그따위 형편없는 죽음을 하려 하지는 않았다. 너의 선대들이 어떻게 견뎌 살면서 얼마나 많은 촉망을 걸어 너희 자손들을 있게 해 왔는지 그거나 먼저 알아보아라."

내 마음속에서 거세게 일어나기 시작하는 이 취향 때문에 나는 곧 우리 역사책—그중에서도 우리 민족정신의 가장 큰 본향으로 생각되는 신라사의 책들을 정독해 가기 시작했다. 명함 종이 두께만 한 두터운 모조지로 카드를 수백 장씩 만들어 『삼국유사』나 『삼국사기』 그 밖의 책에서 마음에 드는 부분들을 세서細書로 옮겨 간직하고 거듭거듭 되풀이해 음미하면서, 그래 이후 몇 해 동안에 내가 거기서 영향받은 가장 큰 것은 영원한 세대 계승 속의 그 혼교魂交라는 것이었다.

'사람은 자기 당대만을 위해서 살아서는 안 된다. 자손을 포함한 다음 세대들의 영원을 위해서 살아야 한다. 자기 당대에 못다 한 일이 많으면 많을수록 이 영원한 유대 속에 있는, 우리 눈으론 못 본 선대의 마음과 또 후대의 마음 그것들을 우리가 살아 있는 마음으로 접하는 것—그것을 혼교라고도 하고 영통靈通이라고도 한다'는 신라 정신의 이해가 내게는 가장 중요한 것이 되었다.

나는 먼저 내 자녀들을 잘 가르쳐 내서 어느 전공으로건 나보다는 나은 사람들로 있게 해야겠다는 자각이 서게 되었다. 그래 1956년의 혹독한 가난 속에서 아내가 내게 임신을 알리고 "지워 버릴까요?" 물었을 때, 나는 "하늘이 주신 거니 낳아 키웁시다" 할 수가 있었고, 그 뒤 그 애를 낳아 자라는 옆에서 차대次代를 위해 사는 어버이의 재미를 느끼며 정신의 건강을 유지해 오고 있게도 된 것이다.

그러나 이런 세대 계승의 자각을 통해 얻은 영원 의식도 '후대들의 전도는 꼭 내 기대대로일까?' 하는 염려 앞에 다다르면 꼭 나를 고스란히 안심시키는 것도 되지는 못했음은 물론이다.

이런 나한테 마지막 힘을 빌려 내 영원 의식에 자신과 존엄을 회복게 해 준 이는 석가모니다. 여러 불경에 거의 같은 내용이 보이는 『법화경』 속 석가모니의 영생 실감은 다른 어느 성인 현철의 영생 실감보다도 나를 고무시킨다.

사람들은 시방 나더러 '즈이 석가 왕궁에서 나와서 가야성 근방의 수행처에서 부처 노릇을 작정한 사람'이라고 하지만, 내 마음으로면 내가 부처가 된 것은 그 연수를 헤아릴 수 없는 영원한 전부터의 일이다. 가령 이 우주 안의 모든 세계를 누가 다 바수어 가는 가루로 만들어서, 동쪽으로 5백1천만 년의 10만 갑절 수의 나라들을 지나가면서 가루 한 줌씩을 뿌려 그 가루가 다하도록 지난 나라들의 수는 물론, 그렇게 해서 지나간 모든 나라들을 또 가는 가루로 만들어서 5억 3천2백만 년에 그 가루 한 줌씩을 뿌리고 가, 그 가루가 다 끝나도록 뿌려 낸 시간이라도 내가 처음 부처님 된 때의 먼 데 비기면 형편없이 적은 시간밖에 되지 않는다…… 착한 사람들아. ……그래 내 마음은 인제 사실은 죽지 않는 영원인 것이다.

이만큼 큰 자력 대아自力大我의 존엄과 확신은, 내 사적 계승자로서의 꼭 안심키만 하지도 못한 수미愁眉에 의연한 영원의 바람을 불어넣어 준다. 이 점, 딴 성인들이 감히 따르지 못할 것이라고 생각한다.

나야 부처님은 물론 보살이 될 힘도 없는 부족한 거사 학인일 따름이니, 그만한 푼수로 "아이쿠 선생님!" 그저 그렇게끔 감탄할밖에 별 딴 능력도 없긴 없지만, 하여간 자기 이상의 능력으로 부처님을 따로 둔 것도 아니고 정신의 최상격이 되는 길을 열어 스스로 그 자리에 앉아 영원히 무시무종 주인 노릇만 하기로 작정한 이 자율의 스승은 우리가 자율 아니고선 영 살길이 없는 현대에 있기 때문에 더 절실하고 가까웁게만 느껴지는 것이다.

그래 나는 작은 한 시인인 대로 이 역사의 주인으로 자세를 펴고, 수미를 펴고 또 자녀와 제자, 후배들에게도 그렇게 권하면서 태연하는 길을 연습하는 사람이고자 한다. 그래 이 이상 더 자기를 비하하지는 않으려는 것이다. 환경이 악착하면 할수록 머리를 한결 더 꼿꼿이 해 보려는 것이다.

(『현대시학』 1974.10~11.)

산사 기행

선운사

선운사 주지 화상 배성원 씨의 말씀을 들으면 선운사의 만세루에 처음 온 일본의 권위 있는 건축 전문가가 며칠을 두고 이 집을 맴돌고 기웃거리면서 두 손을 합장하곤 절을 수없이 되풀이하더라는 것이다.

"왜 그러느냐"고 물으니, 여전히 그 집을 향해 "고맙기도 하시지…… 고맙기도 하시지……" 웅얼거리면서 대답하기를, "보시오. 이 집이 보통 집인가를…… 이 집은 이를테면 무명 헝겊을 조각조각 주워 모아 꿰매어서, 어떤 온전한 비단옷보다 더 곱고 훌륭한 옷을 짓듯이 지은 집이오. 모두 세 토막, 네 토막씩 못도 나무못을 쳐 이어 맞춰서 기둥도 세우고 들보도 했지만, 자세히 좀 보시오. 토막토막 이어 맞춘 들보의 틈틈이 또 천정 그득히 한 획의 허튼수작도 없이 성실하게도 아름다이 새겨 놓은 저 목조의 조각들을…… 저렇게도 아름다운 예술을 하던 이들이 만든 집인 걸 생각하고 보자니, 저절로 발걸음이 거듭 멈춰지고 또 저절로 절이 나옵니다" 하더라는 것이다.

짧은 나무토막을 이어서 누더기 집을 지어 정교하고도 아취 있는 예술품을 이룬 예는 한국의 이 만세루와 같은 것 아니고서는 찾아보기 어려울 것이다.

절 법당에 모셔 놓은 향나무로 새긴 세 분의 등신대 부처님과 보살상도 이곳 아니고서는 보기 어렵다. 순금으로 꽤 두껍게 입힌 도금술도 완전하여서 처음 만든 그대로 한 점의 상처도 아직 보이지 않는 채로 눈과 눈썹의 선연한 각성은 영원 가운데서의 제일 맑게 새어 오는 아침을, 보는 이의 눈에 늘 불러일으키어 여간 반갑지 않다.

이 세 분의 몸은 또 향나무 중에서도 제일 좋은 향나무로 되어 있어 공기가 축축한 날에는 은은한 향기를 온 법당 안에 풍기고 밀려나와 절 뜰까지 적시곤 한다니, 세상의 부귀영화, 또 세상의 많은 고민 다 귀찮고 좀 더 급수가 높은 냄새가 소원인 사람은 꼭 궂은날을 가려 가서 한번 맡아 보는 게 좋을 것이다.

이 세 부처님과 보살님의 눈의 새벽을 느끼는 이들에게 나는 서른세 개 불교의 하늘 중의 맨 위 하늘을 상징하는 이 산골의 제일 높은 데 있는 암자—도솔천 내원궁으로 올라가 보기를 권한다.

도솔암에서 남쪽으로 깁더올라 가는 절벽의 비탈길에 쌓아 올린, 벌써 천몇백 년은 좋이 지냈을 아흔몇 갠가의 폭이 좁은 돌층계를 현기증이 들지 않도록 조심해 가려 디디고 올라가면 거기 미륵보살의 처소인 내원궁이 있는데, 이 미륵보살은 또 우리나라 태생이 아니라 옛날 인도에서 만든 것의 하나다.

검단 선사가 선운사를 세울 무렵, 황해 바다의 이 언저리 해변에 자주 출몰하던 외국 해적들한테서 얻은 것으로, 우리 좋은 불상들에 비긴다면 많이 미련스레 뵈고 갖은 어둠이 많아 답답한 느낌이긴 하나 그래도 누구나 쉽게 알아볼 수 있는 외국품의 한 맛은 지녔다.

그러나 내가 내원궁에 가 보기를 권하는 것은 물론 이 상대 인도제의 미련스러워 뵈는 보살의 모양 때문은 아니다.

불교는 하늘에다가 서른세 개의 계급을 두고, 사람 가운데 정신이 맑게 갠 사람은 맨 위의 하늘—도솔천에 사는 것으로 생각해 오고 있거니와, 선운사의 도솔천 내원궁은 그 놓여진 상징적 실감이 내가 본 어느 암자에서보다도 희한했기 때문이다.

내 피와 살이 아직 마음에 다붙어 있는 연유로 다시 무거워져 선운사 큰 절로 내려오니, 주지 스님이 "도솔암 동백꽃은 벌써 피었지요?" 한다.

"피었습니다. 여기보단 훨씬 높은 곳이라도 거기는 추위가 적고 햇빛이 잘 쬐게 자리를 잡아서 그렇지요?"

내가 이렇게만 대답하고 만 것은 이때 나는 동백꽃을 두고 그 이상의 딴것을 더 생각하지 못해서였다.

그러나 선운사를 하직하고 5리를 다시 걸어 내려가 버스가 다니는 한길가에 왔을 때 나는 그 엉터리 대답을 불가불 마음속으로 지워 버리고 다음과 같이 역시 고쳐야만 하였다.

'아! 거기는 좋은 귀신이 많이 깨어 살고 있어라우.'

왜냐하면 이날(1964년 3월 7일) 오후 1시쯤 내가 서 있던 여기는, 22년인가 23년 전 스물여섯 살인가 일곱 살 때, 이슬비 오는 어떤 가을 오후를 지나가다가 한 채의 주막집을 발견하고 들어가 한나절 술을 마시던 곳임이 분명한데, 이날 여기를 찾아보니 그 집은 날아간 듯 어디로 없어지고 그 자리엔 실파만 자욱이 나 있고 누가 "그 집 주모는 벌써 죽었어라우" 한마디 한 때문이었다.

사실은 스물몇 해 전 이 자리엔 육자배기를 내게 잘 불러 준 훤칠하니 생긴 사십대의 주모가 살고 있었기에, 나는 이 고을 학생들의 토주土酒 잔치에 불리어 올 때 은근히 그와 다시 만날 것을 기대했던 것인데, 같이 갔던 고려대 학생 조 군이 나를 대신해 나서서 물으니, "여자가 사나워서 6·25 사변 때 빨치산들한테 찔려 죽고, 집도 탔어라우" 한마디 한 때문이었다.

그래 나는 매운 실파만 남은 빈터 위에 육체 없이 있는 것이 이 근처의 어느 육체 가진 것보다도 대견했기 때문에 그것을 예부터 내려오는 말로 '귀신'이라 하고, 마음속으로 '아!' 소리를 쳤고, 또 높디높은 도솔암에서 지대가 낮은 큰 절보다도 핏빛 동백꽃을 훨씬 더 일찍 피우는 것도 좋은 귀신의 힘들임을 겨우 다시 알아차릴 수 있었다.

(『여원』 1964.5.)

낙산사 설악산

7월 21일 오후 6시쯤, 동국대 교정을 떠난 지 열한 시간 만에 학교 버스는 낙산 해수욕장의 그 넓은 동해 바닷가의 모래밭 위에 우리 일행을 내려놓았다. 불교대학의 이섭 교수 부부와 김삼도 교수, 농대의 이병동 교수 일가족, 동대신문의 송혁 주간, 의무반 주임 허씨, 그 밖에 수영 코치와 몇 사람의 학생뿐으로 정원의 반도 안 되는 수여서 호젓하고 오붓하겠다고 말하는 이도 있었다.

나는 올해 열한 살짜리 막내아들 윤만을 데리고 참가했는데, 윤은 난생처음으로 넓고도 맑은 동해변에 내리자 바로 나를 유인해 바닷물 속으로 뛰어들어 개구리헤엄을 치기 시작했다. 중학 입시 지옥에서 해방된 감격에 한국 제일의 맑은 바다를 다시 만나서 기쁨이 끝이 없는지 온 얼굴에 활짝 밝은 웃음을 띠고 갈매기 새끼처럼 좋아라 날뛰며 우짖어 댄다. 여기 모래는 동양 제일이라는 정평이 있다 한다. 아닌 게 아니라 이 낙산 해수욕장은 풍경의 아름다움이나 모래와 물의 맑음이 원산의 명사십리보다 한결 더 나을 듯하다.

그러나 이 처음의 감격 다음에 맞이하는 천지의 깜깜한 밤에서는 너무나 지나친 쇼크가 오는 것인지 윤이는 잠이 오지 않는다고 꽤 오래도록 뒤척거리고 있었다.

이곳은 인가가 모두 백 호도 아직 못 되어 보이는 곳. 뒤에는 곰과 호랑이가 적지 아니 살고 있는 대설악의 산맥들이 여러 겹으로 쌓여 있고 앞은 수만 마리의 사자가 합창하는 듯한 거센 파도의 무변대해니 그 한가운데 사뭇 펄럭거리는 한 송이 꽃만 한 작은 천막 속의 작은 벌레처럼 찰싹 다붙어 있는 아이의 첫 밤이 평온하기만 할 리가 없다.

아이는 그래도 잠에 들었지만 나는 온밤을 온전히 뜬눈으로 밝혔다. 바닷가의 천막생활은 처음 일이라, 거센 바닷바람에 펄럭이는 천막의 가느다란 각목 기둥이 꺾이어 나자빠져서 아이를 칠까 봐 그걸 지키며 새벽 4시의 통금 해제 시간이 되기만 기다리고 있었던 것이다.

그러면서 또 한쪽으론 바닷가에 산책 와서 우리를 냄새 맡고 있을지도 모를 호랑이도 떠올리고, 또 이 밤의 이런 데가 바로 천지와 영원의 후미진 중심점이 아닌가, 그렇다면 그건 상당히 위험성과 스릴미를 띠는 것이로구나 생각했다. 인제 돌이켜 보니, 그 꼴은 마치 잔뜩 겁 집어먹은 어느 밤의 돈키호테 비슷했었다.

28일. 날이 밝기가 바쁘게 있을 만한 여사旅舍를 찾으니, 관광호텔이라는 것은 엄청나게 비싸기만 해서, 지도과장 이병동 교수의 안내로 낙산사 바로 옆의 어떤 과수원집으로 옮겼다. 하루 세 끼니에 재워 주고 1인당 250원. 밥상도 관광호텔 식당의 200원짜리보단 훨씬 맛도 자양분도 많다. 거기다가 이 댁 과수원의 자두는 백 개에 스무 개쯤의 덤을 얹어서 60원. 여기에 묵게 된 우리 교수단 일행은 참 오랜만에 요순 적 세상을 만나 본다 하며 낙산사의 옛 인심에 감사했다.

과수원 밑 바닷가에 나가니 구식의 차일을 치고 전복, 해삼, 멍게들을 회해서 파는데 20원짜리 전복 5원짜리 해삼이 과히 적지도 않아서, 바닷물 속에도 역시 낙산사의 후한 옛 인심은 젖어들어 있음을 느끼게 했다. "이게 모두 여기서 천몇백 년 전에 묵었던 의상, 원효 같은 분의 감화의 덕일 거요" 하며 김삼도 교수와 둘이서 깔깔거리고 웃었다.

그러고 나와서 낙산사에 들러 안내판을 읽어 보니, 여기서 의상 스님 때엔 관세음보살은 식대나무 모양을 빌려 나타났었다고 쓰여 있다. 그걸 읽고 둘러보니, 바로 거기서 멀지 않은 곳에 그 대나무의 자손 대나무들이 우북이 군데군데 돋아나 자라고 있는 것이 보인다. 다만 거기서 관세음보살님을 살펴 찾아뵈올 줄 모르는 내 눈만이 안타까울 뿐이다. 내 무디어진 감각의 현황을 돌이켜 생각하고 한참 동안 어이없는 느낌에 잠겼다.

의상대를 둘러서 홍련굴 옆에 섰다. 널리 알려진 것같이 이곳에서 의상 스님은 관세음보살을 몸소 뵙기를 원해 오랜 기도 생활을 했으나 뜻대로 안 되자 이 굴 앞바다에 몸을 던져 버렸다고 한다. 그것이 보살님에게 통해서, 바닷물에 솟아오른 한 떨기 붉은 연꽃 속에 구제되어 이승 맛을 다시 한 번 보게 되었다는 것이다.

금상에 첨화라더니, 대나무에 연꽃을 더한 것은 참 멋이 있다.

멋이 있다고 생각하니 그 근방에 있는 것은 무엇이든 다 멋이 있는 것 같다. 공기도 여기 있는 공기는 그냥이 아니라 눈에 보일 듯 보일 듯한 분홍 연꽃 송이를 무한히 담아 피우고 있는 그런 멋진 것으로 느껴지며 우리 피부에서도 간드러진 미소가 솟아나는 듯하다.

오, 참 이런 낮을 지나 이곳에 밤이 깃들 때 나타나는 별, 별, 별, 별들의 장엄! 그것은 아직 어느 음악, 어느 그림, 어느 문자로도 담아 보지 못한 찬란한 뇌쇄의 아름다움을 지니고 있다.

의상 스님의 투신은 자살이 아니라 수영의 다이빙이 아니었던가 하는 실감을 낙산사 밤하늘의 찬란한 별들은 우리에게 간절히 느끼게 한다. 서울에서 맑은 밤에 보이는 별의 약 만 배 수효의 별이 열 배 정도의 크기와 빛으로써 자극해 대는 걸 아직 안 가 본 이는 상상해 보시기 바란다. 이곳 인심이 본질로는 인색할 수 없는 것도 넉넉히 짐작이 되는 것 같다.

육당 최남선의 「설악기행」에 '설악은 금강보다도 나은 점이 많다'고 쓰여 있지만, 설악에 와서 나도 역시 이 의견에 비로소 동감한 점이 없지 않다.

폭포만을 두고 보자면, 설악산의 육담폭포나 비룡폭포 정도로는 외금강의 상팔담 하팔담을 위아래로 끼고 쏟아지는 구룡폭포를 당하지 못할 것이다. 그러나 비선대의 반석 여울의 규모와 미는 금강산의 옥류동만 못지않으며 울산암의 육중하고 장대한 모습도 금강산에서는 찾아보기 어려울 것이다.

이 나라 안의 바위들이 금강개골산을 만들려고 하늘을 날아 금강산으로 날아가다가 울산에서 온 것만 설악산을 위해 여기 앉았다는 전설이지만, 내 생각으론 울산에서 왔다는 이 경상도적인 육중하고 뭉클한 2킬로 넓이의 큰 바위는 그때 날아가던 바위 중에선 제일 무거운 놈이었던 것 같다.

비록 금강산의 바위들처럼 다기봉多奇峰의 아기자기한 맛은 없지만 육중 장대한 맛으로 이 울산암은 설악의 미의 한 상징을 이룬다. 내가 일정 때 금강산을 본 기억으론 울산암에 올라가는 것과 같은 8백여 개의 계단도 금강산에는 없다.

설악산에 와선 겨우 스무 시간쯤의 촉박한 여정이라 육담과 비룡의 두 폭포와 계조암, 울산암과 와선대, 금강굴 등의 외설악밖엔 볼 시간이 없었지만, 금강산만 못지않은 산이 언제나 갈 수 있는 데 있다는 신념을 얻어 가지고 오게 된 것은 내게는 큰 수확이었다.

설악산의 계곡마다 놓고 파는 수공手工의 도토리 막걸리의 묘미도 나 같은 애주가에겐 두고두고 미소로 기억할 만하다.

우리 일행이 이번에 너무 높고 멀어서 가 보지 못해 제일 섭섭했던 곳은 토왕성폭포다. 길이가 3백 미터라니 그 길이만 가지고 보자면 금강산에도 이리 긴 건 없다.

멀리 하늘에 잇닿은 상상봉에서 쏟아져 내리는 폭포를 우러러보며 토왕성土王城의 '성' 자가 '별 성星' 자냐고 물으니 그게 아니란다. 내 생각 같아서는 '별 성' 자였더라면 별에서 내리는 폭포가 되어 더 멋질 뻔했다고 하니, 김삼도 교수도 찬성해 주었다.

우리는 다음엔 기어이 등산복과 륙색 등을 갖추고 와서 한 보름쯤 묵으며 이 위대하고도 아름다운 미인 설악의 안방 뒷방 골방 등을 두루 보기로 미루고 미련 많은 발길을 옮겼다.

(동대신문 1968.8.1.)

낙산사 바닷가

여름 아침 4시 반쯤의 낙산사 앞 바닷가에서 끝없이 깊고 맑게 정화되어 누워 있는 영원의 나신과 같은 가없는 바다의 한가운데 아주 새로운 해가, 금시 새로 피어오르는 크나큰 연꽃 송이처럼 피어 나와 그 속의 금빛과 자줏빛을 안 뻗치는 데 없이 뻗치어 우리들의 뼈다귀 속에까지 고도한 마사지로 스며드는 것을 보고 느끼고 있으면, 신라의 좋은 중 의상 아니라도 우리의 상당수는 거기 한복판에 스스로 몸을 던져 동화해 버리고 싶은 충동을 느낄 것이다.

할 수 없이 에누리되어 싸디싼 것이 되어 가고 있는 자기의 꼴, 잘 안 되는 쪽으로만 흐트러져 가고 있는 자기를 에워싼 인연들, 이것들이 빚어내는 온갖 영상의 넝마들을 발부리에 모조리 고스란히 벗어던지고, 아무래도 본향만 같은 영원의 나신의 에누리도 없는 품속으로 몸을 던져 합해져 버리고 싶은 충동을 느낄 것이다.

낙락장송의 푸른 솔잎들이 마치 금시 잠 깨나고 있는 영원의 나신의 속눈썹처럼 빛나는 언저리에서 밀어의 입술처럼 새로 열리는 해의 곁으로 팔을 뻗쳐 뛰어내리고 싶은 충동을 느낄 것이다.

그러나 나는 신라의 큼직한 중 의상이 틀림없이 그랬던 것처럼 그대의 투신의 충동을 실천으로 옮긴다 하더라도 마침내 결국은 한 좋은 수영의 다이빙으로 고쳐 가지기를 바란다. 우리의 육체의 한정된 생사와는 아주 딴것인 영원의 나신의 몸가짐을 본떠서 그저 수영의 다이빙으로 드디어는 이것을 전치轉置해 가기를 희망한다. 어느 모에서 보든지 죽었다 살았다 하는 것이 아닌 바다, 영원히 산 것으로만 있어야 하는 바다는 어느 때나 그대가 한 수영 선수 이상이기를 바라지 않고, 만일 그대가 죽음을 여기에다 보태기로 한다면 그런 따위는 그저 단순한 구토물로만 토해 내 버려야 하니 말이다.

자살하려던 투신 의도를 순진한 수영상의 다이빙으로 냉큼 바꾸어, 영원 참여의 신바람 나는 훈련장으로 이 낙산사 앞바다를 사용했던 젊은 날의 의상의 이야기가 아직도 숨 쉬고 있어 이런 종류의 참여와 훈련이 필요한 이들에게는 나는 낙산사 앞 바닷가의 이 자리를 권한다.

의상이 여기에서 바다로 몸을 던져 버린 것을 관세음보살이 곱게 핀 연꽃 송이 위에다가 받아 살려 내놓았다는 게 『삼국유사』 속 일연의 표현이지만, 이거야 물론 우리 때 사람들보다도 한결 더 감칠맛 좋은 은유법을 즐겨 쓰던 때의 모양일 뿐이지, 은은히 천지에 잠행하는 마음 하나뿐인 관세음이 어디 무슨 골육의 손발이라도 있어서 항우같이 힘센 연꽃이라도 빚어, 죽으려는 의상을 그의 소원과는 달리 여기 억지로 태워 살려 내놓았다는 이야기겠나. 죽으려고 몸을 던지기는 했지만 던진 뒤에 영생해야만 할 것에 자각의 마음눈이 비로소 열려, 말하자면 관세음보살이 손수 빚은 연꽃에 앉은 듯 스무드하게, 미묘하게, 다시 보드라이 물결을 헤쳐 살아 나왔더라는 이야기를 그만한 은유로 표현해 놓은 것임은 물론이다.

그야 하여간에 이만큼 신바람 나는 정신의 토픽거리도 요즘 세상에는 거의 씨가 마르고 없다. 바닷물에 빠져 죽으려다 딴 사람에게 구제되어 살아나서 또 구중중하게 살아가는 사람들 이야기는 꽤나 있지만, 순전히 육체 없는 마음으로만 영생하는 관세음보살의 무형의 손으로 빚은 은유의 연꽃을 느끼고 자살을 수영으로 바꾸어 빙그레 웃고 헤엄쳐 돌아오는 자의 여유는 이미 어느 바다, 어느 강가에서도 흐지부지 자취가 영 없어져 버린 것만 같다.

그렇지만 영생을 몸소 자각하여 연습해 보고자 하는 영생 지망자들에게 그만한 도약과 유영에의 자리가 이 땅 위에서 아주 없어져 버린 건 아니다. 멀리 찾을 것 없이 강원도 낙산사의 바닷가에 한번 서 보라. 그대는 그대의 영원 참여를 위해 가장 중요한 한 커브의 곡선, 육체의 삶과 죽음이 제한된 저가치低價値 너머 언제까지고 살아 있지 않을 수 없는 그대 마음의 영생으로 감돌아 가는 곡선, 연꽃잎의 곡선 같은 그 곡선까지 직접 마음눈으로 볼 수가 있을 것이다.

마지막 투신을 영생의 값으로 바꾸어 헤엄쳐 나온 의상의 몸놀림을 연상해 보면서 낙산사 앞바다에 잠시 등 두르고 목을 축이려다 절 옆 어느 과수원엘 들렀다.

때마침 빛 좋고 토실토실 살진 자두 모양이 눈에서 내 좀 시장한 창자에 젖어들어 같이 가던 일행과 함께 그 언저리에 멈춰 서서 주인을 불러, "한 접만 이것 우리한테 파시오" 했더니 나중에 주인이 들고 갔던 광주리에 따 담아 와 세는 걸 보니, 백 개 한 접을 청한 것 밖에도 스무 개가 덤으로 우리한테 와 있다.

"덤이 아직도 20프로씩이나 붙는 데로군" 하며 우리 다섯 사람인가 여섯 사람이서 실컷 배를 채우고 또 남은 것들은 호주머니에 욱여넣으면서, "이것 값은 얼마요?" 하니 거기 섰는 건 예순 남짓한 할머니였는데, "한 접에 60원씩이지요" 한다. 우리들이 놀라면서, "그거 어디 이렇게 싸게 팔아서야 사실 수 있겠습니까. 좀 더 받으시지요" 하니, "엥?…… 웬이요" 하고 우리가 아직 모르던 어떤 염치를 표준해서 그러는지 그편에서 도리어 두 눈 밑에 약간 복숭아꽃 빛깔의 부끄런 듯한 웃음을 보인다.

'참 무척은 싼데…… 무척은 싸게 사는 구석이 이 나라에는 아직도 남아 있는데……'

나는 처음 속으로 상식적으로만 중얼거렸으나 곧 그걸 아래와 같이 고치지 않을 수 없었다.

'비싼 것이다. 한국의 돈값도 사람값도 이런 구석이 제일 비싼 것이다. 비싼 것이다! 이런 구석마저 없다면 우리는 날마다 떨어지고

싸게 되는 것뿐인 것이다. 뿐인 것이다!'

그러고 나는 낙산사의 본주인이었던 신라 사람 의상의 일—무얼로도 사람값을 떨어뜨릴 수는 없고, 인상하고 인상하여 영원을 사는 자격으로까지 그 값을 올릴 줄밖에 모르던 그 정신의 역사가 다시 생각나서 힘을 얻어 여주인에게 사정해 보았다.

"그럼, 우리를 댁에서 여기 있는 동안 좀 묵게 해 줄 수 있겠소?"

서울서 온 사람이 하는 호텔이나 여관에 묵는 값은 턱없이 비싸고, 우리 훈장들의 호주머니에 든 것은 모자라고, 이 모자라는 것을 의상 이래의 의상적인 힘에 이젠 기대고 싶은 몰골이 다 되어 있었던 것이다.

그래 예상대로 그네는 우리를 그의 과수원집에 묵게 해 주었는데, 그 값도 예상대로 자릿값과 진배없었다. 하루 세 끼니에 자는 것까지 합쳐 250원으로 해 주었는데, 호텔은 밥값 따로 받고 3천 원에서 5천 원, 여관도 그 반값쯤 아니었던가 기억된다.

나는 마침 막내 놈을 데리고 가서 묵고 있던 판이라 따로 점심은 사 먹이기로 해서 이 집의 점심 도시락이 어떤 것인지까지는 몰랐는데, 어떤 날 점심 바로 뒤 바닷가에 나가서 동료 교수의 도시락 자시는 걸 옆에서 보니, 이건 아침저녁 우리가 받아먹은 꼭 그대로 꾹꾹 눌러 머슴밥같이 담은 넉넉한 분량인 데다가 밑지에 꽤나 매운 고추장까지를 덧붙인 아주 든든한 것이었다.

여기 있을 때 우리 일행 중의 한 시간강사의 식사 때 표정을 보니, 그의 허기증의 만족은 여기 있는 동안 자못 흡족한 듯했고, 서울로 돌아와선 또 종전대로 우울해져 있는 게 보였는데, 이런 이는 특히 낙산사의 한동안의 그 너무나 쌌던 체류비 속의 비싸게 빛나던 인심이 더욱 그리워졌을 것이다. 이곳 밥에 섞었던 보리들이 수수하고도 평안했던 것, 그런 것은 더구나 잘 잊히지 않을 것이다.

우리가 사는 생명의 영상을 일정 치하 식민지 시절에 또 불치의 병자이기까지 했던 이중의 사형수 시인 이상이 '달빛이 내 등에 묻은 거적 자국에 앉으면 내 그림자에는 실고추 같은 피가 아물거리고' 이런 투로 맵게 표현한 일이 우리 현대시의 일들 속에도 있긴 있었지만, 신라 때의 사색가들의 정신의 범람이 자기나 자기 그림자의 한계를 훨씬 넘쳐흘러서 초목과 금수들까지 적셔 그것들에게까지 비슷한 생명과 운치와 여유를 주었던 것은, 우리가 역사책에서 읽기는 읽었으면서도 다시 회고하고 실감하려면 흔히 그 비교할 자리를 찾기 어려운 것이지만, 그 장소를 고르기라면 낙산사 이상으로 적합한 곳도 드물 것 같다.

이상의 시 속의 기막히는 피들은 달빛을 만나 거적 자국이 움푹움푹 팬, 거지가 다 된 등때기 살의 거적 자국에 비치는 달빛에 범람해 퍼져서 그 옆 그의 그림자 속에까지 실고추 모양과 빛과 냄새의 혈맥을 뻗치게 하고 있는 것뿐이다.

그래 이것은 사람과 그림자의 한도에서 끝나고 남는다면 그 맵고도 서러운 여운이 주위의 사물을 딱한 면에서 기막히게 할 뿐일 것이다.

그러나 낙산사에서 정신의 눈이 상당히 뜨여 있는 우리 앞에 관세음보살의 마음이 박혀 있는 대나무들이 가르치는 시간과 공간과 풍류의 폭은 한정 없이 그윽히 넓은 것이다.

낙산사 언저리에 가면, 바닷가 바위 틈새 나지막하게 솟아올라 있는 자그마한 몸매의 식대나무들, 그 속에는 물에 빠져 죽으려던 의상의 마음에 연꽃을 주어 재생시켜 올렸다는 관세음보살의 마음이 필연으로 다시 자리 잡아 들어 있다고 지금도 이 근처 사람들은 말하고 아주 조용할 땐 그걸 실감하고 있는데, 이것도 이 언저리의 구석 싸디싼 물건값 속에까지 담겨 있는 비싼 인간성처럼 값비싼 것이 지금도 돼 있는 것 아닌가 생각된다.

내 너무나 가난한 호주머니와 비슷한 허전한 향수를 데리고 관음보살이 그뜩그뜩히 들어 계시다는 대나무 숲에 서면 아닌 게 아니라 거기서는 무언가 나보다는 넉넉히 가진 게 있어 역시 내게로 자양돼 오며 내 부족을 채워 주는 것을 느낀다.

어느 맑은 달밤쯤에 여기를 다시 한 번 찾아가서 대나무로 한 개의 퉁소를 만들어, 나는 내 마음속의 부족해 한이 된 것과 이 대나무 속의 관음보살의 항시 넉넉한 마음을 절충하여 한 곡조 만든 것을 하늘가에 불어 풍겨 보고 싶다.

그러나 이 역시 향수일 뿐이고, 그러나 그 향수 있어 나는 오늘도 내 마음속의 균형을 겨우 가늠할 수 있는 것 같다.

지리산 화엄사

1937년 겨울이던가, 나는 전북 고창의 월곡리 내 집을 찾아온 몇몇 친구들과 같이 술을 마시다가 문득 "지리산에나 한번 걸어서 올라갔다 오자"고 제안해서, 때마침 몰아치는 거친 눈발 속에 몇백 리 길을 합창을 하며 걸어 나섰다가 겨우 한 4, 50리쯤 가서 장성 백양사 가까운 들판의 어느 주막에 멎어 하룻밤을 다시 술타령만 하고 되돌아선 일이 있다.

그 뒤 서른두 해 만인 지난 1969년에야 겨우 다시 지리산에 오를 기회가 생겨 화엄사까지 오니, 이번에는 하늘이 궂은비를 연달아서 퍼부어 내려 이 산의 융성한 봉우리들을 바로 곁에 두고도 그만 마음만을 거기로 보내게 한다.

1937년 이곳으로 오던 도중 밤의 거친 눈발 속에서는 한 주막을 만나 마침 또 거기 제집에 돌아와 있던, 만주서 온 한 뉘우친 늙은 매음녀의 이야기를 들으며 밤을 지새었지만, 이 성역의 바짝 발부리께에는 그런 주막 하나도 없고 해서 심심하여 망설이다가 화엄사의 주지 스님 천운 선사의 방을 찾으니 "왜 그 참기름이라는 것 있지 않습니까. 그것도 메스꺼워 입에 묻힐 수 없는 때가 있거든요……" 무슨 말 끝에던가 썩 이렇게 말한다.

내가 여관에서 묵고 아침을 먹고 올라왔기 때문에 내 입에서 풍겨나는 무슨 비위에 거슬리는 냄새 때문인가 싶어 다시 망설여지기도 하고 '그렇지만 참기름까지도 비위에 안 맞다니 이건 석가모니보다도 더하지 않은가' 하는 생각도 들고 하여 엉거주춤 "글쎄, 그게 그렇기도 하기는 할 수 있겠지요" 어쩌고 어물어물하고 있노라니 "지리산에 기왕 오셨으니 비가 오셔서 봉우리에 못 올라가는 대신 이곳 이야기나 하나 들으시오" 하고 "저기 저 창에 바른 저 하얀 우리 창호지 말씀이오. 그것이 여기서뿐 아니라 지옥하고 극락을 놓고까지 큰 문제가 된 일이 있었어요" 한다.

심심하지 않을 것을 찾다가 엉뚱하게도 그 관문을 여는 이 심심한 창호지 같은 이야기는 뜻밖의 잔잔하고 고요한 매력으로 우리의 귀를 비끄러매는 수가 있다.

바짝 두 귀를 모아 들어 보니, 옛날에 바로 여기 이 지리산 화엄사에 늙은 중이 하나 살고 있었는데 어느 날 밤 꿈에 자기를 찾아온 지옥 염라대왕의 심부름꾼을 만났다고 한다. 그 심부름꾼은 "스님, 스님이 생전에 꼭 갚아야 할 창호지 몇 장의 빚이 우리 치부책 속에는 아직도 적혀 있습니다만, 스님이 이승을 뜨신다 해도 설마 지옥에 오셔서 사실 분은 아니고 또 어디 하늘에 가서 사시게 될 때 지옥에 있는 우리 푼수로 거기까지 다시 올라가서 이걸 갚으라고 조르기도 서로 더 면구스러운 일이고 그러니 여기 화엄사에 계실 때 아주 갚아 버리시라고 왔구만요" 하더라는 것이다.

꿈에서 깨어나 꿈과 생시의 일을 아울러서 생각해 보니, 아닌 게 아니라 이 늙은 중에게는 창호지 몇 장인가를 빚지고 아직 갚지 못한 것이 있어, 그의 생애의 맑은 하늘과 세월 속에 하얗게 막혀 아른거렸다.

언젠가 그의 상좌 중이 글씨 공부를 하다가 종이가 모자라서 웅얼거리는 걸 옆에서 보고 이 화엄사의 절간 물건인 창호지 몇 장을 가져다가 주고 곧 사서 채워 메우려 한 것이 그럭저럭하다가 여러 해가 지나도록 아직도 메우질 못하고 있었다. 그래 이 늙은 중의 맑디맑게 맑힌 끝없는 하늘땅과 영원을 울려 마음의 꿈속에 하얀 얼룩으로 나타난 것이다.

"그래 이 화엄사에서 그 늙은 스님은 그걸 갚고 가셨나요. 좀 미루어 두었다가 내생의 어느 하늘에 가셔서 한 번 더 졸리고 갚으셨더라면 더 재미가 있을 것 같기두 한데……"

내가 늘 까불어 온 버릇으로 가만있질 못하고 입을 열어 종알거려 이렇게 끼우니 "어허, 저렇게 게으른 말씀을…… 저 음력 정월 대보름날 달밤을 아시지요? 그날 밤엔 마을에서 아이들한테 그해 여름에 더워 먹지 말라고 창호지로 속적삼을 만들어 입히지. 그럼 아이들은 그게 살에 닿아 꺼칫거려 잠이 잘 오지를 않지. 우리 늙은 스님도 정월 대보름에 이 종이 속적삼을 입은 아이처럼 마음이 꺼칫거려 배기지를 못했던지, 여러 갑절로 늘려서 빚을 말쑥하게 갚고 가셨어요. 중이 무슨 달리 벌 길이나 있겠소. 바리때를 들고 마을을 돌며 동냥해서 모으는 수밖에. 스님은 꽤나 오래 모아서 쌀을 한 가마나 가까이 이 절에다 바치고 가셨어요."

듣고 있는 동안에 나도 어느 결엔지 내 생애에 지고 못 갚은 빚의 더미들을 마음속에서 헤아리고 있었다. 그리고 그게 지금도 내리고 있는 빗발처럼 빽빽하게 나를 에워싸는 것이 느껴져서 이제는 벌써 심심하고 어쩌고 할 나위도 없어져 있었다.

아하, 이래서 지리산이 서른몇 해 전에도, 서른몇 해 뒤에도 이리 오르기 어려운가.

화엄사 각황전 앞뜰에 서서 각황전 추녀의 맵시 있게는 감돌아 올라가는 날씬한 구배의 선에 한 장단 칠 셈으로 "야, 고것 참 물 찬 제비 같은데……" 한마디 해 보았더니 "아무려면 겨우 원 물 찬 제비만 같을라구……" 주지 화상이 두 줄 흰 이빨들을 드러내고 먹구름 사이 쫌맞게 잠시 언뜻 내리비치는 목욕한 햇빛에 씩 웃는다.

"각황전 지붕의 날개를 새로 막 달고 난 때 일인데, 저 높은 데서 사람이 떨어졌어도 몸에 생채기 한 점도 생기지 않았었지. 꼭 고양이란 놈 사뿐 가볍게 내려서듯 했었지."

어디로 보거나 메주같이 미련하게만 생긴 중 하나가 어디서 온 누구라는 말 한마디도 없이 이 화엄사에 들어와서 별 하는 일도 없이 빈둥빈둥 놀며 세 끼 밥만 따먹고 지내서 여러 중들이 모두 못마땅하게 여기고 또 업신여기기까지 하여, 하루는 힘깨나 쓰는 젊은 중 하나가 그 옆으로 바짝 다가가서 허벅지라던가 그 어디를 좀 아프게 덥석 한번 주물러 보려 했었다 한다.

그랬더니 이 메주가 그래도 힘만큼은 어지간해서 두 손가락으로 (어느 만큼의 과장도 있는 듯도 하지만) 가만히 그 덤빈 중의 덜미께를 집어 들더니만 저만큼 내던져 버렸는데 무슨 솜씨로 어떻게 던진 것인지, 그렇지, 그 고양이란 놈이 아래로 사뿐 내려디디고 서듯이, 내던져진 사람은 저만큼 가서 내려져 서더라는 것이다.

그래 이게 소문난 뒤로 이젠 더 주물릴 염려도 없이 또 누가 뭐라 묻는 말에도 대답 한 번 하는 일도 없이 여전히 빈둥빈둥 구석에 박혀 세월을 보내고 있었는데, 그러다가 각황전의 건축 공사가 끝나가서 지붕에 날개도 거의 다 돋칠 날이 되었다.

지붕의 날개 끝에서 일을 하던 일꾼 하나가 그만 깜빡 발을 잠시 헛디뎌서 높디높은 데서 마당으로 떨어져 내리는 판인데 어디서 "야!" 하고 크고도 부드러이 불러 외치는 소리가 들려, 보니 거기 각황전 앞마당 한가운데 그 메주가 쓰윽 두 팔을 벌리고 섰고, 떨어져 내리려던 자는 이때에도 고스란히 고양이 사뿐 내려서듯 무사히 내려서며 메주를 보고 눈웃음을 쳤다.

"이건 꽤나 급수가 높은 역학인 것 같은데……" 내가 또 가만히 있어지지도 않아 한마디 끼우니 "글쎄, 역학인지 무슨 학인지 하여간에 뒤에 그 아무 일도 없이 시원하게 내려선 사람이 말했다는 걸 들으면 그 메주 스님하고 이 사람하곤 '야!' 소리가 시작될 때부터 둘이 눈이 딱 맞아 그리되었다는 것이지" 한다.

"처녀 총각이 눈을 잘 맞추면 엔간한 방해쯤은 깔고도 살듯이 이것도 그런 연애 비슷한 것인가. 하여간에 그 메주가 시력 한번 지독하게는 셌군. 그것도 이 지리산 힘의 일종 아닌가?" 하니 "그야 좋을 대로 생각하시지. 우리 승가에서는 이 메주 스님을 관세음보살의 화신이라고도 해 왔는데, 암 이렇게 눈을 세게 맞춘 것도 이 지리산 속 일이었으니, 지리산 산기운이라고 봐도 되기사 되겠구만" 한다.

'지리산의 시력의 무게……' 그런 걸 생각하고 느끼며 나는 다시 화엄사 각황전에 중수重修 전 옛날 돋쳐 있었을 날개를 마음속에 그려 본다. 아닌 게 아니라 그건 역시 아무려면, 겨우 원 물 찬 제비 정도일라구……

지리산의 눈맞춤과 연애의 눈맞춤, 이 두 가지를 대조해서 생각해 보며 화엄사 뒤안 호젓한 데로 숨어 빠져들어 가다가 네 마리 사자가 나란히 이마들을 마주 대고 이고 있는 3층의 세 개의 방 앞에 다다라서 입을 짝 벌리고 이 방들을 무척은 한번 부러워해 본다.

아리스토텔레스 오나시스라던가 하는 사내가 케네디 전 미국 대통령의 부인한테 장가들어서 바다 위의 큰 배 속에다 꾸미었다는 밀월의 방, 에이, 그까짓 게 뭐냐 뭐냐는 생각이 다 일어나고, 저 이집

트의 늘씬한 미인 여왕 클레오파트라가 로마의 장수 안토니우스를 맞아 꾸몄다는 장미의 방, 그까짓 건 또 뭐냐 뭐냐는 생각이 다 사실로 일어난다.

시인 말라르메가 제일 좋은 사자라고 표현해 보인 '바다를 정숙히 가라앉히는 사자'도 무던키야 하고, 화백 앙리 루소가 그린 달밤에 한 개의 만돌린과 함께 잠든 집시를 지키며 머리 숙이고 섰는 사자도 꽤지만, 가만있거라, 여기 이 화엄사의 사자들은 그 정도는 이미 벌써 옛날에 졸업하고 그 머리도 이젠 기묘하게 무얼 이고 있어야 견디는 그 임질까지를 장에 가는 새색시같이 시작했는데, 속리산 법주사에 있는 이들 일가인 듯한 어느 것은 만개한 연꽃 속에 호수를 쓰윽 담아서 앞발로 받들어 머리 위에 이고 있더니, 여기 것은 언제 또 어디다가 잠시 부려 놓았는지 그 연꽃 향기 아직도 삼삼히 배어 있는 이마의 그 자리에 이번엔 누구보고 들어 이불 덮고 쉬라는 건지, 빈방을 세 개씩이나 3층으로까지 포개어 이고 있구나.

앙리 루소의 사막의 모래 위에 잠든 집시더러도 이젠 여기 들어 이불도 한 개 덮어 보라는 듯, 말라르메의 사자 울음에 잠든 바다의 평안한 물새들도 이젠 여기 이 방의 어느 구석에 놓일 베개의 베갯모에나 모여들어 주둥이를 마주하라는 듯, 이곳 사자들의 침묵 속의 잔사설 큰 사설은 두루 벌써 몇 바퀴 하늘을 돌아온 듯 큰 진경을 이루었구나. 이런 생각들도 모두 사실로 맑은 날에 흰 구름 피듯 일어난다.

이런 것 저런 것 생각하다가 보니 여기보다 덜 피곤한 데가 어디 또 다른 데 더 있을 것 같지도 않고, 더 은근한 잔사설들도 어디 이보다 더 맺힌 데가 있을 것 같지도 않고, 운명을 치부하기에도 좋은 방구하기에도 문득 그런 것만 같아 이 돌탑의 발부리에 비껴 주저앉았다가 어느새 고향의 고향에 온 것 같은, 제일 처음인 듯한 온전한 휴식을 가져 본다. 남는 힘이 빚은, 남는 아름다움의 굽이로는 곡선들을 따라 천천히 돌려 마음의 산책을 해 가다가……

가야산 해인사

1936년 봄에서 여름까지 해인사 소속의 해명학원에서 내가 훈장 노릇을 하던 때에는 호랑이가 이곳 수풀에 나온다는 이야기는 듣지 못했는데, 37년 만인 올 초파일에 두 번째로 여길 오니 내 시우 정담 스님은 그게 요즘은 밤에 가끔 사명 스님의 부도 옆 산대밭에 내려와서 앉는다고 하며, 내게 오솔길에 찍힌 그 발자취들을 더듬어 손가락질해 알게 해 주느라고 꽤나 열심이었다.

이것이 해인사가 여느 명승이나 고적과는 아주 다른 점인 듯하다. 딴 데 같으면 37년 전에 나오던 호랑이도 인제는 못 나오게 되는 것이 순서일 텐데, 여기만은 그게 거꾸로 되어 있으니 말이다.

이 역설 같은 사실을 이해하기 위해 수풀 속을 천천히 거닐며 살펴보니 아닌 게 아니라 그 역설은 해인사에는 사실로 해당될 것도 같다.

왜냐면 우리나라의 대개의 수풀들은 악착같은 벌목과 6·25 사변의 전화로 거의가 다 발갛게 벗겨졌거나 불탔거나 아니라도 그 나무 수들을 줄이거나 유치화幼稚化해 있는 게 보통이지만, 여기 수풀만은 37년 동안을 고스란히 잘 보존되어 성장만 해 와서 내가 처음 보던 때보다도 훨씬 더 무성하여 칙칙하게 짙어 있으니 말이다.

소나무들이나 딴 나무들이나 눈에 띄는 어느 것에도 미성년은 거의 보이지 않고, 힘 날 대로 힘 나는 장년의 나무들만이 죽 버티고 수해樹海를 이루고 있는 이 큰 기운 속이니 실한 범의 나들이도 부름 직한 일 같았다.

"원래 이 자리는 범이 호위해 앉을 만한 조건까지 고려해서 설정된 듯합니다. 나는 미당 선생께서 잘 아시는 것처럼 무술에도 좀 길들어 있는 터라 별 겁낼 것도 없어서 한밤중의 산책 때엔 가끔 그게 사명 스님 부도를 지키고 앉아 있는 걸 보고 지냅니다. 옛날 어떤 스님이 이 산골에서 길들여 타고 다니던 그놈의 후손이겠지요. 소승도 한번 길들여 타 봤으면 싶지만 그러려면 꽤나 걸려야겠지요. 그리되는 날은 서울 관악산 밑 선생 댁에도 손쉽게 들를 수 있을 텐데, 허허허."

정담은 아주 농담도 아닌 눈으로 나와 그 범의 발자욱들이라는 걸 열심히 번갈아 보며 말했다.

몇 해 전에 계룡산 신도안의 유사 종교 집단촌에 갔을 때에도 그곳 용화사 주지 스님한테서 범이 나와 앉아 밤 뒷간길엔 큰소리로 한참씩 진언을 읊조려야 길을 비켜 준다는 이야기를 들은 일이 있지만 용화사에 나오던 호랑이와 이 해인사 호랑이는 정신의 지향이 아주 다르다. 용화사에 호랑이가 나와 앉던 이유는 딴게 아니라 그곳 유사 종교들이 세월이 좋아서 날마다 소를 밀살하는 피비린내가 계룡산맥에 뻗어 굶주린 식욕을 자극한 때문이었다니, 사명 스님 부도 옆에 축견처럼 와 앉는 이 해인사 범의 지향하고는 아주 딴것 아닌가.

좋은 지향의 전통이 살아 있는 수풀 속에, 범도 머리 숙여 나들이하는 광경 속에, 사람이고자 하는 이들이 있다면 해인사에 가서 묵으며 한동안 그 정적의 깊이에 잠겨 보기를 바란다. 이곳 호랑이의 잘 다스려진 식욕을 건드릴 짓만 하지 않는다면 호식虎食당할 염려도 없을 것이다.

정담은 배치配置의 묘를 잘 아는 시인이라 내게 해인사 정문 앞의 어느 노송을 가리키며 "보시오. 이건 '이리로 가라'는 길잡이의 소나무입니다" 해서 보니 아닌 게 아니라 그 가지의 하나를 해인사 정문 쪽으로 쭈욱 뻗쳐 지시하고 있는 듯한 게 꼭 그의 말같이 느껴졌다.

"그럼 저 소나무의 손가락질을 따라오셔서 절이라고 속세염정俗世艷情하고 아주 떠나는 것도 아니란 상징의 두 나무를 여기 보십시오. 언젠가 이 절에 갓 젊은 중 하나가 있었는데, 그 사람이 그리워 복작거리던 마을의 처녀 하나가 여기서 목매달아 육신을 버리자, 그 중도 이어서 그 옆에 목매어 죽어 거기 자란 두 그루 나무 속에 담겼다는 겁니다. 보세요. 이 꼿꼿이 외곬으로 뻗어 오른 처녀 전나무를 두 팔로 얼싸안아 달래며 '무엇하러 그렇게까지 했어? 인제 다시는 그러지 마라'는 듯한 이 느티나무의 표정을. 해인사는 이런 일을 모른 체 내버려 두지는 절대로 안 하고 언제나 가까이 그 어버이처럼 있어야 한다는 표시입니다."

정담은 해인사 정문 바짝 옆의 상사목相思木이란 이름이 붙은 두 나무의 모양을 주의시키며 또 내게 말했다. "이 배치들은 거 꽤데요" 내가 대꾸하니, 정담은 "또 하나만 더 보여 드릴 게 있습니다" 하곤 시선을 두리번거리는 내게 "잘 들어 보시오" 했다.

무어냐고 하니 까마귀 소리라는 것이다.

눈동자하며 몸놀림하며 삼십대 기우는 나이보다는 너무나 국민학교 저학년만 같아져 가는 정담의 그 열심이 나를 유쾌하게 만들어 "뭔데? 이 사람아" 하니 "까마귀가 울기는 여기서도 우는 거지만, 까욱까욱이니 불길이니 어쩌니 그렇게 우는 게 아니라 아이구, 아이구…… 하면서 후회라기보단 무슨 감동을 말로 하고 있지요. 까마귀가 다 그렇게 말하는 건 아니고, 한두 놈씩 그런 놈이 새로 나오는 것 같아요" 응답한다.

이런 남의 일 같지 않은 미묘한 예부터의 우리 배치에 마음 이끌리는 이들도 먼저 해인사에 가서 있어 보기 바란다. 이런 배치들을 따라가노라면 못 견딜 답답함도 차근차근 정리의 실마리를 얻어 갈 것이다.

백련암으로 성철 노스님을 찾아갔더니 최정희, 조경희, 박희진 등의 문인들이 다녀갔다는 이야기를 하시며 "박희진 씨는 우리 법당에서 부처님 앞에 절을 3천 번만 하고 가라고 했더니, 2천 몇백 번 만에 못 견뎌서 그만 온다 간다 말도 없이 없어져 버리고 말았소. 시도 그렇게들 해야 하는 것일까요. 어허허허 허허허허……" 웃고, "당신네 동국대학교 총장 서돈각 씨는 약속은 지킬 줄 압디다. 역시 절을 3천 번만 해 보라고 했더니 '약속은 지금 할 수는 없지만 노력은 해 보겠다'고 그럽디다. 그러더니 뒤에 전해 오는 풍편에 들으면 그걸 댁에서 계속 잘하고 있다고? 이거, 약속 잘 지키는 일 아니오? 서 선생도(물론 필자에게 하시는 말씀이었다) 한번 해 보시오. 모시고 절할 부처님을 내가 종잇조각에 그려 드려도 되겠지요. 반드시 힘이 돼서 원하는 좋은 일 잘 풀려 가게 되는 것이지만, 성큼 그걸 모두 안 하려고 해서 야단이지" 했다.

성철 스님보단 세 살인가 두 살이 아래인 내 생애에서 절 3천 번을 의뢰하는 사람도 나는 이 해인사에서만 처음으로 만났다.

나와 줄곧 이어 이야기하던 네 시간쯤 동안에 그의 너무나 어여쁜 표정들의 주위에 어리는 후광을 이 글을 쓰는 지금도 역력히 기억한다. 그것은 흔히 성현의 초상화에 보이는 그 흰빛이나 금빛이 아니라 묘하게도 석산石山의 해돋이나 해 질 녘에 어리는 그 엷은 보랏빛이었던 것도 해인사의 풍속다웠던 것으로 새삼스레 느껴진다.

"청담 스님이 계실 땐데요. 어느 밤에 성철 스님하고 두 분이 아무도 몰래 둘이서 오래오래 맞붙어 레슬링 비슷하게 방바닥에 뒹굴고 있었어요."

그분 곁에서 풀려나올 때 정담이 가만히 내게 귀띔을 했다.

"아마 순수 소년 마음들이고 힘이 복받쳐서 그러셨겠지……"

나는 그렇게 대답했지만, 이 대답도 역시 한국의 오래인 제일 본산 해인사의 힘 속의 그늘을 짚으며 그랬던 것으로 안다.

(『여성동아』 1973.8.)

온고지신

복조리 복갈퀴와 처용

중국의 옛 사상가 열어구가 말한 이야기 속의 어떤 목마른 사내는 냇물이란 냇물은 만나는 대로 모조리 들이켜 버리고 그래도 목이 타고 답답해서 지팡이와 함께 어딘가에 나동그라진 것이 그 지팡이에서 싹이 돋아 몇천 리의 수풀을 이루었다고 전해져 온다.

이것은 욕심을 당장에 만족시키려다가 도무지 흡족하지 않아 쓰러진 자의 힘의 이야기다. 요즘에도 적지 않은 행복을 단숨에 만끽하려다가 거꾸러지는 자들을 비유한 이야기다.

그러나 우리 가정에서 음력 설날 이른 아침에 한 해 동안의 행복을 빌어 사들여 벽에 매다는 쪼그만 복조리가 여자의 손에서 사용되는 것을 보고 있으면, 이것은 하늘 밑에 그득한 행복을 언제 만족할 만큼 퍼 들이겠느냐 싶기만 하고, 영 안 끝나는 자잘한 이야기만 같아 성미 급한 사람은 답답증마저 생긴다.

체, 복을 비는 그릇이라도 조금은 더 큰 됫박 같은 걸로라도 삼을 일이지, 이게 뭐야 하는 생각이 든다.

그렇지만 이것은 물론 옅은 생각이다. 마치 큰 바닷물을 홉되로 퍼 올리듯 하는 이 조리질을 좀 더 깊은 호감을 가지고 보고 있노라면, 이거야말로 행복을 자잘한 것들부터 차근차근 일어 올려 끝없이 이어 가려는, 자세하고도 영원한 모습임이 맑게 드러나니 말이다. 맑은 물에 깨끗이 깨끗이 두 손으로 쓸어서 다시 조리로 몇 알갱이씩 일어 내는 곡식알과 같이 행복의 단위를 생각해서 여기 자세하고 빈틈없으려 하고, 유유히 영원토록 결국은 빠짐없이 다 차지하고 살아가려는 욕심의 자세—이것은 확실히 실현의 힘을 가진 차분하고 믿음직한 욕심의 모습이니 말이다.

더구나 하늘의 푸른 맑음이 추위에 한결 더 넋 있는 것으로 맵게 느껴지는 잘 갠 겨울날, 조리에 하이얀 쌀 알갱이를 낱낱이 세듯 일어 올리는 유유하고 태연히 앉은 부엌의 우리 여인네의 모습을 보고 있으면, "우리는 남보단 가난할는지는 모르지만 영원하기는 하겠네. 바르지 못한 정치나 외세가 한동안씩 아무리 우리 족속을 짓눌러도 이렇게 조리질하듯이 바라고 살기라면 그것만은 어쩔 수 없이 영원하기는 하겠어……" 하는 소리가 그 조리 속에서 소곤거리는 듯하여, '그래요' 마음속으로 안 대답할 장군은 아마 없을 것 같다. 더구나 현대 세계에서 가장 형이상학적인 발의 옷—우리 여인들의 하이얀 외씨버선의 금시 하늘로 날아갈 듯한 학의 날개 닮은 곡선을 따라 우리 마음이 감돌아 가며 이것을 보고 있으면……

전라도 일대에 가면 복조리와 아울러 또 복갈퀴라고 해서, 아궁이에 때려고 산에서 소나무의 자잘한 낙엽을 긁어모으는 대로 만든 갈퀴도 복을 부르기에 알맞은 거라고 역시 음력 설날 아침 이것들도 사서 주렁주렁 벽에 걸어 둔다. 그야 물론 이것도 복조리의 친오빠가 아니라면 사촌 오빠뻘쯤은 톡톡히 되는 것이 아닐 순 없다.

세상의 산 위엔 긁어 들일 낙엽도 많건만, 우리 족속은 무엇 때문인지 꼭 그 눈썹털들같이 자잘하게 내려 깔리는 소나무 잎사귀들만을 거의 전문으로 갈퀴질해 긁어모아다 불 때고 있으니, 이 갈퀴는 이를테면 '소나무 잎 갈퀴'라고도 할 수 있는 것인데, 왜 이것이 또 하필이면 행복을 모으기에 알맞은 그릇이라 해 온 것인가. 언제나 푸르기만 해 보이는 소나무 가지의 잎들 밑에 내려 쌓이는 이 누른 솔검불들은 별로 안쓰러운 느낌이 적어서 그리해 온 것인가.

그야 하여간에, 갈퀴와 조리를 행복의 그릇으로 고르고 골라 정한 뜻과 느낌은 거의 마찬가진 것 같다.

우리 산의 변두리를 지나면 지금도 들려오는 육자배기 소리는 거의가 다 떨어져 내린 솔잎을 긁어모으는 나무꾼들의 소리인데, 이 복갈퀴를 생각해 낸 사람들도 물론 그런 소리와 노래를 불러 온 사람들일 것이다.

그렇다면 그들이 죽어서 마음만을 자손들에게 전해 주고 육신의 세상을 뜨는 마당에서도 그 육자배기 노래와 같이 그들에게는 먼 영원의 나그넷길의 용돈도 없는 것이었을 텐데, 마지막 남긴 것은 단 한 가지 그래도 행복의 유일한 그릇—대나무로 만든 갈퀴니, 이것은 참 행복을 모으는 그릇치고는 꼭 우리나라에나 있을 것인가 보다. 그리고 이것도 핵무기니 그런 것보다는 자세히 우리가 행복을 모아, 안 죽고 영원히 살기로 한다면 그 끈덕진 단위의 상징으로 참 실감 있다.

위에서 말한 행복의 그릇들과 아울러서 행복을 유지하기 위해 불행을 피하는 것으로 상징해서 쓴 것들의 뜻이나 느낌도 재미가 있다.

음력 정월 대보름날 우리 가정에서는 짚으로 만든 인형 속에 과일과 밥과 저냐 같은 걸 집어넣어서 한 해 동안의 불행을 막는 것이라고 문 앞이나 네 갈림길이나 강물 위에 놓아두어 왔는데, 이것은 신라의 처용의 모양을 만든 것으로, 흔히 '제웅'이란 말로 불리어 온 것이다.

처용의 이야기를 『삼국유사』에서 간단히 옮겨 보면, 어떤 남편이 어느 달 밝은 밤에 밖에 나가 놀다가 돌아와 보니 그의 집 안방에 아내가 간부姦夫와 한자리에 누웠더라는 데서부터 시작된다. 윌리엄 셰익스피어의 『오셀로』가 아니라 좀 더 점잖은 사내라도 비록 칼로 찔러 죽이지는 않을망정 대개 이혼이니 뭐 그런 걸로라도 대드는 게 보통일 텐데, 이 남편 처용만은 그런 짓을 어느 것도 다 하지 않고 그

대신 춤을 한바탕 멋들어지게 덩실덩실 추어 보이고 또 「처용가」라는 노래를 한 수 지어 불렀다는 것으로, 밀통하던 간부 놈은 이게 겁이 나서 "이제부턴 대문짝에 당신의 얼굴만 그려서 붙이면 그 집엔 절대로 들르지 않겠다"고 하고 물러났고, 우리나라 사람들은 그와의 약속을 지켜 처음엔 대문짝 바깥쪽에 처용의 얼굴을 그려 붙이다가 뒤엔 짚으로 만든 인형으로 대신해 내려왔다는 것이다.

그런데 내가 여기서 독자 여러분에게 주의시키려고 하는 것은 불행을 피하는 여러 가지 방법 중에서 처용이 하필이면 고르고 고른 한바탕의 춤과 노래의 힘이 앞에 말한 두 개의 행복의 그릇—조리와 갈퀴만 못지않게 역시 영원히 꼭 살고 보아야만 할 민족에게는 썩 잘 어울린다고 생각되기 때문이다.

대표적인 불행은 물론 사랑하는 아내가 간통하는 경우가 가장 가슴 아플 것이다. 그러나 이 경우라고 하여 죽여서 원만한 해결이 오는가? 또 이혼한다고 가족과 친척과 사회에 두루 좋은 해결이 오는가? 그러니 역시 처용의 춤과 노래와 이해와 포용과 용서는 최상의 해결책이고, 또 불행을 막기에 제일 알맞은 형식인 것이다. 이렇게 하면 결국 아무리 못된 간부도 굴복하는 만큼은 덜된 아내도 굴복해서 제자라도 돼야 할 거고, 그러구러 인간관계들은 그대로 아쉬운 대로나마 이어 가고, 그래서 영원은 끊어지지 않고 끈덕지게 이어 가는 것이 되지 않을까?

체념 위에 꽃피어나는 춤과 노래는 역시 복조리와 복갈퀴의 아버지뻘이 아니라면 확실히 아저씨뻘은 될 만한 이야기인 줄 안다.

새해가 또 한 번 온다고 해서 가슴 가다듬고 생각해 보니, 우리 족속이 자각할 것은 무엇보다 먼저 '영원히 죽지 않고 살아 볼 일'이라고만 생각되어, 할 수 없이 이런 이야기를 하고 말았다.

(『여성중앙』 1972.1.)

육자배기와 동백꽃

—「선운사 동구」

얼었던 강물이 풀려 우리 마을의 흐름처럼 짙푸른 하늘의 물결을 다시 드러내게 될 무렵쯤 산마다 울려 퍼지는 것은 이른 봄 나무꾼들의 노랫소리다.

지겟다리를 가벼이 두들겨 장단을 맞춰서 불러 넘기는 새봄 나무꾼들의 신명이 굽이치는 육자배기의 노랫소리다.

가노라 간다네
내가 돌아를 간다네
죽음에 들어
노수가 있나

자세히 귀 기울이면 육자배기엔 이런 구절도 끼어 있는 것이 들린다.

이것은 바로 우리 겨레가 나무꾼에 이르기까지 옛날부터 목숨을 영생으로서 살아온 것을 역력히 잘 전해 주는 증거다.

'인생길을 가다가 죽음을 당하기는 하지만 여기서 끝이 아니라 다음 생명으로 넘어가는 한 굽이일 따름인데, 그리로 다시 영생의 길을 떠나자니 너무나 가난하여 노자나 어디 있느냐'는 시름을 담은 노래로, 이것은 아마 불교가 우리 겨레의 첫째 지도 정신이 되었던 신라 언저리 때부터 불려 내려오던 것의 한 가닥 아닌가 한다.

아마 그 많이 없어진 신라 향가의 어느 한 조각이 입에서 입으로 노래 불러져 전해 내려오다가 이렇게 육자배기의 한 부분으로 흡수되어 살아 있는 듯도 하다. 그렇다면 옛날의 마음이란 우리에게서 먼 것이 아니라, 참으로 우리 속에 늘 담기어져 새것처럼 작용하는 것이 아닐 수 없다.

우리도 할 수 없이 옛 어른들을 닮아 영생하지 않을 수 없을 때, 초봄이면 나무꾼들의 산골에 울려 퍼지는 이 노래의 구절을 본떠 읊조려 보지 않을 수도 없는 것이다.

그렇지. 노자도 변변히 없이 주머니까지 비어서 가는 영생—얼음 녹아 새로 맑은 첫봄의 냉수같이 가난한 대로 맑기만 한 영생의 걸음걸이. 옳거니, 이거야말로 이 고장 아니면 딴 곳에 거의 없을 풍류의 모습일 것이다.

나는 우리나라 남쪽에 아직도 많은 이 첫봄 육자배기 소리가 그리워 지금도 눈이 녹을 무렵이면 좋아하는 동백꽃도 아울러 볼 겸 가끔 남쪽의 두메산골을 찾는다.

그러나 한 돌에 두 마리의 새란 잘 맞힐 수 없는 것이라 어느 때는 육자배기만을 듣고, 어느 때는 동백꽃만을 보고 오기가 예사다. 그러면 나는 아래와 같은 시를 써서 육자배기 속에서 그 진한 첫봄 핏빛의 동백꽃을 상상해 보기도 하고, 또 반대로 동백꽃의 그 간절한 붉은빛 속에 우리 육자배기 가락을 실어 거기 있는 듯 느끼기도 한다.

선운사 골째기로
선운사 동백꽃을 보러 갔더니
동백꽃은 아직 일러 피지 안했고
막걸릿집 여자의 육자배기 가락에
작년 것만 상기도 남었습디다.
그것도 목이 쉬어 남었습디다.

—「선운사 동구」

이런 식으로 막걸릿집 여자의 목이 잠긴 육자배기나 한 굽이 들으며 또 역시 저 영생의 수법으로, 거기다가 작년에 피었던 동백꽃의 모습을 담아서 있는 듯이 느끼며 은은해져 있다가 돌아오기도 예사인 것이다.

육자배기 이야기가 났으니 말이지만, 내가 지금까지 들어 본 중에서 아직도 가장 안 잊히는 것은 전라북도 고창 선운사 동구에서 언젠가 들었던 막걸릿집 여자의 육자배기—내게 이 시를 쓰게 했던 그 육자배기 소리다.

아주 잘 부르는 노랫소리에는 귀의 굶주림을 채워 주는 것들만이 담기는 게 아니라 눈에 선히 하늘과 땅 사이에 있는 모든 것에 산 기운과 아름다움을 보태어 내는 시각의 개혁까지를 아울러 빚어내는 것이어서, 이곳 막걸릿집 여자의 그 잘하는 육자배기 가락의 힘에서도 없는 꽃들은 있는 것보다도 더 간절히 연달아 피어나고, 하늘은 그 푸른빛을 점점 더해 가게 되어 있다.

그러다가 나는 여러 해 동안 여길 못 가고 그동안엔 1950년의 6·25가 끼이고 했는데, 6년 전엔가 7년 전엔가 짬이 생기고 마음이 내키어서 선운사 동구의 막걸릿집 여자의 육자배기 소리를 한번 다시 들어 보려고 거길 찾았더니, 그 여자는 물론 살던 집까지 깡그리 헐린 데다가 집터 자리엔 또 웬 인연인지 저 매움한 실파들만 수부룩이 돋아나 있었다. 어찌 됐느냐고 이웃에게 물으니, 여자는 이 자리에서 경찰관과 우익 청년들을 재우고 먹이고 했다 해서 6·25 사변 때 공산군이 여기까지 쳐들어오자 식구들과 함께 몰살을 당하고, 그 집도 그만 불살라지고 말았다는 것이다.

지금 동아일보에 있는 조강환 군이 아직 대학생 시절에 여길 같이 따라가 내 곁에 있어서 그 여자 말을 대강 했더니 그도 잠시 울상을 하던 게 생각나지만, 그 여자의 육자배기 노랫소리로 내 뼈다귀를 적시며 들은 일이 어제 같은데, 벌써 나이 지긋한 내게는 그저 울상만이 되고 말 수도 없는 기막히게는 한정 없이 하늘 그득히 뻗치어 가는 무無에 있었다.

불탄 집터에 수부룩이 돋아나 있는 매움한 실파밭 그 낱낱의 잎에서 그 여자의 육자배기 노랫소리는 울려 나오고, 그것은 하늘과 땅에 메아리하며 끝없이 시간을 적시고, 이렇게 그 육자배기는 오랜 세월을 환난 많은 민족의 잿더미에서 안 타 죽는 새같이 날개를 퍼득거리며 다시 살아나 울리고 울리고 울려오는 것을 느끼며, 나도 역시 그만한 푼수와 영원에 그 여자의 넋과 함께 담겨져 있었던 것이다.

가노라 간다네
내가 돌아를 간다네
죽음에 들어
노수가 있나

하룻길을 걸어 어느 여인숙에서 새우잠을 자고 일어나재도 5, 6백 원쯤의 노자는 있어야 하는 것인데, 노자 한 푼 없이 영원을 간다?

하루만 굶고, 한 밤만 잠자리를 제대로 못 가져도 우리네 사람들은 그만 길가에 나른해 주저앉아 버리고 말밖엔 없는 것인데, 하루 이틀도 아니고 노자 한 푼 없이 영원의 길을 살아가다니?

이런 일이 땅 위에 사는 사람의 힘으로 상상이라도 해 볼 수 있는 일일까.

그러나 우리 겨레는 그렇게라도 해야 한다고 생각해 온 것이다. 지독한 민족! 서양 사람들이 유태 사람들보고 지독하다고 해 왔지만, 유태인도 이렇게까지 지독한 각오를 보인 것을 들어 본 일이 없다. 지독하고, 지독하게는 살아온 민족!

그렇다. 첫봄 되어 얼음이 풀려 내릴 때 산골에서 육자배기 노랫소리가 울려와 우리 뼛속에 스며들거든, 이것은 노자 한 푼 없이라도 영원을 기어코 기어코 살아가야 했던 우리 겨레의 어쩔 수 없는 마음속의 힘의 소리인 걸 느껴야 한다.

(『여성중앙』 1972.3.)

초파일에

내가 할머니를 따라서 선운사라는 절간으로 사월 초파일 연등을 하러 갔던 것은 다섯 살 땐가 일곱 살 때 일이니 꼭 반세기하고도 몇 핸가 전 일이다.

선운포라는 이름의 바닷가 마을인 내 출생지에서 10리도 더 되는 장수강 가의 절벽 사잇길을 주춤거리며 걷다가 할머니 등에 업히다가 하며 가던 일. 초파일 밤의 선운사 절간 마당에 북적거리던 그 모조리 흰옷 차림의 사람들. 그들의 머리 위에 줄줄이 걸리었던 종이 연등들. 그 속에서 할머니가 손가락질해 가리켜 주시던 내 등불, 아버지 것, 어머니 것이라는 등불들. 그리고 너무나 뜨거워서 잠이 영 잘 안 오던 절간의 큰방과 밤참거리의 유난히 넓고도 고소하던 누룽지 무더기. 또 밤이 깊으면 호랑이가 나온다고 밤 뒷간 길에도 나를 업고 나르시던 할머니 등짝의 아늑하고도 미덥던 일.

지금도 언제나 누가 초파일을 말하고 연등이니 관등이니 하면 먼저 이날의 광경들이 내 머리와 가슴에 떠오르는 것이 보통이다.

그중에서도 그날 밤 선운사 마당의 종이 연등들의 인상만은 어린 내 뇌리와 가슴에는 대단한 것이었던 모양이다.

1929년 내가 서울 계동의 중앙고등보통학교 학생으로 광주학생사건을 만나 전교생들과 함께 조선 독립 만세를 부르며 일본 기마순사대에 에워싸여 행진해 갈 때에도 문득 어느 순간엔가는 초파일 밤 선운사의 내 것도 끼인 연등의 등불들이 기억 속에 번쩍번쩍했고, 또 경찰서로 끌려가서 웃통을 벗기고 가죽 채찍으로 되게 후려갈겨 맞을 때도 눈앞이 번쩍하며 그 연등불이 또 죽 줄지어 밝혀지더니, 어느 시에서던가 표현해 본 것처럼 그 뒤 나는 여름마다 뻐꾹새가 새로 울기 시작하면 뻐꾹새 울음 속에서도 연등의 수많은 불들을 다시 기억해 느끼며 살아오고 있다.

어머니가 나를 밸 무렵 할머니가 꿈을 꾸니 상투에 꽂는 은제의 동곳이 보였다 한다. 그래서 할머니는 내가 틀림없이 쓸 만한 놈이 될 거라고 늘 자랑하고 있었으니 그날 밤 선운사 마당 위에 매단 내 종이 등에다가도 은동곳 값어치나 있는 놈이 되라는 소원을 부쳤을 것이다.

그러나 두루 잘 아시다시피 나는 은동곳은 고사하고 상투도 제대로 맬 겨를도 없이 아직도 헤매는 한개 쑥대머리일 뿐. 그러나 할머니 꿈의 은동곳은 돌아가서 모양이 안 보이는 할머니의 꿈으로만 보이지도 않게 남아 있을 뿐. 그러니 나는 이미 귀신이 되신 할머니의 꿈의 편으로서만 귀신의 은동곳이나 하나 아무도 볼 수 없이 가지고 이 초파일에 서 있는 것이다.

나도 이젠 우리 할머니처럼 내 자식이나 손자나 제자한테 내 소원을 옮겨 거는 연등이나 몇 개 불 밝혀 달아 놓아 볼까? 그리고 이건 네 거다, 네 거다 손가락질해 인상 지워 그들의 마음속에 사진 찍게 해서 집어넣어 볼까?

그러나 은동곳도 할머니의 꿈속에서나 있었던 것이지 내 꿈속에는 그것도 없으니 무엇이 되면 좋을 것이라고 한번 해 본다.

연등 하나 달아 줄 테니 경기고등학교하고 서울대학교 법과대학이나 기왕이면 한번 졸업해 봐라. 그렇다면 너 하나야 설마 못 쓰이겠니? 요 정도로 해서 아주 딱 안심이나 된다면 또 몰라도 그 안심이나 어디 제대로 되게나 생겼는가.

"아들아, 딸아, 손자야, 제자야. 국력이 부하면 통일도 될 수 있나니 우리 다 같이 적금하며 공부하며 훈련하며 늘려 가 보세."

"4월 초파일은 이 땅에 사람이 생긴 뒤 지금까지는 사람의 값을 제일로 비싸게 계산한 석가모니라는 사람의 생일날이오."

나는 마치 국민학교 아이들이 학교에서 교과서를 소리 내어 읽듯 이렇게 내 소원을 금년 초파일의 연등에 걸어 말하고 있을밖에는 없는 일이다.

"그러니 우리도 가장 비싼 주인이 되는 거나 그한테서 배우겠다면 배워 봅시다. 영원히 버젓이 비끼지 않고 살면서 말이오"라고.

단오

그리스 신화에는 해의 신 아폴론이 짝사랑하는 강물의 여신 다프네를 부지런히 뒤쫓아 가지만 다프네는 또 부지런히 도망쳐 마침내 강물 속으로 깊이 숨어 버리고 강 언덕 위에 한 그루의 월계나무만 남아, 아폴론은 그 꽃가지로 꽃갓(화관)을 만들어 머리에 쓰고 혼자서 스스로 위로하는 이야기가 나온다.

그러나 한 해 가운데서 맨 처음의 해와 사내의 날인 오월 단오에 우리 여인네들은 평상시의 그 지독스런 내외 가리기에도 불구하고 남자한테서 뺑소니치는 이야기를 전하고 있지는 않다. 아무리 흘러서 달아나기만 일쑤인 강물의 여신이라 하더라도 우리의 그네들은 뺑소니의 눈치는 보이질 않는 것이다.

왜냐고? 그건 우선 오월 단오에 남자에게 굳고 아름다운 정절을 기약해 보이기 위해 우리 여인네들이 그 삼단 같은 머리채를 감을 때 쓰는 창포의 수없는 다발다발들을 강물과 못물은 해마다 길러 내는 걸 봐서도 넉넉히 짐작할 수 있다.

우리의 여인네들은 오월 단옷날이 오면 강가와 못물가의 창포 잎을 베어다가 깨끗이 씻어 더운물에 데쳐 낸 뒤에 그 물에 머리를 담가 거듭거듭 감아서 창포의 향기와 싱싱함을 옮겨 가지는 걸 전통으로 해 왔지만, 하필이면 해와 사내의 날인 이 오월 단오를 골라 그렇게 해 온 것은, 물론 이날에 어울리어 거기 조화되려 함이다.

강물의 여신 다프네는 항시 뺑소니쳐 달아나는 강물의 모습으로만 있어 해의 신인 아폴론의 두 눈과 이마에까지 시름의 그림자를 끼게 하지만, 우리의 여인들은 좀 더 많이 공부하고 나와서 하늘의 해를 다시 알아보는 우등 졸업생처럼 이 단오의 뜻을 바로 마주 대해 거기 살포시 어울리려 몸과 마음을 다한다. 나긋한 창포의 향기를 그네들의 정절의 상징으로 하여 해와 사내의 날에 겸허하고도 빈틈없이 어울리려 하는 것이다.

우리 여인네들은 또 이날의 햇볕 속에서 이해의 처음 봉숭아꽃을 손톱에 물들이는 오랜 습관이 있다. 햇빛이 자라게 하여 만드는 모든 식물의 물감 가운데서 가장 붉고 물 잘 드는 이 봉숭아꽃을 손톱에 물들이는 까닭은 물론 햇빛의 붉고 뜨거운 마음을 두 손으로 받들어 지니기 위해서다. 물론 또 그 짓은 해로서 상징되는 사내의 마음을 두 손으로 받아 온몸과 마음에 지니겠다는 뜻으로 풀이할 수 있다.

이러한 남녀의 밀접함을 보이는 상징적 행위—이보다도 더한 것을 이 고장 빼놓고 딴 데서도 볼 수 있을까? 나는 아무래도 잘 기억

나지 않는다.

요즘 여인들의 열 손톱의 매니큐어가 이런 봉숭아꽃 손톱의 상징의 한 복사이기만을 그저 바랄 따름이다. 봉숭아꽃으로 손톱을 물들이는 뜻을 잘 알던 옛날의 우리 여인네들처럼 모든 여인들은 그네의 사내에게서 쉬 달아나지 말고 끝까지 두고 밀접하기만을 바랄 따름인 것이다.

해와 사내들이 있는 힘을 다해 처음 그 힘줄을 눈앞에 역력히 보이기 시작하는 단오 때가 되면, 우리 여인들은 모든 풀 가운데서 해 속의 온갖 약 기운을 가장 많이 지닌 듯한 수리취라는 풀잎을 찧어 넣어서 해 모양 둥근 떡을 쪄 내 온 가족의 새 구미와 웃음을 돋운다.

울 너머 담 너머
꼴 베는 총각
눈치나 있거든
떡 받아 먹소.

이 민요 속의 떡이나

오라버니 오라버니
개떡 줄까
젓가락 줄까
불어서 먹소.

이 민요 속의 뜨거워 불어서 먹어야만 하는 개떡도 아마 틀림없이 태양과 사내의 모양과 기운을 숭상하는 마음에서 빚은 수리취떡의 일종이었을 것이다.

수리취떡을 해 먹는 우리의 풍속은 대체 언제쯤부터 시작된 것일까. 우리 민족의 시조 단군의 아버님이었던 환웅—하늘의 아들이었던 그 환웅한테 시집가기 위해서 한 마리의 곰이 쑥을 잘 먹고 참아서 좋은 여자가 되어 소원 성취한 이야기는 반만년쯤 전에 생겼던 거라지만, 쑥보다도 훨씬 맛의 차원이 더해 보이는 이 수리취를 먼저 선택한 것이 만일 여인이었다면 그네는 확실히 단군의 어머님만 못지않은 간절한 소원이 있었던가도 싶다. 그네는 해와 또 해 같은 사내의 모양과 맛을 한 이 수리취떡을 빚어 사람들에게 먹여서 어찌 되기를 바랐던 것일까? 아마 태양, 꼭 그것과 같이 사내들이 있기를 바라고 자기는 어머니와 아내로서 그 옆에 바짝 가까이 늘 있고자 함이 아니었던가?

단오 무렵이 되어 다시 우리 여인네들의 온갖 끈질김과 맑음이 눈에 삼삼히 어려 오기 시작하니, 사내 된 자 이 사내들의 날을 맞아 활개가 제대로 펴지지 못함을 느낀다.

사내의 날에 사내들은 사내랍시고 씨름판도 곳곳에서 벌여는 왔지만, 그것도 제대로 끝까지는 버티지 못하고, 끝장에는 투전 따위 도박판을 벌여 소일해 온 주제를 어디에다 감출 데나 있는 것인가!

일본 사람들은 오래전부터 사내의 날에 어린애들한테도 투구를 씌우고 사내들의 힘을 이어 길러 와서, 세계대전으로 거의 완전히 몰락했다가도 지금은 다시 세계 다섯 강국인가 네 강국의 하나로 일어서고 있는데, 우리 사내들은 이게 뭣인가?

우리 여인네들이 뜨겁게 둥근 해같이 쪄 내 주는 단오의 수리취떡, 그 손톱 끝마다 받드는 태양의 정열, 창포의 향기 이은 머리털의 정절 앞에 고개만 그저 수그러질 따름이다.

오월 초닷샛날
이 단옷날 아침 약은
천년을 길이 살
약이라 받잡나이다.
아으 동동다리

이것은 단오를 두고 지은 우리 옛 노래 「동동動動」의 한 구절이다. 우리 겨레의 먼저 가신 어른들의 오랜 정신의 약을 먹어 우리는 아직도 죽지 않고 살고는 있지만, 이 분명한 사내들의 날—단옷날에 무슨 힘을 어디다가 어떻게 부려 보지?

* 단오端午는 '사내의 처음 양기陽氣'라는 뜻이다. 하늘의 기운으로는 태양다운 첫 기운이 나타남을 뜻한다. 한여름의 시작 무렵이니까.

(『여성중앙』 1972.6.)

칠석과 백중

연인의 날—칠석

'어머니날'은 서양에서 정해진 게 새로 들어와서 우리나라에서도 행해지고 있지만, 서양에서 꼭 들어옴 직한 '연인의 날'은 수입해 온 게 없고, 옛날부터 오래 지녀 왔던 음력 칠월 칠석을 그대로 쇠는 것은 재미가 있다. 음력 칠월 보름이 어엿이 예부터 내려오는 부모님의 날이건만, 이것은 서양에서 들여온 날로 바꾸면서 연인의 날만큼은 아직도 많이 칠석날을 그대로 이어 지키는 것은 무엇 때문일까? 어느 지역의 하늘과 땅의 기후나 모습이 딴 지역의 빛는 걸 좇아 유행할 수 없듯이 하늘과 땅 사이의 가장 기본적인 인간관계인 연인의 풍속이란 수입이나 유행과는 너무도 다른 것이어서 그럴까?

하여간 우리는 연인의 날로는 아직도 음력 칠월 칠석 하루만을 가지고, 이날 밤하늘의 은하를 우러르며 견우와 직녀 두 연인의 만나는 즐거움과 헤어지는 슬픔에 동감하며, 이튿날 아침은 또 새들 중에서 예부터 가장 우리 연인들의 편이라는 그 반가운 까치의 모습을 주의해 보기도 한다.

중국 한나라 시절의 책 『회남자』에 "까치들이 강에 몸을 던져 다리가 되어 직녀를 건너게 했다"는 오작교 이야기가 벌써 옮겨져 실려 있는 걸로 보면, 칠석 이튿날 아침의 까치를 주의해 보아 온 중국이나 우리나라의 연인들의 풍속도 꽤는 오래된 것이다.

오작교의 까치 이야기 중에서도 "칠석 이튿날 아침에 머리가 하얗게 벗겨진 까치가 보이는 것은 은핫물 속에 오작교를 만드느라고 머리가 빠진 것이다" 하는 부분은 특히 재미있다. 연애하는 본인들도 아니고 방조자가 뇌수 위에 난 머리털까지 벗겨져 가며 헌신하는 그만큼 한 사랑의 이야기를 우리는 따로 또 기억하는 것이 아무래도 없기 때문이다.

『고사성어고』라는 책의 주註에는, "견우라는 별과 직녀라는 별은 하나는 은하수의 동쪽에, 하나는 서쪽에 살았다. 직녀는 베를 짜기에 바빠 모양을 낼 겨를도 없어서 하느님(옥황상제)께서 불쌍하게 보아 견우와 짝을 지어 주었더니 시집가서는 그만 베짜기를 폐지해 버리고 말았다. 그래 하느님이 성을 내서 은하수의 동서 양쪽으로 그들을 다시 나뉘게 하고 꼭 한 해에 한 번 칠월 칠석에만 은하수의 강물을 건너 만나게 했다"고 되어 있다.

세상이 예부터 만들어 온 연인들의 사랑의 형식도 여러 개 있지만 이렇게도 어려운 상급의 형식은 없다. 성춘향과 이 도령의 오랜 이별 속의 사랑, 춘향의 옥중 고생…… 그러나 그것들도 그다음에는 해피엔드이다. 로미오와 줄리엣의 나란한 죽음으로 끝맺는 사랑의 비극 그것에도 결말은 있다. 그러나 견우와 직녀는 신선도의 하느님—옥황상제의 하늘 속에 사는, 말하자면 신선 선녀니 불가불 영생도 하게 되는 것인데, 죽지 못하고 늘 살아 있으면서 해마다 단 하룻저녁의 상봉을 위해 나머지 364일은 섭섭하고 그리움에 가슴 죄어야만 하는 것이다.

칠석 이야기의 상징은 어쩌면 너무나 가혹한 사랑에의 형벌만 같다. 그러나 사랑의 그리움과 아쉬움을 상징하는 이야기로만 보면 이만큼 절실한 상징도 더는 없을 듯하다.

그렇지만 가령 늙은 낙락장송이 하늘과 영원의 가장 깊은 곳의 파도 소리를 간간이 받아 내는 아래 백 년을 하루같이 바둑이나 두며 앉아 깔깔거리는 모양을 그린 그 여유, 한정 없는 신선도를 생각해 보라. 그 속의 신선들 같으면 틀림없이 이렇게 말할 것이다.

"여보게 견우. 여보시오 직녀. 1년에 별 좋은 하룻밤쯤만 만나고 나머지 364일일랑 견우 자네는 좋은 풀밭에서 검은 암소라도 먹이고, 직녀 당신은 그 무늬 좋고 삼삼한 베라도 짜는 것이 좋아. 첫째 두 사람의 사랑을 오래오래 잃지 않고 건전하게 이어 가기 위해서 그게 좋아, 좋다니까……"

음력 칠월 칠석날의 그 찬란한 은하수의 별들의 강을 우러러보고 우리들의 날마다 다붙어 있는 바가지의 사랑을 돌이켜 보면 아닌 게 아니라 견우직녀는 지금도 우리의 귀감이 아닐 수는 없다. 그리고 뇌수 위의 털들마저 홀딱 벗겨지도록 헌신한 까치들의 도움도 아주 잘 가락에 맞는 것인 듯하다.

부모님의 날—백중

'어머니날'이라고 해서 요새는 우리나라에도 서양에서 들여온 날이 따로 정해져 있고 또 그래도 못 쓴다는 건 아니지만, 기왕이면 우리 옛 어른들이 오래 두고 '부모님의 날'로 떠받들어 오시던 칠월 보름—백중날을 그날로 이어 모시는 것이 질기게 오래 살려는 민족의 할 만한 일이라고는 생각된다.

모든 나무와 곡식들이 한창 꽃 시절을 지나 새로 열매를 맺어 다음 세대를 새로 느끼는 듯할 무렵, 아들이나 딸로 태어나서 그 부모의 소원을 받아 더 크게 더 장하게 되려 마음먹는 모든 아들과 딸들이 살아 계시거나 돌아가신 부모님을 생각하기엔 이때—음력 칠월 보름 언저리의 백중 무렵이 적기가 아닐까.

백중百中/百衆이라고도 하고 또 백종百種이라고도 부르는 이 한문자로 된 말의 뜻에는 '영원히 이어 가는 족보 속의 한정 없이 많은 목숨들 속에서'라는 뜻도 있고, '그 속에서 잘못을 뉘우치고 바른 길을 찾아야 한다'는 각오도 있고, 또 온갖 땅이 낳은 곡식과 과일을 속에 든 씨와 함께 부모와 그 이전의 할아버지 할머니들에게 바쳐 올리면서 그분들의 은혜를 느끼며 끊임없는 영생의 실감을 새로이 하려는 느낌이 있다.

이날을 섬기는 풍속은 신라 때 불교가 들어온 뒤부터 생겼다. 어떤 이들은 중국 중원절이 이날을 차지하는 건 혹 딴 종교나 습속이 낳은 것 아니겠느냐는 의문도 보이지만, 송나라 때의 시인이고 학자였던 방옹放翁 육유가 『노학암필기老學庵筆記』에서 말하는 "선조에게 자실 것을 바치고, 등에 불을 밝히고……" 어쩌고 하는 중원절의 풍속도 결국은 불교의 이날의 우란분회의 뜻과 다를 것 없다는 이야기들이다.

불교의 『우란분경盂蘭盆經』에 보면, 석가모니의 제자 목건련의 어머니가 아귀지옥에 빠져서 먹지도 못하고 너무 말라 뼈다귀에 가죽이 착 달라붙어 있었다. 목건련이 울며 밥을 갖다 드렸더니, 왼손에 밥을 받아 들고 오른손으로 밥을 쥐어 입으로 막 옮겨 가는 순간에 그네의 몸은 까만 숯으로 변해 버려 아무것도 먹을 수가 없었다. 목건련은 슬피 울부짖으며 석가모니 부처님에게 와 고했다.

부처님은 말씀하기를 "네 어머니는 죄가 깊어 네 혼자 힘으론 어쩌지도 못한다. 네 효자의 소리가 천지를 울려도 하늘의 신, 땅의 신, 폐꾼, 외도外道, 도사라는 것들, 사천왕신, 그 누구도 어쩌지 못한다. 하늘과 땅 사이의 모든 진리와 또 그것을 움직여 가는 모든 이들이 편들기 전엔…… 그러니 너를 위해 다시 죄도 필요 없고 시름도 필요 없는 살길을 또 한 번 이야기해 보자. 착한 사내야. 만일에 중이나, 신중이나, 왕이거나 왕의 황태자거나, 백성들이거나 효도하려거든 누구거나 모두 너희들을 낳은 눈앞의 부모뿐 아니라 너의 과거의 족보의 모든 할아버지 할머니들에게, 칠월 보름날 정성을 바쳐라.

부처님 될 만한 사람들의 기쁨이 더없이 큰 날, 그리고 스님들은 여름 공부 끝에 자유를 가지는 날—칠월 보름날에 지금 눈에 안 보이는 모든 우리 선조의 할머니 할아버지들에게 정성을 다해라" 하셨다.

이런 느낌과 뜻을 가진 백중의 풍속이 고려에서도 이조에서도 없어지지 않고 지금까지 이어 내려온 까닭에는 성인 석가모니의 생일인 사월 초파일을 성인의 날로서 존숭하는 성인 존숭의 감각과 아울러 여·이조의 유력한 정치 이념이었던 유교의 가족주의 정신도 상당히 크게 작용했을 것도 같다.

그러나 우리가 지금 멀리 내다보며 말하려는 것은 어느 때 어느 고약한 기회에도 과거의 역사의 에누리는 할 수 없기 때문에 이 백중날의 과거 선조들을 대신하는 죄 닦음과 발전의 각오가 한층 더 간절하게만 생각되는 것이다.

음력 칠월 백중날의 뜨거운 햇볕의 그 간절한 빛 속에서 새로 씨를 밴 과일과 곡식들같이 우리도 튼튼히 기른 자녀들을 앞에 앉히고 서로 보고 앉아서, 자기와 자기의 과거와 미래를 아울러 내다보기에 족한 그런 날 아닐까, 오늘은?

(『여성중앙』 1972.8.)

한가윗날의 달

8월 한가윗날—추석에 비가 내리면 토끼는 새끼를 밸 수가 없고, 개구리는 알을 못 낳게 되고, 메밀도 영글지 못한다는 이야기가 있다. 이것은 '추석에 비가 오면 이듬해 보리농사에 흉년이 든다'는 우리 농촌의 오래된 속담을 한술 더 떠 자잘하게 표현한 것이겠지만, 그야 하여간에 추석날 밤의 달빛에 대한 느낌—이거야말로 참 눈이 반짝 뜨일 만큼 삼삼하고도 반가운 것이 아닐 수는 없다.

추석날 밤의 달빛을 오죽이나 그리워했으면 이런 풀이까지 생겼을까. 달을 항시 거울 모양 보고 살면서 한 해의 달들 가운데서도 제일로 시원스럽고 훤칠한 추석 달을 유난히도 잘 닦인 거울처럼 느껴왔던 사람들이, 달이 내리는 비에 파묻혀 버렸을 때의 실망을 암토

끼의 배 속이나 개구리의 알까지 빌려 사설로 풀이한 것 아니면 무엇이겠는가.

자연과 사람의 마음과의 합일이 이런 이야기들 속에도 그뜩이 담겨 있다. 자연은 영원한 것이고 그걸 본떠 영원한 것만이 우리들 삶의 목표였으니까, 자연의 가장 좋은 것 중의 하나인 추석의 달빛에 우리는 그리도 연연했었고, 그뜩이 연연했던 느낌이 이런 토끼니 개구리니 메밀의 씨들까지를 추석의 달빛 없이는 안 될 것으로까지 만든 것이다.

우리가 추석날 밤에 둘러앉아 먹는 송편—그것도 아름다운 달이 뜬 추석날 밤의 자연과 그만한 푼수로 계속해야 할 영원의 상징으로서는 아마 아직도 하늘 밑 땅 위에 이만한 것은 드물 줄로 안다.

기름도 좋은 것들이 많고, 냄새도 하고많은 것들 가운데서 하필이면 그 아무 매혹적이거나 곧 나타날 자양분일 것도 없는 솔잎의 사시 청청함과 냄새만을 택해 이걸 떡 속에 담아서 한 나라의 민족 거의 전부가 추석날에 송편을 쪄 먹는 나라가 우리나라 빼놓고 지금 어디 또 있는가 생각해 보기를 바란다.

요샌 감각이 너무나 막힌 사람들이 공기총이니 싸이나 같은 독약을 허가하는 바람에 서울 주변의 새들을 모조리 죽여, 송충이를 잡아먹을 새 떼들이 영 부족해서 소나무들이 말라 죽어 가지만, 서울에서도 추석날이 오면 송편에 그 사시 청청한 소나무 잎사귀의 냄새를 집어넣는 것은 아직도 거의 잊지 않고 있다.

모든 나무의 잎사귀들 가운데서 1년 내내 가장 젊은 기운의 푸른 빛만을 띠고 냄새는 하나도 고혹적일 것은 없지만, 우리들의 고향같이 싫증 나는 일은 없는 이 솔잎의 냄새와 기풍을 추석날의 송편에 거족적으로 옮겨 담아 먹고 있는 민족으론 우리가 세계에서 으뜸일 것 같은데, 이것은 내 생각으론 '우리가 끝까지 죽어서는 안 된다'는 민족정신의 끝없으려는 상징으로 안다.

추석날 달밤이 또다시 우리한테 와서 산골의 노루 울음 속에서 아낙네들이 거기 고물 할 풋콩이나 풋동부를 까고 앉아 그 달을 보고 있을 때, 들녘에 사는 겨레들이 새로 익어 가는 무논의 벼 이삭과 마른 밭의 수수 모개들 사이 흘러오는 바람을 쐬며 또 그 달을 보고 있을 때, 그리고 바닷가의 모든 고기잡이 어부의 가족들이 바다의 출렁이는 물결을 보며 그들이 빚는 송편의 솔잎 냄새와 함께 이 추석 달을 보고 있을 때, 우리 겨레는 어쩔 수 없는 공통된 느낌 속에 잠겨 있고 그것은 딴게 아니라 그 밝고 휘영청하고 시원한 추석 달을 거울로 하여 소나무 잎들같이 사철 변하지 않고 영원히 살려는 마음인 것이다.

그러한 추석의 떡 송편을 아직도 거족적으로 빚어 먹을 줄 아는 민족—이 민족에게 길이 복이 있을진저! 지금 당장 아니라도 좋으니 두고두고 끈질기게 복 있을진저!

달아 높이높이 돋아 올라서
아 멀리 비취어 내라.
전주 장 보러 가셨는가요?
길에 진 곳을 디디면 어쩔까요?
그 어디 짐 부려 놓고 쉬세요.
날 저물면 어쩌지요? 당신 가는데……

대강 이런 사설들로 되어 있는 백제가요 「정읍사」에 나오는 달도 역시 추석 무렵의 달이거나, 멀더라도 거기서 아주 먼 달은 아닌 것 같다.

그런데 이 「정읍사」의 달에서 느끼는 것도 역시 우리들의 소원을 거기 마지막까지 다 걸고, 또 우리와 아주 한 몸뚱이같이 합해져야 하는 점에서는 마찬가지인 것 같다.

백제 때에 정읍이라는 데 살던 한 장돌뱅이의 아내가 쓴 거라고 전해지는 「정읍사」의 내용을 보면, 여자는 자기 대신 달에게 "남편이 비 와서 진 데는 밟지 않고 꼬독꼬독 마른 데만 밟고 오도록, 달아 빛을 훤하게 내라"고 소원을 비는데 이런 종류의 부탁은 확실히 서양의 문학에선 우리가 영 볼 수가 없다.

『로미오와 줄리엣』을 비롯한 윌리엄 셰익스피어의 작품들, 그 밖의 모든 서양 문학의 고전들—그 어디 이런 부탁을 달한테 한 게 있었던가? "꼬독꼬독 마른 데만 밟아 딛고 오실 수 있게, 달아, 빛을 좀 더 내어 봐라……" 이런 종류의 부탁을 달한테 한 것은 잘 생각나지 않는다.

한 장돌뱅이의 아내 푼수로 그렇게 달보고 마치 자기 시녀한테 명령하듯 한 일은 쉬이 생각나지 않는다.

8월 한가윗날의 달이 뜬다. 한국에서는…… 올해도 물론 뚜렷이, 사람의 값을 에누리만 하고 다니다가 쓰러진 그런 사람들 때문이 아니라 진짜 백 프로의 사람의 값으로 달을 치부해서 그네를 하녀처럼 보고 부탁하고 부려 왔던 민족정신의 전통 위에……

(『여성중앙』 1972.9.)

9월 9일의 고향 생각

홀로 떠도는 타관 뜨내기	獨在異鄕爲異客
9월 9일 식구 생각 갑절로 나네.	每逢佳節倍思親
내 형제들 머리에 산수유 꽂고	遙知兄弟登高處
산에 오르는 날, 나만 또 빠지네.	遍揷茱萸少一人

이 시는 중국 당나라의 대표적 시인의 하나였던 왕유가 음력 9월 9일 객지에 나그네 몸이 되어 멀리 고향 형제들의 수유놀이를 회고하면서 쓴 것이다.

본 제목은 「9월 9일 산동의 형제들을 생각하며」라는 긴 것이지만, 왕유의 고향 산동이 바로 우리나라에 지금도 많이 있는 산동 짜장면 장수, 산동 호떡 장수, 산동 호배추 장수들의 그 허물없고 수수한 고향이기도 한 것을 아울러 느끼며 이 넉 줄의 절구 시를 읽으면, 그 싸늘하게 개어만 가는 맑고 높은 하늘 밑의 끝없는 향수는 우리에게도 결코 남의 일같이는 생각되지 않을 것이다.

『속제해기續齊諧記』라는 책에서 보면 여남 땅의 환경이란 사람은 비장방이란 이를 따라다니며 여러 해 공부하고 있었는데, 하루는 비장방이 환경에게 "9월 9일 날은 너의 집에 액운이 뻗쳤다. 빨리 집에 돌아가 붉은 보자기를 만들게 해, 산수유 열매들을 싸 동여서 저마다 팔에 걸치고 높은 산으로 올라가서 국화술을 두루 마시게 해라. 그래야 액운에서 구제될 것이다"라고 말했다. 환경은 그 말대로 해 온 집안 식구가 산에 올랐다가 저녁때 집에 돌아와 보니, 집에 남겨 두었던 닭이며 개, 소, 염소들이 모두 한꺼번에 빼드러져 죽어 있었다. 그래 비장방은 이 기별을 듣고 말하기를 "그것들은 너의 식구들의 목숨을 대신해 간 것이라" 했다.

그러니 요즘 사람들이 9월 9일 날 국화술을 마시고, 부인들이 산수유 열매 보자기를 가지는 것도 모두 그 이야기에서 비롯하는 것이라 하겠다. 물론 왕유 거사의 시에 나오는 산수유 열매도 『속제해기』의 그 산수유 열매를 말하는 것으로, 산에 올라 새빨간 산수유 열매를 가지고 놀던 중국의 오랜 풍습 속에서 어려서부터 9월 9일 중굿날을 수없이 경험했고, 지금은 객지의 뜨내기가 되어 형제들의 눈에 익은 찌꺼기 속에 자기만 끼이지 못하는 것을 한탄하고 있는 것이다.

왕유는 거사고, 거사면 불교 신도다. 그러나 불교 신도의 제 집안만 챙기지 못하는 넓은 눈과 감각으로도 음력 9월 9일 무렵의 모든 것이 빤히 다 들이비치는 맑고도 쌀쌀한 때가 되면 제 형제들의 산수유놀음까지가 그리도 영 안 잊히어졌던 모양이다.

그것은 당연하고도 당연한 일이다. 음력 9월 9일 무렵은 사람으로 태어난 자 누구거나 그리운 사람들을 아주 접어두고는 아무래도 배겨 낼 수 없는 때니까……

신라 시절에는 이날 왕과 신하들이 높은 데 올라 마을의 집집에 보이고 들리는 모습들을 살피고 공감하여 같이 기뻐하고 슬퍼하며 그걸로 정치의 기초를 삼던 날로 정해져 있었던 듯하다.

『삼국사기』「신라본기」 11 헌강왕 6년 9월 9일의 기록에 보면,

> 왕은 신하들하고 같이 월상루에 올라서 사방을 두루 살폈다. 서울에 가득한 백성들의 집에선 노랫소리, 피리 소리가 연달아 들려와서, 왕은 시중 벼슬을 하는 민공이보고 "지붕은 두루 띠가 아니라 기와고, 밥은 땔나무가 아니라 숯으로 짓는다니 사실인가?" 물었다. "예, 저도 그렇게 들어 왔사옵니다. 임금님께서 자리에 앉으신 뒤 낮과 밤은 잘 어울리고, 바람 비는 고르기 여러 해이옵니다. 백성들은 먹고살기에 넉넉하고, 어느 구석도 두루 평화하고, 골목골목 모두 즐거움뿐이오니, 이게 모두 임금님의 크신 덕으로 아옵니다" 민공이 대답했다.

어쩌고 하는 것이 있는데, 아마 이건 틀림없이 음력 9월 9일의 관례를 말하는 듯하다.

각기 자기 집에 올 액운을 피해서 산에 올라 산수유놀이를 하고, 국화술을 마시던 중국의 습관도 괜찮기는 한 것이지만, 신라의 왕과 신하들이 본보여 또 모든 국민들도 같은 경향으로 흘렀을 것이라고 믿어지는 신라의 이 맑고 시원한 날의, 남의 형편을 제 형편으로 같이 기뻐하고 슬퍼하던 공감의 울림은 또 어떤가?

액운일랑은 잡아먹기도 하는 가축들한테나 맡기고, 사람들은 높지막한 산에 올라서 좋은 약이기도 한 한가을의 이쁘게 붉은 열매—산수유 열매 같은 거나 서늘한 하늘에 바치고 놀며, 국화술이나 찔끔찔끔 마시는 정신의 위치에 있어 보자는 것도 꽤나 무방하기야 하겠지만, 숫제 액운이니 개 낯바닥이니 그런 것을 피하고 마잘 것도 없이 남의 기쁨과 설움을 내 기쁨과 설움으로 해서, 그 합쳐지는 공명의 울림만을 하늘 높이 보내던 신라의 왕과 신하와 백성들의 9월 9일의 느낌은 한결 더 차원 높은 것 아니겠는가.

하늘을 손톱으로 퉁기면 영창의 창호지에서 나는 뎅— 하는 무슨 소리라도 꼭 날 것만 같은 음력 9월 9일 무렵이 오면 사람들이 맨 먼저 생각할 일은 역시 깊이깊이 사랑할 일인 것 같다.

(『여성중앙』 1972.10.)

시월 상달

추수가 다 끝나 가는 들판의 허수아비들에게는 할 일 없이 되는 달이고 또 메뚜기들에게는 아조 살길이 전연 없이 돼 버리는 딱한 달이기도 하지만, 사람들에게는 이달이 1년 중에 가장 좋은 달이라 해서 상달[上月]이라 불러 오는 습관이 예부터 우리에겐 있다.

산마다 불타오르는 단풍의 붉은 잎사귀들을 가을 내내 열심껏 물들이던 하늘의 햇볕도 인제는 안방으로 쉬러 들어가는 것이 보이는 양 땅 위엔 추수 뒤의 한가함이 포근히 내려 쌓이고, 시골의 구석 골목마다 감나무에 마지막 남은 홍시들, 대추나무 석류나무에 마지막 매달린 그 더없이 짙은 홍옥빛 열매 사이에 까치들의 지저귀는 소리가 한결 더 다정해지기 비롯하는 달—시월은 아닌 게 아니라 제집과 제 나라가 있는 사람들, 거기서 제 할 일을 다해 오는 사람들에게는 분명히 상달임이 틀림없다.

그리스의 아이소포스는 '개미에겐 좋지만 매미에겐 걱정'이라고 말했지만, 웬걸 우리 매미 같은 시인들이나 음악가들에게도 원고료나 작곡료 수입만 엔간키만 하다면 역시나 상달임이 틀림없다.

하기는 이것도 제집, 제 나라와 제 할 일을 제대로 하고 있는 사람들한테라야 상달이 상달 노릇도 제대로 하지, 그 반대의 경우라면 이 상달은 또 가장 딱한 달임은 물론이다. 멀리 갈 것 없이 나라를 일본에 뺏겨 살던 저 일본 총독부 시절, 1년 열두 달 가운데서도 제일 상달이라는 이달이 우리에겐 얼마나 더한 눈물의 달이었던가를 잠시 돌이켜 보는 것도 좋을 것이다.

나는 여기까지 써 오다가 문득 내 신진 시인 시절이었던 저 1938년 10월에 내가 '메뚜기'라는 별명을 붙여 주었던 친구 홍기택을 기억하고 있다. 대한민국 임시정부의 의정원장도 지낸 홍진 선생의 외아들인 바짝 마른 홍기택은 이때엔 저고리도 없이 바지 위에 여름 와이샤쓰만 하나 걸치고 이빨을 악물고 나들이하며 내 하숙방에 얹혀 한동안 더부살이를 하고 있어서, 그 꼴이 꼭 초겨울 메뚜기만 같아 그 별명을 주었던 것이지만, 하긴 낸들 사실이야 메뚜기 아니면 또 무어였겠는가.

밤이 되면 으레 이불이 가장 달가운 철이 다가오는 줄을 번연히 알면서도 첩첩히 쌓인 시름을 잠시나마 술로 도배하지 않고는 견뎌내지 못해 그 이불마저 들어 메다가 전당 잡혀 술 받아 마시곤 헤매야 하는 딱하디딱한 메뚜기였던 것이다.

여러분은 이 시월 상달이 또 우리 조상들이 가지런히 묻힌 산소에 제사를 드리는 시제時祭의 달인 것도 잘 아실 것이다.

시제엔 두 가지가 있어, 왕과 국민이 왕의 선조의 영혼에 올리는 종묘의 시제는 해마다 봄, 여름, 가을, 겨울 네 차례나 있지만, 민간에서 선조들의 넋을 제사하는 시제는 1년에 한 차례 이 시월 상달을 골라 올렸다.

5대조 이상의 선조의 혼을 제사하는 시월의 이 시젯날에 참가해 본 사람은 그 느낌을 잘 아시겠지만, 시제란 제아무리 우둔한 멧돼지 같은 사람에게도 약간은 할 수 없이 형이상적인 느낌을 열게 하는 묘한 효력을 가지고 있다. '소귀에 경 읽기'란 말도 있지만, 소의 귀에다 대고 경책을 읽는 것보담야 한결 더한 효력을 나타낼 만한 분위기와 맛과 느낌의 여러 가지 조건들을 이 시제는 갖추고 있는 것이다.

(『여성중앙』 1972.11.)

동지 납향

동지

옛날 옛적에 하늘과 땅이 나누어진 지 얼마 되지 않았던 시절에 중국에 손재주가 아주 썩 좋은 공공共工씨라는 사내가 아들로는 불효 망측한 놈을 하나 두고 있었는데, 녀석이 죽어서도 영 안 잊히는 놈이 되려고 죽는 것도 꼭 되게는 추운 동짓날에 죽어서 그나마 귀신으로도 아주 망나니인 갖은 재액과 병과 화를 도맡은 귀신이 되어 버리고 말았다.

이런 아들을 둔 부모나 가족들의 머릿골치와 속이 쓰리고 아프기는 옛날이나 지금이나 매한가지겠지만 만일 나나 여러분이 공공씨였더라면 어디 호젓한 절간이라도 찾아가 가만히 앉아 있는 부처님한테라도 상의해 본다든지 또 혹 어디 참한 천주학의 노총각 신부한테라도 가서 물어본다든지 그런 딴 방법들도 있었음 직한데, 우리가 항용 그러는 것 같은 방법을 하나도 쓰지를 않고 이 불측한 불효자의 잡귀를 만들어 가진 공공씨네 집에서는 세상에 하고많은 물건들 가운데서도 하필 붉은팥을 골라잡아 이걸로 팥죽을 쑤기 시작했다고 하는데, 이건 참 아무리 생각해도 미묘한 이야기가 아닐 순 없겠다.

붉은빛과 푸른빛은 나쁜 걸 좋아하는 귀신이 싫어하는 빛이기 때문에 붉은빛의 팥을 골라 죽을 쑤어 문이나 창 같은 데 뿌려서 공공씨의 망측한 자식 놈을 멀리 쫓기 위해서라고 여러 천년의 설명자들은 말해 오고는 있지만, 이것도 곰곰 생각해 보면 아무래도 어딘지 영 고에 당치 않는 데가 있는 것만 같다. 아무리 악귀는 되었다 할망정 이 악귀도 우리와 혈육을 같이했던 한집안 사람이었는데 쫓기는 어디로 쫓기만 하여 될 일이고, 버리긴 어느 때라 버리기만 해서 마음 편할 일이겠는가?

아니었을 것이다. 공공씨네 집에서 맨 처음 이 불측한 식구 귀신을 두고 팥죽을 쑤기 시작한 실감은 단순히 이 불측한 녀석의 넋을 멀리 쫓기 위한 것만은 절대로 아니었을 것이다.

더구나 지금도 우리들의 집 어디에서나 하고 있는 것처럼 극진한 찹쌀가루로 빚은 새알심까지 망울망울 손바닥으로 동글리어 낱낱이 만들어 넣어 그 팥죽이라는 걸 골라 쑤어서, 아무리 악귀가 되었기로 제 식구의 넋을 미워서 쫓아 버리려고만 했을 리가 없다.

혹독한 추위와 눈발 속에 새알심의 붉은 팥죽을 두고 곰곰이 생각해 보자면 이것도 우리 어느 일만 못하지 않은 참 기막힌 것의 하나다.

착한 놈이 먼저 갔어도 동지 추위 때쯤 되면 안 잊히어 못 견딜 텐데 애먹이던 자식을 자기보단 앞서 보낸 어버이라면 아닌 게 아니라 밥도 못 먹고 그 피 어린 듯한 빛의 팥죽이라도 쑤어 땅에 뿌리기라도 하지 않고는 견디기 어려웠을 것이다.

> 가세 빈한하야 동지가 닥쳐왔으나 개가 바위를 지나는 듯, ……어린 아이 팥죽 달라 보꾸와 허리가 무너질 지경, ……실한 머슴은 겨우 하나 남아 있어와 털메투리 신겨 보내오니, 맛진 팥죽 있거들랑은 한 숭늉 옴베기만 보내 주시옵기 바라옵네……
>
> —석양에, 김×× 씀

이것은 전라도 무장이란 고을의 어떤 선비가 동짓날 황혼에 한 사발의 팥죽도 쑤지 못하는 가난을 생각다 못해 친구에게 한 그릇의 팥죽을 보내 달라고 간절히 애걸한 편지의 한 부분이다.

이렇게까지 되면 어찌할까?

믿었던 자식은 무얼 두루 못 참아 불량자가 되어서 어디로 어디로 굴러다니다가 부모의 가슴에 쓰린 못만 박고 세상 떠나 버리고, 으스스한 가을도 다 지나 뼛속까지 오싹한 동지 무렵의 혹독한 추위—그 얼음 위에 또 눈이 쌓이는 동지 추위는 몰아닥쳐 왔는데 안 잊히는 자식의 넋의 발부리에 뿌릴 붉은 피 어린 빛의 팥죽 한 그릇 쑬 곡식도 못 가진 부모가 있다면 어찌할까.

동짓날에 팥죽을 쑤어 먹으면서 우리는 어떻게 하면 재액을 피할까, 어떻게 하면 화를 면할까 그런 것만 생각하고 지내는 인색한 사람이 되기 전에 세상의 얼음장과 쌓인 눈의 냉정을 다 녹여낼 만한 눈물과 정을 가지고 우리 기대를 어기고 간 모든 부족했던 넋들을 향해 울 일이고, 다시는 그런 목메는 느낌이 우리에게 안 오도록 빌 일인 것이다.

이 형이상학적이라면 대단히 형이상학적인 날을 늘 이어 생각하고 느끼는 습관이 중국에서 일찍이 흘러들어와서 우리나라에서도 이것을 지켜 온 것을 나는 조금도 창피하다곤 생각하지 않는다. 이런 일이라면 어느 나라에서 먼저 만들었느냐는 것이 문제가 아니라 이런 날의 이런 실감들을 누가 더 지녀 내느냐 하는 것이 중요한 일이기 때문이다.

동짓날이 오거든 우리는 곡식 뒤지의 바닥을 훑어서라도 한 숭늉 옴베기쯤의 팥죽을 쑤고, 부족했기 때문에 영 잘 안 잊히는 모든 넋들을 생각해 보고, 다시는 안 잊히는 사람을 만들지 않도록 단단히 단단히 각오를 세울 일인 것이다.

납향

이것은 요새 풍속으로 하면 크리스마스 날이나 카니발 따위의 느낌으로 지냈던 날의 이름인 듯하다.

그러나 옛날과 요즘의 차이가 어디 무엇에나 신神이 있다고 보는 것과 없다고 보는 것의 차이에 있다고 보면 이 납일臘日을 옛 어른들은 대단히 신 있는 날로 느껴 오셨던 것이 요즘의 크리스마스나 카니발하고 아주 다른 점이다.

공자께서는 '물건마다 신은 붙어 있어서 그냥 놓아두는 일이 없다'고 하셨거니와 이 납일도 주제는 결국 신과 사람과의 간절한 사귐이었던 것이다.

『강희자전』에 보면 '납臘'이란 글자는 12월이고 또 납제사의 뜻도 있으니, 중국 한나라에서는 동지 뒤의 셋째 번 술일戌日로 정해져 있던 이 납일은 음력 12월에 들어 있기 망정인 데서 그 이름이 생긴 듯하다.

중국에서 한나라엔 위에 말한 것과 같다가 위나라에서는 진일辰日, 송에선 술일戌日, 진은 축일丑日, 또 이수광의 『지봉유설』에는 조선의 위치가 동쪽이란 뜻을 강조해 그 뜻이 담긴 미일未日을 택해 그날을 삼았다는 기록이 전해 오고 있으나, 이 모두가 음력 12월의 일인 데에서 어느 사인지 우리 민간에서 이 복잡한 식별을 몰아쳐서 음력 섣달 그믐날에 이 납향도 아울러 생각하는 풍속이 생겨 나와 요즘은 그렇게 실행되어 오는 걸로 안다.

하늘과 땅의 온갖 귀신들한테 한 해 동안의 도움을 감사해 잔치하고 또 물론 선조들의 넋을 먹이는 이 납제사의 잔치는 옛날에 궁중이나 민간이 다 중요시했던 것으로, 이날엔 사냥한 새와 짐승—그중에서도 꿩과 토끼와 산돼지 고기로 귀신들을 먹이는 것이 우리나라에서는 통례로 되어 왔다.

지금도 산골 마을에 가면 음력 선달엔 말 꼬리의 털로 올가미를 만들어 댓가지에 매단 것을 산 변두리 밭이랑에 꽂아서 거기 걸리는 장끼나 까투리들을 산 채로 선사하는 풍속이 있어, 이걸 선물로 받는 집의 아이들에겐 선달의 한 재미로 돼 오곤 있지만, 꿩을 위해서는 이런 유풍이 점점 없어져 가는 것은 오히려 크게 다행한 일이다.

이 유풍이 마을마다 기세를 부린다면 더구나 요새같이 싸이나를 남용하는 세상에 아름다운 꿩들인들 어디 한 마리나 살아남을 수 있겠는가.

(『여성중앙』 1972.12.)

한국의 미

토함산 석굴암찬讚

이웃에서 누가 울고 있다. 이 울음소리를 듣고 있는 이는 한두 사람뿐이 아니지만 더러는 귓가로 흘려버리고, 더러는 그것을 한동안씩 귀담아듣다가도 할 수 없는 남의 일이라 해 이내 접어 두어 버린다.

그런데 누군가 하나가 있어 이 울음소리가 들려서 거기 말려들어가다가 밤잠도 제대로 잘 수가 없다.

거기서 누가 우느냐? 아니라, 그냥 바람 소리냐?
눈부시어 못 볼 금강석같이 외로운 이때를…… 거기 누가 우느냐?
내가 울려는 이때를 거기서 누가 우느냐?

이렇게 쓴 폴 발레리 같은 사람들은 동양에서도 서양에서도 이웃의 울음소리 때문에 어느 때는 밤잠을 제대로 잘 수가 없다.

그러나 폴 발레리 같은 사람들은 공명의 바다를 훨씬 더 멀리 헤엄쳐 가면서 아래와 같이 이해해 낼 수도 있을까?

'십자가에서 그리스도의 팔에 박혔던 못은 그리스도의 팔과만 백 프로의 필연의 인과관계가 있듯이, 우리 어머니와 내 관계가 또 그렇듯이, 내가 제일 가슴 저리게 듣고 있는 저 울음소리는 하늘과 땅 사이에서 누구보다도 나와 제일 가까운 필연의 인과를 가지고 있는 것이니, 이것을 풀 사람은 저 우는 사람 빼놓곤 나밖엔 없다'고 이해해 낼 수 있을까?

그리고 그 이해 위에 일어서서 둘만의 숙제를 풀어 갈 수 있을까?

풀어 가서 또 말할 수 있을까?

"당신은 우리 한 식구니 같이 살밖에 없습니다"라고.

그리고 실천할 수 있을까. 자기 것과 똑같은 의식주와 꼭 같은 평화를 이어서 죽도록 계속해 주는 일을 실천할 수 있을까?

토함산 석굴암은 불가능한 이 모든 일들이 그 언저리에서 이루어진 뒤에 그 일을 장식하여 삼세 영원三世永遠 속에 새겨 세워진 한 채의 돌의 예술이다.

모량 마을(뜬구름 마을) 가난한 과부 경조의 아들은 대가리가 크고 이마가 넓어 성 쌓아 놓은 것 같대서 대성大城이라고 했는데, 집이 너무 살기 어려워 기르지를 못하고 부잣집에 가 머슴살이를 하고, 그 어머니는 밭 몇 마지기를 소작해서 먹고 입고 지냈다.

마침 보살 모임이 열리고 있어 흥륜사에 육륜회를 꾸미려고 기부하기를 권해 대성이가 머슴 살고 있는 부잣집까지 왔는데, 옷감 쉰 필을 주니

시주님 주신 기부
하늘귀신 늘 가지어
하나 내면 만이 되고
안락하고 명 기소서.

보살은 빌어 주었다.

대성이가 듣고 어머니한테 뛰어가서 "우리 주인집에 찾아온 중이 그러는데, 한 개를 기부하면 만 개가 된대. 우리는 좋은 일을 영 안 해 놓아서 시방 이렇게 가난탄 말이야. 시방이라도 안 하면 내생에 가선 더 지독하게 될 테니, 우리 소작밭에서 얻은 걸 법회에다가 기부하고 뒷기별이 어떤가 봅시다" 하니, 어머니가 좋다고 해서 그 밭엣것을 보살 모임에 바쳤다.

오래잖아 대성이는 죽고, 그날 밤 국무총리 김문량의 집에 하늘에서 당부하는 소리가 나, "모량 마을 대성이를 너의 집에서 맡아라" 들려왔다.

그 집 사람들이 듣고는 저리고 놀라 모량 마을에 가 알아보니, 대성이는 죽었고 그 죽은 때는 하늘이 당부하던 때하고 같았다.

그리고 김문량의 아내가 애를 배 낳으니 왼 주먹을 꼭 쥐고 펴지 않

다가 이레 만에 폈는데, 거기엔 '대성大城'이란 두 글자가 새겨진 금쪽지가 있어 그대로 애기 이름을 붙이고, 모량 마을에서 죽은 대성이가 남기고 간 어머니를 자기 집으로 모셔다가 같이 살았다. 대성이가 다 자라서는…… 이승의 아버지 어머니를 위해서 불국사를 지었고, 전생의 부모를 위해 석불사(석굴암)를 세워 신림, 표훈 두 큰 스님을 각기 거기 계시게 했다.

—『삼국유사』 권5

여기에서 우리는 '오래잖아 대성이는 죽고, 그날 밤 국무총리 김문량의 집에 하늘에서 당부하는 소리가 나, "모량 마을 대성이를 너의 집에서 맡아라" 들려왔다' 한 데를 마음 가다듬어 주의해야 한다.

모세에게 그랬던 것처럼 이스라엘에서도, 아라비아에서도 또 다른 곳들에서도 옛날 동양에선 하늘이 불러 당부하는 소리가 여러 사람들에게 들려왔지만, 그것은 어느 때나 하늘이 당부하는 그 일을 당부받는 본인이 가슴 깊이 잘 알고 있을 때에만 한정되어 있었으니 말이다.

마리아가 가끔 들은 수태고지受胎告知는 늘 마리아가 마음을 쓰던 일에만 한정되어 있던 것처럼 신라의 국무총리 김문량을 하늘이 불러 당부한 내용도 김문량이 전연 모르고 있던 일일 수는 없다.

하늘의 소리를 불러들인 사람은 바로 김문량이다. 그는 너무나 가난한 마을의 과부 경조의 짱구 외아들 대성이를 잘 알고 있었고, 대성이가 죽은 날 밤은 어딘지를 지나가다가라도 외아들을 잃고 우는 과부의 통곡 소리를 가슴에 못이 박히게 저리어 들었을 것이고, 그 가슴 저림이 풍기어 하늘로 올라가서 하늘의 소리를 찾아 만나 불러 내린 것이다.

그러니 결국 "모량 마을 대성이를 너의 집에서 맡아라"라고 하늘에서 당부하는 소리라는 것은 죽은 대성이의 슬픔과 뒤에 남은 홀어머니의 슬픔을 생각하고 같이 느끼던 끝에 '모량 마을 대성이네를 우리 집에서 맡겠다'고 작정한 김문량의 마음속 답안의 하늘 메아리요, 영원 속에서의 그 답안의 확인이다.

『삼국유사』에는 옛 한문 문장의 통성通性으로 자세한 설명이 없지만, 여기엔 김문량이 이 답안의 확인까지에 이르는 동안의 상당히 많은 추리 과정이 생략된 걸로 봐야 한다. 물론 어느 신앙에서도 우리는 또 늘 적당한 추리라는 것을 겸용해 오고 있으니 말이다.

어떤 일들, 어떤 것들 사이에 반드시 다리를 놓게 마련인 인연(요샛말로는 인과관계), 필연성—그런 것을 김문량은 제일 많이 생각하고 있었다고 봐서 틀림은 없을 것 같다.

죽은 소년 대성이와 홀로 남은 가난한 홀어미의 통곡하는 슬픔이 있고, 아무래도 그걸 외면할 수 없는 김문량의 밤잠 못 자는 공명이 있다. 이 두 관계를 두고 김문량은 생각하다가 그의 공명이 이 마을에서 가장 센 것이라는 이해를 하게 되었을 것이고, 그러니까 하늘과 땅 사이에서는 가장 간절한 것이라는 데 생각을 밀고 갔을 것이고, 그렇다면 이 두 관계는 이 세계에서 가장 두터운 인연을 가진 것이라고 인식하게 되었을 것이다.

그리고 이런 두 인연은 눈에 잘 보이는 물질과 물질 사이의 인과 관계—가령 우편배달부의 길을 많이 걸은 두꺼운 발바닥이라든지 어떤 이의 처형된 손바닥에 두들겨 박힌 못이라든지 하는 것을 말하기보다는 좀 어려운 일일는지는 모르지만, 하여간 물질 사이의 인과 관계에서 유추해서 정신 사이의 인연의 필연성도 생각할 수는 있는 것이다.

그래 김문량은 이 두 마음의 인연의 필연성을 자각해서, 죽은 대성이와 남은 그 어머니를 맡기로 하고 또 그걸 하늘의 부탁으로 삼았다.

그러나 이런 일은 불교적인 지혜의 사용을 제외하는 경우 대소 간의 정체불명의 센티멘털 비슷한 것이 되기 일쑤고, 그렇기 때문에 우리한테 실천을 주저케 하는 일이 많은데, 석굴암 건립을 에워싸고 있는 이야기의 물결 속에는 전연 그런 센티멘털은 안 보이고 끝까지 간 이해에서 오는 달가운 명석과 그 맥을 이루는 수학數學—물질에서 추상한 수학이 아니라 정신에서 추상한 미묘한 수학까지를 살에 배게 느끼게 하여, 우리를 아스라한 미소로 이끈다. 석굴암 벽에 아로새겨 놓은 어떤 보살들이 띠고 있는 것 같은 그런 아스라한 미소로 우리를 이끈다.

물론 석굴암을 에워싸고 있는 잔잔한 강물처럼 조용히 물결쳐 흐르는 이 아늑하고도 슬기로운 이야기의 원류는 석가모니의 삼세인연관에 있다.

끝없이 흐르는 대하처럼 모든 생명의 합류인 영원한 전체 생명의 흐름을 전생(과거)과 현생(현재)과 내생(미래)의 세 갈래로 나누어서 그 단위 생명들의 시간적인, 공간적인 갈래와 갈래 사이를 불가분리의 필연적 인과관계로 연관시켜 놓은 석가모니의 노파심과 산수算數의 힘에 의존하는 것이다.

눈에 보이는 것의 인과관계만을 밝히는 것 가지고는 생명과 생명 사이의 모든 야박, 모든 인색, 모든 고립, 모든 독단, 모든 충돌, 모든 싸움 등을 막을 길이 없으니까 눈에 안 보이는 전생과 내생을 끌어다가 눈에 보이는 것에 맞추어 현세의 혼란을 완화하고, 역사의 흐름에서 이어 가는 세대와 세대 사이의 정의情誼의 밀도를 두텁게 하려는 석가의 노파심과 속셈에서 온 것이다.

그래서 김문량은 석가의 이 정의와 산수를 믿어, 불행한 과부 경조의 아들 대성이가 죽자, 죽은 대성이의 혼과 그의 산 어머니를 맡기로 하고, 뒤이어 낳은 자기 아들을 죽은 대성이의 재래再來로 하여 이름까지 그렇게 붙이고, 불행에 우는 과부를 모셔다가 자기 친자식의 '전생의 어머니'라는 아주 미묘 불가사의한 관계를 현실 속에 마련해 주어 시봉케 한 것이다.

그런데 이 '전생의 어머니'와 같은 눈에 영 안 보이는 미묘 불가사의한 인과관계는 다만 그것이 눈에 안 보여서 미묘하다뿐이지 어느 현실의 사물의 배후에도, 미래에도 무한히 무한한 무형으로 쭉 깔려 있는 것이 아닐 수는 없다.

가령 내가 어느 날 오후쯤 바람이 나서 명동의 미도파 백화점 양품부에 가 하얀 포플린의 와이샤쓰 하나를 손수 골라 사다가 입었다 하자.

그 포플린 와이샤쓰를 내게 판 상냥한 여점원과 이 물건과의 관계는 내 눈으로 봤으니 알기 쉽지만, 어느 날 밤 뜻밖에 여직공의 작업복을 입은 부지초면의 여인이 내 앞에 나타나서 "여보세요, 저기 저 못에 걸어 놓은 저 포플린 와이샤쓰는 내가 짠 거예요" 한다면, 그게 정말 그 본인이라 하더라도 미묘 불가사의하게 안 느껴질 수는 없을 것이다.

더구나 내가 또 바람이 나서 무교동의 어느 왕대폿집 가난하고 이쁜 미인 옆에 앉아 있을 때, 문득 그 딱한 미인이 "날 좀 보소, 날 좀 보소, 동지섣달 꽃 본 듯이 날이 날 좀 보소" 하고 아리랑을 한번 멋들어지게 부르고 "여보이소. 우리 집은 경상도 밀양인데예, 선생님 입은 그 와이샤쓰 만든 목화꽃, 그것들 내가 이 아리랑으로 먹여 길렀습니더!" 한다면, 그게 정말 그렇게 한 그 사람일망정 미묘 불가사의하지 않다고 느낄 사람이 얼마나 될까. 그러나 이런 전생은 2단계뿐이 아니라 무한히 모든 사물의 배후에 깔려 있고 또 미래에 예정되어 있는 것만은 사실 아니냐는 말이다.

이렇게 생각해 보면, 신라의 국무총리 김문량이가 아이 죽은 가난하고 딱한 어머니의 슬픔에 되게 공명하다가 죽은 아들의 혼과 산 어머니를 맡아, 그 죽은 아이의 또 한 번의 현생을 자기 친아들의 출산에서 보아 똑같은 이름을 붙이고, 혼자 남은 여인을 모셔 자기 아들의 '전생의 어머니'로 삼았다는 이야기도 불가사의한 대로 어느 만큼 수궁은 갈 줄 안다.

나는 위에서 꽤 많이 지껄였는데, 그것은 불교를 위한 설교의 목적이 아니고 여기선 단순히 현재의 미학 대상의 영역이 협소하다는 실감에서 불교의 삼세인연관 속에서 우리가 파악할 수 있는 요소를 받아들여 그 영역을 좀 넓혔으면 어떨까 하는 시도에서였다.

말하자면 주로 가시적 한계만을 미의 대상으로 삼아 따분하고 별수도 없이 된 우리 미학에, 불교의 삼세인연관에서 오는 불가시적 영역의 인과관계의 미를 이끌어 들여 한번 흥성거려 봤으면 어떻겠느냐는 속셈에서였다.

내 포플린의 와이샤쓰는
무교동의 왕대폿집 여자가
날 좀 보소 날 좀 보소
밀양아리랑을 먹여서 길러 냈다 하는 것.

어쩌고어쩌고한다든지

아들아 내 아들아
열 달 전에 이웃집 거지 경조네서 죽어서
열 달 만에 우리 집으로 이사해 태어난 내 아들아
너의 그전 엄마 경조네를 데려오마.

하늘하고 같이 가서 경조네를 데려오마.

어쩌고저쩌고한다면, 이런 영상들의 배합이나 효과는 불교의 삼세인연관 아니고서야 무엇으로 어디 꾸밀 수나 있는가? 영문학자이자 시인인 김종길 씨가 내가 근년에 쓴 시의 어떤 것들을 두고 시의 이로理路가 없다고 말해 주었는데, 그것도 결국은 서양시의 미학에 전연 이런 유의 시의 이로가 보이지 않는 데에 길든 때문이었다고 생각한다.

그렇지만 나는 불교의 삼세인연관을 주로 하는 미의 시도는 서유럽에서 쉬르레알리슴이 한 것보다도 훨씬훨씬 비교도 안 될 만큼 더 많은 미의 영역의 확대와 비약과 혁명을 가져올 것으로 안다. 석가 자신이 좋은 인식이라고 한 것을 한 상상으로밖엔 도무지 이해하지 못하고 대든다 하더라도 말이다.

서유럽 미학사와 문학사가 빚어낸 것 중에서 이 토함산 석굴암을 에워싸고 있는 이야기와 조금이라도 비슷한 것은 1924년 파리에서 발회식을 한 쉬르레알리슴이다.

그렇지만 그들이 이룬 석굴암 이야기와의 근사점은 그 엉뚱한 영상의 배합에서만 일치할 뿐 상상의 비약, 상상의 혁명은 그냥 그저 각 인체의 가죽 속에 유폐된 의식의 밑바닥에 가라앉은 것들이 빚어낸 신기루에 지나지 않았고, 또 어느 경우에도 그것들은 얼마만큼씩이라도 부끄러운 것이었지 삼세의 영원을 갈 만큼 질긴 발이나 신발을 가지고 있는 것도 아니었다.

쉬르레알리슴의 가장 좋은 후류後流 딜런 토머스의 발이나 신발 역시 마찬가지다.

뛰어 달리는 연어 태양In the torrent Salmon Sun이니 겨자씨 태양In the mustardseed Sun이니 하여, 그의 내면의식의 신기루를 현실의 사물 위에 쌓기에 골몰할밖에 없었을 뿐 어떤 영원을 위한 질긴 미학도 가지지는 못했다.

여기까지 말하고 나면, 우리는 불가불 토함산 석굴암의 불교적이고 한국적인 독특한 미 앞에 서서 한마디 해야 한다.

그것은 곰도 멀찍이 서서 원망하고 통곡하다가 웃고 법당에 들 만큼 작은 대로 훤칠하고 믿음직하고 또 멀리 가는 아름다운 것이다. 아마 어느 때 어느 나라 사람의 눈에 들어가도 안 잊히는 것 중 제일 중요한 하나가 될 것이고, 영 안 잊히는 사람의 눈썹과 같이 가슴속에 삼삼히 어릴 것이다.

이 별로 덩치가 크지도 않은 것은 '멀리 안 가는 데가 없다'는 신라의 화랑이나 원화들을 닮아서 한번 눈에 든 사람의 마음속에 들어가선 세계 어디 안 가는 데가 없을 것이고, 이것의 영상을 가져간 사람은 반드시 그걸로 마지막 위안을 삼을 것이다.

그리고 어느 해 해일이 일어나서 이 나라와 세계를 두루 덮으면 마지막으로 그 부풀어 오르는 바닷물 위에 솟아 남을 만한 것이 이것 정도가 아닐까 생각한다.

왜?

이것은 인도나 중국의 불교미술에 비해 다채하거나 웅대하지도 못하고 일본의 유사한 것들에 비해서도 농염할 것도 없지만, 그 마지막 신은 신발로 가장 멀리 걸어가고, 누구의 마음속에나 마지막 뻐꾸기 소리를 하고, 삼세 영원을 여행해 가는 데서는 이 작고도 가느다란 대로 신축자재한 힘이 가장 질긴 것이 되리라고 생각하기 때문이다.

지금은 없어졌지만, 이 절의 측사側寺로 한 마리 곰의 넋을 위해서 김대성—두 번째 난 김대성이 지은 장수사란 절이 석굴암에서 멀지 않은 곳에 있었다. 그것은 두 번째 난 김대성이 어느 날 곰 사냥을 갔다가 죽인 곰이 꿈속에 나타나 '절간을 하나 지어 내라'고 협박해서 지어 주고 사냥질을 그만두어 버린 딱지가 붙은 절인데, 이 없어진 절에 들어 있던 곰의 넋은 두 번째 난 김대성의 꿈과 함께 시방도 석굴암 앞마당의 햇빛이나 달빛에 배어 있다.

이 곰의 넋이 웃으면 김대성의 꿈도 웃고, 전생의 어머니와 보살들도 웃고, 굴 내의 대불大佛도 따라 웃는다. 대불은 인도의 고향에서 하셨던 것처럼 핀 꽃을 만지면서가 아니라 죽은 곰도 절간을 가지는 이곳이 희한하여 따라 웃는다.

(『현대문학』 1969.3.)

신라 여인의 미와 화장

호메로스의 『일리아스』를 보면, 옛날 그리스의 제일 미인 헬레네의 유괴와 탈환을 에워싸고 그리스군과 트로이군 사이의 피비린내 나는 처참한 전쟁이 벌어졌을 뿐 아니라 신들까지도 두 패로 갈라져 싸움을 도운 이야기가 그려져 있다.

아닌 게 아니라 그 싸움은 그만한 이유라면 조금쯤 멋들어진 것 같기도 하다.

그런데 여기에 좀 우스운 일은 미의 여신 아프로디테(비너스)의 마지막 꼴이다. 하늘과 땅의 미라는 것을 모두 도맡아 경영하는 높으신 몸으로, 오직 그 미를 위해서만 그리스의 왕비 헬레네와 트로이의 미남 왕자 파리스를 짝 붙여 놓고서도, 마지막 판에 가서는 오직 헬레네의 짜증 난 핀잔만을 그 대가로 받아야 하게 되었으니 말이다.

파리스와의 달콤한 밀월이 수도 일리온의 아비규환으로 산산이 깨어지자 헬레네는 사랑의 방조자 아프로디테에게 마침내 대들면서 "파리스하고 붙는 건 인젠 좋건 당신이나 하슈. 나는 그리스의 본남편 메넬라오스한테로 다시 돌아가고 말 테니까" 퍼부어 대게만 하고 말았으니 말이다.

미를 가지고 기껏 솜씨를 부려 본다는 것이 최후에는 핀잔뿐인 데다가 핀잔을 듣고 또 어름어름하기까지 하다가 함부로 막 내두르는 군인들 창끝에 찔리어 그 귀하신 신혈 이코르ichor라는 것까지를 얼마만큼 흘려야 했다니 말이다.

더구나 이 『일리아스』의 이야기와 대조해서 케네디 대통령의 미망인과 아리스토텔레스 소크라테스 오나시스라는, 심히 그리스적인 이름을 가진 그리스 사람과의 염사艶事를 생각해 보는 것은 재미가 있다. 헬레니즘—현대 서양의 감각에도 아직 적지 아니 묻어나는 헬레니즘과 함께 생각해 보는 것은 우리 동양 사람—특히 한국 사람을 상당히 웃기는 일이다.

한국 사람들은 이런 사람들을 보면 "잡것, 살 아깝다"고 한다. 이 말은, 이쁘기는 이쁜데, 그 이쁜 걸 제대로 지켜내지 못하고 낭비하고 다니는 여자를 보고 많이 쓰인다. 그러니 한국 같은 나라에 오면 헬레네나 파리스는 물론 그 둘의 고비원주高飛遠走 때문에 전쟁을 일으켜 서로 마구 찔러 죽인 그리스와 트로이의 군대와 전 국민은 두루 살 아깝고, 가령 헬레네를 메넬라오스 왕이 도로 찾아와 본댔자 그것도 살 아깝고, 아프로디테는 더구나 형편없이 살 아까운 잡것인 것이다. 한때 그리스 국민의 교과서 노릇까지 한 『일리아스』의 이런 이야기를 포함하는 헬레니즘의 오늘까지의 긴긴 흐름 그 자체까지가 살 아까운 잡것이 되는 것이다.

헬레네의 유괴와 거기서 번진 여러 가지의 춘사椿事를 생각하곤, 나는 흔히 신라의 미모의 여왕—선덕여왕과 지귀라는 사내 사이에 얼크러졌던 미묘한 관계를 기억해 내 대조해 보는 버릇이 있다.

지귀라는 사내가 어느 만큼의 문벌을 가졌고 몇 등급이나 되는 관등을 지낸 사내인지는 전해진 게 없어 모르지만, 『대동운부군옥』이란 책에 여왕한테 반해 울고 말라 들어간다는 말을 듣고 여왕이 향 사르러 가는 절로 데이트 장소를 정해 그리로 불렀다는 걸 보면, 못된 흉한이나 가까이 못할 신분의 사내도 아니었던 모양이다. 그러니 아프로디테라도 하나 여기 와 살고만 있었더라면, 이날 당장으로는 모르지만 언젠가는 파리스와 헬레네의 꼴도 될 수 있었을 것이다.

그러나 선덕여왕이 절에 와 보니 청한 사내는 이상하게도 이 중요한 마당에 돌탑 밑에 잠이 들어 있었고, 여왕은 아마 섭섭해서 그랬겠지, 자기 팔에 끼었던 금팔찌를 벗어서 잠든 자의 가슴에 얹어 주고 물러났을 뿐이고, 잠 때문에 좋은 일은 드디어 당해 보지 못하고만 사내는 또 한바탕 가슴속에 불만을 폭발시키고 말았을 뿐이라는 것이다.

내가 헬레네 때문에 생긴 모든 춘사와 대조해 이 평화하게만 끝난 선덕여왕과 지귀와의 이 이상한, 처음이자 마지막인 데이트에서 첫째로 경탄하는 것은 딴게 아니라 그 묘한 지귀의 잠이다. 하고많은 날에 하필이면 잠잘 때와 잠잘 자리가 그리도 없어서, 그렇게도 말라빠지도록 그리다가 초청받은 첫 데이트의 자리를 고르고 골라 잠이 들었다는 사실이다.

이것은 이 땅 위에 사람이 생긴 뒤 어느 나라의 어느 멍텅구리라 하더라도 그냥은 하지 못할 일일 줄 안다. 더구나 이쁘게 보인 여왕이 그리워서 울고 말라 가다가 호젓한 절간으로 여왕의 첫 초대를 받은 사내가 할 수 있는 일일까.

이 사내의 잠을 빚은 힘 속에는 멍텅구리도 아니고, 그냥 수면의 신의 힘도 아닌 딴것이 들어 있다.

그것은 말하자면 어떤 일에도 군색하게는 집착하지 않는다는 '무착無著'의 정신을 은유하고 있는 잠으로서, 이 무착의 정신은 엉뚱한 지귀의 잠 속에만 있는 게 아니라 신라의 화랑정신에는 언제나 많이 들어 늘 작용해 온 아주 중요한 것의 하나다. 군인들이 삶에 집착하지 않아 전쟁을 승리로 이끌었다든지, 처용이란 사내가 제 아내의 간통을 직접 보고도 집착하지 않고 춤을 한바탕 덩실덩실 추어 보였다든지 하는 그 무착의 정신과 지귀의 이 엉뚱한 잠은 결국은 한 솥에서 익혀 낸 밥인 것이다.

신라 상대의 어떤 두 사내는 곡식하고 솜을 각기 들고 장에 나가 물물교환을 해 왔는데, 그중 한 사내의 집에서 기르던 매가 공중으로 날아다니다가 본래 저의 집 것이었던 솜뭉치가 남의 집에 가 놓여 있는 것을 보고 도로 채 날라다 놓았다. 그래 이걸 안 솜의 옛주인은 그걸 들고 가서 돌려주려 했지만, "그건 매와 하늘이 한 일이니 내가 알 바 아니다"라고 저편이 거절해 옥신각신하다가 마침내는 그 둘의 솜뭉치와 곡식을 두 가지 다 들고 나가 처음에 바꾸던 그 자리에다 내버려 두고 왔다는 이야기가 『삼국사절요』에 보인다. 이런 무착과 우리에겐 영 당치 않은 것으로만 보이는 지귀의 잠은 물론 한 항목의 이야기는 아니지만, 같은 계통의 이야기임엔 틀림없다.

일이 그쯤 되어서 된, 첫 데이트 날의 돌탑 밑의 사내의 잠이니, 여자인 선덕여왕으로서도 그 귀하신 몸의 황금 팔찌를 팔에서 벗어서 잠든 가슴에 선선히 놓아 줄 만했었다. 트로이 전쟁 속의 여자들이나 여신이나 요즘의 여인들이라면 "아이 창피해" 하고 화내고 무시하고 휙 돌아서 버렸겠지만, 그게 의젓한 화랑의 잠인 줄을 아는 선덕여왕이니 겨우 그녀의 살에 닿은 팔찌를 벗어 놓아 경의를 표할 수 있었던 것이다.

우리에겐 아무래도 지귀의 잠이 혹 가짜는 아니었을까 의심하는 마음이 있다. 그러나 기록은 틀림없는 진짜 잠이라고 말하고 있고, 또 진짜 잠이었기 때문에 그건 그대로 한 딴 값을 이루는 것이다.

그다음으로 이 이야기에서 내가 경탄하는 것은, 선덕여왕이 이 사건 때문에 남긴 한 편의 시를 통해서 풍기고 있는 신라 미인의 한 전형의 암시 때문이다.

잡것아 네 마음속 불로	志鬼心中火
살을 태워 불도깨비 되었으니	燒身變火神

시원한 푸른 바다 넘어서 가거라. 流移滄海外
가까이 안 보이게 살아 있거라. 不見不相親

어찌 된 시냐 하면—아까 그 지귀의 화랑잠 자는 가슴에다 팔찌를 벗어 놓고 아마 여왕 자기는 예정대로 절 법당에 들어가 향불을 살랐겠지. 그러고 왕궁으로 돌아왔는데, 뒤에 들으니 지귀는 잠에서 깨어 팔찌를 보고 그 팔찌의 임자를 알고는 지그시 사랑의 불을 누르고 있어야 할 것을, 좀 방정맞은 화랑이었던지 그리 못 했기 때문에 생겨난 시다. 물론 은유지만, 지귀는 팔찌와 그 임자를 알아보자 기껏 좋았던 화랑잠이 무색하게 발끈 달아올라 '한참 기가 막혔다가 마음속에서 불이 나와 탑을 에워싸고, 곧 불도깨비가 되어 버렸다'는 기별을 여왕이 듣고 쓰게 된 시다.

이 시의 내용보다도 이렇게 마음먹어 살았던 신라 미인의 자세와 정취의 암시를 여기서 맡을 수 있는 것이 내가 두 번째로 경탄한 것이다. 여기에는 파리스의 유괴에 말려들어 같이 가 붙어 살다가 본 남편 메넬라오스에게로 다시 되돌아오는 헬레네류의 '살 아까운' 수작의 소질이 영 잘 보이지 않을 뿐만 아니라 또 못난 놈이니 못된 놈이니 하는 지탄 한마디 없이, 그저 불귀신이라는 아주 알맞은 이름 하나를 주어서 그 사내를 보내는 곳도 무슨 벌하는 데가 아니고, 시원스럽게 푸른 바다 너머 어디여서 불귀신의 불병 고치기로는 딱 안성맞춤이다. 내가 경탄하는 것은 이렇게 그 데이트의 사내까지를 배치해 놓아두고, 멀찍이 훤칠하니 앉아 있는 그 하나로써 살 아까울 데

없는 신라 여인의 아름다움을 이 시는 우리한테 암시하기 때문이다.

이렇게만 이쁘기로 작정이었던 신라의 여인들도 물론 고운 비단 옷이나 좋은 액세서리나 이쁜 화장품도 아울러 쓰기도 했겠지만, 그런 것을 미의 첫째 요소라고는 생각지 않았다.

어떤 신라의 한 미인은 숫제 하늘과 땅과 바다로 화장化粧되어 있었던 이야기도 전해져 내려오고 있으니 말이다.

꽃자주 바윗가에
잡은 손의 암소 놓고,
나를 아니 부끄리시면
꽃을 꺾어 바치리이다.

「헌화가」라는 이름으로 전해 오는 신라의 이 향가는 말하자면 하늘로써 수로라는 그때의 한 미인을 화장시켜 찬양하고 있는 것이다.

성덕왕 때 순정공이 강릉 태수가 되어 부임하다가 바닷가에 가 점심을 먹는데, 옆에 바위 낭떠러지는 병풍같이 바다를 향하여 아주 높이 솟아 있었고, 그 위에는 진달래꽃이 활짝 피어 있었다. 부인 수로가 따라가던 사람들을 둘러보며 "누가 저 꽃을 좀 꺾어다 주면 좋겠다"고 했다. 따르던 사람들이 "사람은 못 갑니다" 하고 모두 못 하겠다 했는데, 옆에 암소를 끌고 지나가던 늙은 할아버지가 부인의 말을 듣고 그 꽃을 꺾어다가 노래를 지어 함께 바쳤다. 그 할아버지가 어디 사는 사람인지는 알 수 없다.

—『삼국유사』 권2

여기 수로 부인의 아름다움을 장식하기 위하여 등장한 늙은 할아버지는 물론 이미 여성의 미에 빠져들 나이도 아닌 데다가 더구나 어디 사람인지도 모른다고 하고, 또 그 손에 하필이면 꼭 암소의 고삐를 잡고 있는 것 등으로 미루어 보면 옛날 중국과 한국에 더러 있던 고대 신선의 하나임에 틀림없을 것이다. 누구나 다 땅 위의 어디 사는 곳을 밝히고 있는데, 이 노인만 주소도 모를 인물로 표현한 것은 신선의 모습임에 틀림없다.

그래 이 할아버지로 말하면 하늘의 그 옥경을 대표해서 수로의 미를 은유하기 위해 처음으로 등장시킨 조건의 하나로서, 여태까지의 우리 이야기를 현대적으로 고쳐서 표현하자면

암소를 끌고 가던
수염이 흰 할아버지가
그 손의 고삐를
아조 그만 놓아 버리게 할 만큼,

소고삐 놓아두고
높은 낭떠러지를

다람쥐 새끼같이 뽀르르르 기어오르게 할 만큼,

기어올라 가서
진달래꽃 꺾어다가
노래 한 수 지어 불러
갖다 바치게 할 만큼,

그만큼 수로 부인은 이뻤다는 것이 된다.

사람으론 못 올라간다는 높은 낭떠러지를 오를 수 있는 건 그냥 사람은 아닌 무엇이라야 할 텐데, 여기 나와서 사람이 못 오르는 데를 오르는 할아버지는 암소라든지 주소 모를 사람인 점 등으로 보아 고대 신선도나 신선 기록의 많은 예와 일치하니 어쩔 수 없이 신선일밖에 없다. 그러니 다시 말하면 '하늘 옥경의 선계의 미를 두루 겪은 신선 노인까지도 그만큼 녹아 버리게 할 만큼' 수로는 이뻤다는 것이다.

그러나 신선의 갸우뚱한 찬양과 하늘을 재료로 한 화장으로써만 그들의 미의 장식은 끝나지 않는다.

땅의 기르는 것 중에선 가장 귀한 사람의 소리의 합창이라든지, 심지어는 단단한 나무 몽둥이까지가 미의 화장품으로 사용되어 상당한 효과를 거두는 걸 보는 것은 또 다른 재미다.

늙은 할아버지를 다람쥐같이 낭떠러지 위에까지 기어오르게도 했던 수로 부인은 이번에는 어느 바닷가의 정자에 이르러서 뭍과 바다를 온통 동원한 두 가지의 화장을 한꺼번에 가진다.

이틀을 가서 또 바닷가 정자에서 점심을 먹는데, 바다의 용이 문득 부인을 붙들어 바다로 들어가 버렸다. 남편이 땅에 나자빠져 어쩔 줄을 모르는데, 또 한 노인이 있어 "옛사람이 말하기를 여러 사람의 소리는 무쇠도 녹인다고 했습니다. 시방 바다짐승이 어찌 여럿의 소리를 안 무서워하겠습니까. 이 고장 사람들을 내세워 노래를 지어 부르며 몽둥이로 바다 언덕을 치게 하면 부인을 볼 수 있을 겁니다"라고 했다. 공이 그대로 했더니 용은 부인을 모시고 바다를 나와서 바쳤다. 공이 바닷속 일을 부인에게 물으니, 거긴 칠보 궁전이 있고 먹는 것은 달고 부드럽고 향기롭고 깨끗하고, 사람 세상같이 불은 때지 않는다고 했다. 이 부인은 옷에 다른 향내를 받아 띠고 있었다.

—『삼국유사』 권2

여기에서 "또 바닷가 정자에서 점심을 먹는데, 바다의 용이 문득 부인을 붙들어 바다로 들어가 버렸다"는 것은 물론 아무리 옛날이기로 그런 사실은 없었을 테니까 이를테면 바닷속 용까지도 탐내 채어갈 만큼 이뻤다는 비유이고, 또 마지막 부분의 "이 부인은 옷에 다른 향내를 받아 띠고 있었다"라고 한 것도 말하자면 '하늘과 땅의 향내만으로는 모자라서 바닷속 용궁의 냄새까지를 아울러 띠고 있을 만큼 이뻤다'는 비유인 것이다.

이렇게 이 여인은 바다를 끌어다가까지 그녀의 화장품을 삼아야 했다.

또 위의 인용문에서 "옛사람이 말하기를 여러 사람의 소리는 무쇠도 녹인다고 했습니다. 시방 바다짐승이 어찌 여럿의 소리를 안 무서워하겠습니까. 이 고장 사람들을 내세워 노래를 지어 부르며 몽둥이로 바다 언덕을 치게 하면 부인을 볼 수 있을 겁니다"라고 한 것은 이 수로라는 미인에게 땅이 줄 수 있는 극한의 찬양을 아주 역동적으로 나타낸 것이다.

> 대중이 바다를 부른 노래는 '거북아 거북아 수로를 내놓아라. 사람의 아내를 뺏어 간 죄가 얼마나 큰 줄 아니? 이놈. 네 만일 우리 말 안 듣고 내놓지 않으면 그물로 잡아서 구워 먹고 말겠다.'
>
> —『삼국유사』 권2

땅 위의 주인인 이 고장 사람들이 모조리 몰려나와 정신의 직접 표현인 말씀을 이렇게 극단으로까지 빚어내서, 더구나 큰소리를 합해서 바다를 보고 노래했으니, 그건 땅이 한 미인을 위해서 베푼 찬양으론 땅 있은 이후 최상의 것 아닐까 생각한다. 더구나 그들은 낱낱이 몽둥이까지 들고 나와 바다 언덕을 가장 아프게 두들겨 패기까지 했으니 말이다.

왼 고을 안 사내가
모두
몽둥이를 휘두르고 나오게 할 만큼,
왼 고을 안 사내들의 몽둥이란 몽둥이가 다 나와서
한꺼번에 바닷가 언덕을 아푸게 치게 할 만큼,

왼 고을 안의 말씀이란 말씀이
모조리 한꺼번에 몰려나오게 할 만큼,

요컨대 수로 부인은 그만큼 이뻤다는 것인데, 이런 여인의 미의 위력의 표현이란 것은 내가 무식한 탓인지 여기 이것 하나 빼놓고는 동서고금의 어느 책 속에서도 아직 보지 못했다. 독자 여러분들 가운데 혹 기억이 있으면 일러 주시기 바란다.

되게 신경질적인 어떤 여인들이 분 바를 때 분첩으로 얼굴을 마구 두들겨 대는 건 더러 보이지만, 땅과 바다가 한꺼번에 달려들어 마구 마사지 해 놓듯 한 우리 수로 부인의 화장법 같은 역동적이고도 미묘한 것은 더 없을 줄 안다.

'멀리 안 가는 데가 없이 간다'는 신라 화랑과 원화源花들의 규칙의 한 구절이 여기 신라 여인의 아름다움이나 화장을 풀이하는 데도 그대로 적용된다.

헬레네보다도 재클린보다도 또 땅 위의 누구보다도 그들은 되도록 더 멀리 가는 데 미의 표준을 두었다.

위에서 우리가 본 것처럼 땅과 하늘과 바다의 어디까지든지 또 시간으로도 되도록이면 멀리멀리 그들의 미를 성립시켜 보내지 못하면 창피한 일이라고 생각했던 것이다.

나를 버리고 가시는 님은
십 리도 못 가서 발병 나네.

시방 우리들이 부르고 있는 이 〈아리랑〉의 구절에도 그때의 마음은 담겨 있는 걸로 봐야 한다.

미를 가지고도 십 리도 못 가서 발병 나는 것은 너무나 창피한 일이었기 때문에, 그들은 그렇게 되도록이면 멀리멀리 가서 안 가는 데가 없고자 했던 것이다.

(『현대문학』 1969.4.)

한국어의 미학

태초에 말씀이 계시니라.
이 말씀이 하나님과 함께 계셨으니
이 말씀은 곧 하나님이시니라.

—요한복음 1장 1절

기독교 성경에 나오는 이 구절을 곰곰이 생각해 보면, 우리들이 쓰는 말이 이상으로 삼아야 할 것은 하나님의 의견을 나타내는 일이라야 할 것 같다. 다시 말하자면, 우리 마음속에 들어 있는 진실과 진정을 두루 말로 표현하는 일일 것 같다. 왜냐하면 마음속의 진실과 진정은 하나님의 의견하고도 썩 잘 맞는 것이니 말이다.

그런데 우리 한국 사람들은 하나님의 의견하고도 아주 잘 맞는 마음속의 진정과 진실을 영 말로는 잘할 줄 모른다. 옛날 이스라엘이나 지금의 이스라엘 사람들 또 거기 가까운 유럽이나 아메리카 사람들은 그걸 전부터 잘해 와서 시방도 썩 잘하고 있는 것 같지만, 우리 한국 사람들은 쑥이어서 그런지 그런 말씀일수록 잘 되지 않는다.

새색시 입 맞추며 우리 독일 말로
'이히 리베 디히!'
(그 소리 얼마나 듣기 좋은지 남이야 알라더냐)

이것은 하인리히 하이네의 시의 한 구절이지만, '이히 리베 디히'에 해당되는 말 같은 것은 더구나 농담이 아닌 진담으로는 어느 남녀 사이에서도 영 발언이 잘 되어지지 않는다.

가령 달밤에 서로 사랑하는 한 쌍의 남녀가 외딴 수풀 속에 나란히 서 있는 경우에도 오가는 말은 "달 참 좋습니다", "참 좋아요" 이런 정도에 멎을 뿐이지, "나는 당신을 사랑해요" 그런 말은 입에서 잘 나오지 않는다.

한국의 민요에 '행주치마 입에 물고 입만 빵긋'이란 가사가 있다. 이것은 물론 '나는 당신을 사랑한다'는 말을 영 못 하는 무언의 동작과 표정을 나타낸 것이다.

심중에 남아 있는 말 한마디는
끝끝내 마자 하지 못하였구나.

사랑하던 그 사람이어!

사랑하던 그 사람이어!

소월의 시 「초혼」의 한 구절이다. 이것은 '나는 너를 사랑한다'는 말을 한평생을 두고 차마 말하지 못하다가 마침내 그 말을 들을 상대가 저승으로 떠난 뒤에야 안타까워하는 감정을 나타낸 것으로, 이렇게 되면 영원히 이런 말은 발언되지 않은 채 있을밖에 없다.

한 40년 전 한국의 여자고등학교 학생에 스물 넘은 색시도 수두룩하던 때, 서울에서 제일 이쁘다던 미인 하나가 어떤 학교에 통학하고 있었는데, 어느 곰보 사내 학생 하나가 이 여학생한테 쫄딱 반해 날마다 그 뒤를 따라다녔다. 여학생이 아침에 집에서 나오는 것을 골목에서 기다리고 있다간 그 뒤를 대서 학교 교문 앞까지 따라가고, 학교가 끝날 무렵엔 또 그 교문 앞에 와 서 있다가 뒤따라 그 집 대문 앞까지 갔다.

이렇게 해서 3년이라던가 그쯤이 지나갔는데, 어느 날은 그들이 늘 앞뒤 서서 다니던 어떤 골목에서 서로 정면으로 걸어오다가 딱 마주치고 말았다. 사내가 하도 기가 막혀서 땅바닥에 털썩 주저앉으며 엉엉 소리 내 울어 버렸다. 여자도 참지 못해 뒤따라서 마주 소리 내 울어 버리고 말았다.

그래 결국은 곰보가 미인 마누라를 덩그렇게 얻게 되었다는 이야긴데, 여기에서도 기껏해야 들리는 건 그저 엉엉 우는 울음소리 정도지 '나는 당신을 사랑합니다'라는 말씀은 한마디도 없다.

한국 고전문학의 대표적인 연애소설 『춘향전』에도 '나는 너를 사랑한다'는 말은 한마디도 나와 있지 않다. 남주인공 이 도령은 지위가 높은 사람이고, 여주인공 성춘향은 지위가 낮은 사람의 딸이었으니, 높은 사람이 불쌍한 사람을 사랑할 때의 제스처로라도 한마디쯤은 이런 말이 있음 직한데, 그건 영 보이지 않는다.

한 번을 보아도 내 사랑
열 번을 보아도 내 사랑
아무리 보아도 내 사랑
어여쁜 춘향 내 사랑

이렇게 보아도 내 사랑
저렇게 보아도 내 사랑
아무리 보아도 내 사랑
어여쁜 춘향 내 사랑

이것은 이 도령의 춘향에 대한 사랑 노래다.

그러나 그렇게 높은 자리에서 이렇게 노래한 이 도령으로서도 정색하고 춘향과 단둘이 앉는 자리에서는 '나는 너를 사랑한다'는 말이 한마디도 발언되지 아니한 것이다.

그럼 한국 사람들은 이런 말들을 어디에다 놓아두고 사는가? 또 그렇게 해서 어쩌겠다는 것인가? 그들은 마음속에다가만 놓아두고 또 그렇게 해서 진심은 어느 말씀보다도 더 귀중하다고 생각하고 살기 작정인 것이다.

이것은 내 생각에는 시라는 창작 문학이 말을 다루는 것과 많이 비슷하다고 본다. 시는 언제나 다 말하지 않는다. 어느 만큼만 말해서 그 속에 말하고자 하는 것을 되도록 간절히 암시만 하는 것이다. 시의 언어 표현과 한국어의 표현은 아주 많이 일치하는 것 같다.

술은 입으로 오고
사랑은 눈으로 오나니
우리가 늙어 죽기 전
알아 둘 진실은 이뿐이로다.
나는 술잔을 입에 들어 올리며
그대 바라보고 한숨짓노라.

W. B. 예이츠의 「음주가」에 보이는 '사랑은 눈으로 오나니'의 무언 상태엔 어느 만큼 한국어적인 데가 있다.

한국 사람들은 사내와 여자가 사랑하게 되었다는 것을 흔히 '서로 눈이 맞았다'고 말한다. 그것은 물론 말 없이도 눈이 나타내는 것을 보고 서로 마음이 맞았다는 뜻이다. 이런 점은 예이츠의 구절과 일치하겠다. 그러나 그건 예이츠의 '눈으로 들어온 사랑'이 이 이전에도 이후에도 '나는 당신을 사랑한다'고 말하지 않을 것을 조건부로 할 때에만 일치한다.

이것은 어떤 종교상의 신성동맹 비밀결사의 묵계와도 같다. 남녀의 사랑을 두고서뿐만이 아니라 모든 언어생활을 통해서 이런 격식을 쓰는 것이 한국인의 사는 재미인 것이다.

마음속에 남아 있는 마지막 말 한마디는 마침내 말하지 않고 마는 한국 사람들의 언어 사용의 습관은 놀랄 만한 또 다른 결과를 언어생활 속에 빚어내고 있다. 그것은 말의 의미로는 않는 대신에, 음악적인 작곡의 효과를 빌려 극히 간단한 어음 속에서도 그들의 생각과 느낌을 암시해 내고 있는 일이다.

이것은 호남지방 사람들이 손아랫사람들이나 친구가 불러서 대답할 때에 쓰는 '어이'라는 말의 어떤 경우의 음조를 나타내 본 것이다.

어떤 사람이 세상일이 모두 귀찮기만 해서 방 아랫목에 웅크리고 누워 있는 어느 오후에 문밖에서 아는 친구의 목소리가 이 딱한 사람의 이름을 부른다. 위에 음보로 나타낸 것은 이런 경우에 대답하는 '어이' 소리다. 그리고 이런 '어이' 소리에는 '이 사람아, 나를 내버려 두지 않고 무엇하러 이런 때 찾아왔는가. 나는 지금 세상만사가 다 귀찮아서 어디 산골로 멀찍이 중노릇이라도 가 버리고 싶은 심경일세' 하는 정도의 뜻이 담겨 있다는 것을 이 두 음절의 말을 아는 한국 사람이면 누구나 이해해 알아들을 수 있는 것이다.

시의 상징에서 사용되어 온 언어 음향의 암시라는 것도 이렇게까지 복잡한 의미와 감정을 포함하기라면 그건 불가불 한국어의 발음에서나 찾아볼밖에 딴 길이 없을 것 같다.

이것은 사람이 죽었을 때나 제삿날에 우는 곡소리 '아이고 아이고'의 어떤 것을 곡보로 표시해 본 것이다. 그것도 여자가 우는 곡소리—그중에서도 남편의 죽음이 눈물이 되기보다는 한 심심한 일이 된 여인이 너무나 단조로워 잠깐 곡조를 붙여 울고 있는 곡소리인 것이다.

흔히 호남 지방의 봄의 양지바른 무덤가나 제사 마당에 가면 들을 수 있는 이런 유의 곡보로 우는 여인들의 울음소리는 많이 육자배기나 그 밖의 한국 전래 속요의 곡조를 띤다.

그러니까 울고 있는 소리는 '아이고 아이고'지만 그것이 포함하는 의미나 느낌으로 듣기라면, 어느 경우에는 '가노라 간다네 내가 돌아를 간다네'이기도 하고, '강상에 둥둥 떠가는 배'이기도 하고, '초록은 동색이요, 가재는 게 편이라'이기도 해서, 한국의 중요한 전래 속요 전체만큼의 범위를 갖는 것이다.

위에 말한 두 가지의 예는 그 발음된 음조에 따른 의미와 느낌을 상징적으로 말한 것이지만, 어떤 경우에는 짜여진 음조보다도 단 하나의 음색 그것만으로도 생각과 정서를 대신하는 수도 있다.

역시 호남 지방의 말에 강세사로 어미에 쓰이는 '인이'가 있다. "잘 가거라, 인이", "다시는 그러지 마라, 인이" 하는 경우의 그 '인이' 말이다.

이 말은 지금 우리가 사용하는 국어 문자만 가지고서는 그 음을 그대로 나타낼 길이 없어 불가불 '인이'라고 가차용해 쓸밖에 없지만, 소리 그대로면 이것은 'ㄴ치모음'으로서 되는 소리다. '파리장parisien'이니 '바가봉vagabond' 할 때의 그 비모음을 가져다가 위아래 이빨 사이에 놓고 그걸 ㄴ치모음으로 연습해 통달되면 이해할 수 있는 그런 소리다. 즉 '이' 밑에 붙은 ㄴ치모음의 소리인 것이다.

다 익은 신부한테 아홉 살짜리 신랑이 장가갈 때나, 형편없이 가난한 열두어 살짜리 소녀가 서른 살짜리 총각한테 예비 신부로 시집갈 때 그 어머니는 '모든 걸 잘 참아 내라, 인이' 하고 이 '인이'를 사용한다. 또 물론 비 온 뒤 아스팔트 안 깔린 길로 나서는 남편에게 아내가 "여보, 부디 진 데는 밟지 말고 마른 데만 골라서 디디고 갔다 오시오, 인이……" 하는 경우에도 발음되어 사용된다. 세상 사람들이 모두 도둑들로만 보이는 사람이 제 가까운 사람보고 "우리도 인제부턴 이럴 것 없이 도둑질이라도 해서 지내 보자, 인이" 하고 써먹을 수도 있고, "차라리 그놈의 것 죽어 버리고 말자, 인이" 하고 '인이'를 붙여 쓸 수도 있다. 그러나 이 '인이'는 말을 받을 상대와 친분이 두터울 때만 사용될 뿐이고 적대해 있을 때는 쓰여지지 않는다.

즉 이 '인이'는 서로 친한 사이에서 무얼 간절히 부탁하거나 공감을 청할 때 붙이는 강세조사로서, 이 단일 음색이 갖는 효력은 참으로 뼈에 밸 만큼 침투력이 있는 것이다.

아닌 게 아니라 ㄴ치모음은 그 자체 구성이 벌써 인체 내의 골격 부분과 연결되어 있기도 하다. 비모음 같은 것은 비육과 연결된 육질의 부분을 많이 울리지만, ㄴ치모음을 한번 연습 삼아 소리 내 보라. 이빨에서 뼈로 직결되는, 마치 금은의 줄을 단 현악기에서 울려 나오는 소리와 같이 우리의 골질을 두루 울리는 걸 의식하지 않을 수 없을 것이다.

우리는 이 한 개의 음에 대한 친분 때문에 옛집과 옛터와 고향과 조국을 못 잊고 되찾아 들기도 한다. '갔다가 오시오, 인이……' 우리가 어디로 떠날 때 골수를 울리는 당부의 말들 끝에 매달린 그 '인이'의 힘은 그렇게 큰 것이다.

한국 사람들은 도대체가 진심과 진정을 근거로 하지 그걸 표현해 내는 말씀에다 중점을 두거나 또 그 말씀을 진정의 전부를 담을 만한 것이라고는 생각지 않는다.

이런 한국인의 언어관은 언어 경시의 경향을 만들어서 말 잘하는 사람을 '말꾼'이니 '수다쟁이'니 하시해 대하는 태도들을 갖게도 하고, 회의 같은 데 나가서도 점잖은 사람은 침묵을 더 많이 써야 한다는 신조까지를 빚어내게 하고 있다. 어느 한국의 대학 총장은 장시간의 회의에서 꼭 "글쎄요"라는 말 한마디를 발언했는데, 그 한마디에 사용된 시간은 5분이었다는 풍문이 있다. 5분까지는 과장이겠지만, 하여간 상당히 긴 시간이 걸렸던 것만은 사실인 듯하다.

시골에서 지게에다 소금을 지고 다니며 "소금 사시오. 소금 사시오" 외쳐 파는 소금 장수 두 사람이 있었는데, 그중 한 사람이 "소금 사시오" 하고 외치면 남은 한 사람은 그 뒤를 받아 "내 것도" 따라다녔다는 이야기도 있다. '소금 사시오' 하는 다섯 음절보다 '내 것도'가 두 음절이나 짧으니까, 말하기 딱 귀찮은 소금 장수라면 그만큼 한 계산쯤 했음 직도 하다.

이런 언어 경시의 극단적인 경향을 은유하는 이야기가 예로부터 전해져 내려오고 있다.

혜현은 백제 사람으로 어려서 중이 되어서 『법화경』을 주로 읽었고, 복을 빌어 그 넋에 좋은 효력이 생겼고, 삼론을 아울러 공부해 신에 통하기를 바랐었다. 처음엔 북녘 수덕사에 있으면서 배울 사람들이 있으면 강의를 하고, 없으면 불경을 읽었는데, 사방에서 존경해 그 아래 모이는 사람들이 많았다. 지내는 동안 번거로움이 싫어져서 드디어 강남 달라산에 가 살았으니, 산은 아주 험하여 오가는 사람도 없는 속에 혜현은 고요히 앉아 잊어버리는 공부를 하다가 거기서 목숨을 거두었다. 같이 공부하던 이들이 널의 시체를 바위굴 속에 두었더니 호랑이가 그걸 다 먹고 오직 해골과 혓바닥만을 남겼는데, 3년이 지나도 혀는 오히려 붉고 부드럽다가 세월이 가는 동안에 변하여 자줏빛은 굳어 돌같이 되었다.

—『삼국유사』 권5

백제 사람 혜현은 말수가 아주 적은 중노릇을 가서까지 말이 귀찮아 숫제 혼자서 침묵하고 마는 길을 택해 고요히 살다가 죽었는데, 그 침묵이 대단케는 선명하게 염색해 낸 한 조각 자줏빛 혓바닥이 인제는 불멸할 걸로 수정같이 단단히 응고되어 있다.

이 은유는 말은 속절없는 것이니 영 하지 말자는 것인가?

그것이 아니다. 모든 말의 뿌리인 진심과 진정 그것을 지켜 내려는 이야기에 지나지 않는다.

이 고약보다도 더 단단한 돌같이 굳은 혜현의 혓바닥은 한 상징물로서 한국어 사용 세계에 아직도 보석 박혀 있어서, 그 때문에 남유달리 누구를 사랑해도 '나는 너를 사랑한다'는 말 한마디를 가벼이 내놓지 못하며, 어떤 대학 총장은 서너 시간의 회의에서 '글쎄요' 한마디를 진땀 빼서 겨우 하고 있는 것이다.

혜현 같은 이들의 침묵이 염색해서 만들어 놓은 혓바닥, 호랑이도 이빨을 감히 못 댄 혓바닥, 영 멸망하지 않을 만큼 수정체로 응고해 있는 꽃자줏빛 선명한 혓바닥, 진심과 진정의 마음속의 혓바닥, 침묵이 자양인 혓바닥, 여기 헌신하노라고 한국인들은 마지막 말할 것은 마음속에 그냥 접어 넣어 두고 살아가는 것이다.

이것은 이쁠 수도 있는 것인가?

그럴 수도 있다면, 이것이 한국어의 아름다움이다.

(『현대문학』 1969.5.)

팔도 사투리의 묘미

—「편지」

나도 옛날엔 아름다운 모국이 있었니라.
그곳엔 떡갈나무 높이 자라 오르고
제비꽃은 고요히 흔들리더니
아, 그는 꿈이었어라.

새색시 입 맞추며 우리 독일 말로
'이히 리베 디히!'
(그 소리 얼마나 듣기 좋은지 남이야 알라더냐)
아, 그도 꿈이었어라.

—「외지에서」

이것은 독일의 시인 하인리히 하이네가 그 국민만이 아는 자기 나라 말의 그리움과 아름다움을 말한 시이다.

누구나 자기의 모국어, 향토어는 허물없게 쓰고 커서 정이 들었기 때문에 그리운 것이다. 더구나 객지에 가서 낯 서투른 말들을 대할 때 더욱이 그렇다.

"바셰뷔싸까쁘레바쓰호지쩰쓰뜨브" 이것은 러시아 말로 '각하님!'이라는 말이다.

이 말 한마디를 우리나라 사람이 외려면 걸리는 시간도 시간이려니와, 그 많은 폐쇄음에는 골치가 아플 것이다.

그러나 19세기 러시아의 소설가 이반 투르게네프 역시 모국어의 그리움과 아름다움을 간절히 말하고 있다. 모국어란 제삼자에게는 아무리 딱딱한 것이라도 그 국민에게는 모두 하이네나 투르게네프의 느낌과 같은 것이다. 그러므로 내게라고 우리말의 그리움을 말하는 마당에 딴 투정이 있을 수 없다. 하이네의 말마따나 남이야 알거나 모르거나 그 그리움들을 말해 보려 할 따름이다.

살에 닿는 경상도 말

내 생각 같아서는, 우리말의 세 계급—즉 경어와 평교어와 하대어 중에서 말맛이나 음이 다채영롱하게 잘 발전된 것은 평교어라고 보는데, 이것은 경상도에선 유난히 그런 것 같다.

사래 질고 진진 밭에
목화 따는 저 처자야
뉘 간장을 녹이랴고
저리 곱게 생겼는고

내가 뭣이 그리 곱아
양산이라 뒷개골에
열무 씻는 우리 성은
날카마도 더 곱은데

이것은 경상도 민요 중의 하나로, 목화밭 옆을 지나던 사내와 밭에서 목화를 따는 처녀 사이의 대화를 적은 것이지만, 말이 이렇게 평교어로 나오는 마당이라야 무엇이 들어 있는 거겠지, 아주 높직이 도사리고 발 개고 앉아서 "와카노!", "와이카노!" 하대어만 많이 퍼붓고 있던 언저리에서는 말맛이 제대로 만들어질 것 같지 않다.

말하자면 경상도 말의 좋은 맛은 소위 양반층이란 사람들이 빚은 것이 아니라 서민층의 평교적 사용에서 제대로 빚어져 나온 것인 듯하다.

그래서 그런지 "보시오" 하고 타도에서는 경어로 말해야 할 것을 "보이소" 하고 평교연히 하는 것이라든지, 또 더 줄여서 평교적으로 "보소" 하는 것이 훨씬 더 경상도다운 말맛과 그리움을 지닌다.

날 좀 보소
날 좀 보소
날 좀 보소
동지섣달
꽃 본 듯이
날 좀 보소

〈밀양아리랑〉이라는 민요는 알더라도 새파란 젊은 여인이 부지초면의 남자더러 '날 좀 보소'를 실제로 발언해 오는 것을 처음 당하면, 아마 타도 사람이면 거의는 먼저 당황할 것이다. 마치 이편의 바지니 속옷이니 그런 것도 많이 만져 본 듯한 말투이기 때문이다.

그러나 당황이 사라지자 이내 나타나는 것은 경어체의 까다로움으로 거리감을 느끼게 하지 않는 흉허물 없이 구수하게 다가오는 친애감이다.

"어쩌면 좋아요?" 해야 할 자리에서 흔히 쓰이는 '우얄꼬'도 마찬가지다. '우얄꼬'란 말을 들으면 어쩐지 육친적인 친애감과 육체감까지를 느끼게 한다. 남에게 하는 말 같지 않고, 혈족적으로 딱 믿어버려서 나오는 말 같다.

별로 친할 것도 없는 타도 사람에게 이 '우얄꼬'가 갈 때, 이 말을 받은 사람은 '흥, 남보고 꼭 자기 동기한테 건네듯 해' 먼저 안 생각할 수 없지만, 그러나 이 거리감 없는 말투는 곧 "고맙긴 고마워. 나를 이처럼 가깝게 대해 주니" 하는 고마움으로 변하게 한다.

이렇게 거리감이 없으면서, 동시에 충분히 센 힘을 담고 있는 것이 경상도 말의 장점이다.

신라의 향가에서 강세사 '사' 같은 것은 좋은 예가 아닐까 한다.

"내사 그만 모르겠다" 할 때의 이 '사' 강세사의 세차고도 시원스러운 맛은 '내야' 할 때의 '야' 따위가 아니다. '야'를 강세사로 쓰면 어딘지 축 늘어진 감을 느끼지만, 이 '사'를 쓰면 그렇지 않고 세게 간절한 게 좋다.

이런 경상도어의 장점들은 어디에서 온 것일까.

고대 이래 그들의 이중성 없는 생활에서 온 것이라고 나는 생각한다. 살에 닿는 것으로서 생활을 해 와서, 말도 그렇게 살에 닿게 된 것이다.

경기 사투리

위에서 말한 영남 말의 평교어적 장점에 비해, 경어의 힘으로써 한 장점을 이루고 있는 것은 경기어가 아닐까 한다.

경기어의 말맛은 역시 그 경어조에 있다.

이것은 살에 닿는 것으로보다도 말하자면 옷을 격隔해서 들을 말씀, 그것도 잘 빨아 입고 버선도 단정히 갖춘 의복을 격해서 들을 말씀이다. 특히 시아버지 앞에 처음 나와 한 무릎을 괴고 앉은 새 며느리, 새 안사돈끼리에서 쓰여지는 경우, 썩 잘 어울리는 말이다.

"보세요, 네, 애오개로 술 한잔 잡수러 가세요."

"네, 그러십시다요."

이런 말은 아무래도 여자의 입, 그것도 단정히 차린 여자의 입에서 나와야 잘 어울릴 것 같고, 별을 두어 개 어깨에 단 큼직한 무사의 입에서 새어 나올 때는 잘 안 어울린다.

혹 운동으로 몸을 튼튼히 훈련하여 인왕산 바위같이 벌어졌으면서도 마음과 음성은 비단같이 보드랍고 가냘픈 남자가 가끔 이렇게 말하는 것을 듣고 있자면 픽 웃음이 터져 나오기가 일쑤다.

그러나 서울말이라고 남성적인 맛이 전혀 없다는 말은 아니다. 왕십리 같은 변방의 서민층이 써 오던 말투—"워어래, 자식아", "아, 두운(돈)인갑쇼?" 이런 유의 말투엔 충분히 남성적인 맛이 살아 있다.

내 생각 같아서는, 이 두 부류의 말을 다 그 장점을 살려 쓰되 아까 그 부드러운 경어체는 여자가 맡아 쓰고, 후자 왕십리 등에서 산출된 건 남자가 도맡아 쓴다면 서울말 맛은 구색이 맞을 듯하다.

서울 변방에 나가면 아직도 더러 들리는바, 여자들 입에서 나오는 "제에길……"에 "갑쇼"가 붙는 말투는 역시 여자에겐 잘 어울리지 않기 때문이다.

전라도 말

전라도 말에 북도어와 남도어의 두 차이가 어느 만큼 있는 것은 우리가 다 잘 아는 일이다. 이 차이는 남도어 '그렁깨'와 북도어 '그렁개애'의 차이로써 요약해 말할 수 있는 것인 듯하다. 즉 남도어는

'그렁깨'의 '깨'가 보이는 바와 같이 어세가 어느 만큼 소박하게 세며 빠르고, 북도어는 '그렁개애'의 '개애'가 보이는 것과 같이 좀 더 세련되고 부드럽고 느린 차이가 있다.

전북어의 이 느린 어세는 특히 우리나라에서 제일 넓은 평야지대인 김제 만경 들 언저리에 오면 현저하게 나타난다. 김제나 정읍 등지에 오면 '그렁개' 밑에 붙는 '애'가 아주 늘어질 뿐만 아니라 '그러닝가아'를 또 병행해 쓰고, 나이 삼십쯤만 되어도 이 '그러닝가' 밑에 또 하나 긴 '니이'를 더 달아서 '그러닝가니이' 하고 아주 느리고도 점잖게 입을 놀린다.

이것은 생각건대, 국중 제일의 평야지대에서 생활에 비교적 여유가 있던 중류 이상의 농민층에 의해 이루어진 어세로 보인다. 물론 지금은 "아 아 그러닝가니이 중매를 잘못하면 뺨이 세 대라고 안 그러간디라우?……" 어쩌고 하며 서툰 중매나 하고, 술이나 얻어먹고 돌아다니는 건달들도 이 점잖은 '그러닝가니이'를 많이 써먹지만, 원래는 이 뜨뜻한 데서 철 따라 명주니 선내니 가는 모시니 입을 것 제대로 잘 찾아 입고, 갖가지 음식 사치도 제법 하고 지내던 축들의 입들이 빚어낸 바로서, 이게 점차로 건달들에게까지 옮겨진 것 같다.

이런 어세의 발전은 소위 양반적인 정신이 빚은 거라고는 보이지 않는다. 왜냐하면 전라도—그중에서도 전북 지방은 양반보다도 오히려 중인이 많던 곳임은 우리가 다 잘 아는 일이기 때문이다.

평야적 여유가 빚은 듯한 전북어의 발전은 음악적인 데로도 많이 발전돼 있는 것으로 보인다.

전에 어디선가도 이미 잠깐 말한 일이 있거니와, 전북어의 어떤 것은 그 음악적 공약을 미리 이해하지 못하고는 전연 알 수 없는 경우가 있다.

가령 '응'이라는 대답을 의미하는 말 '인이'만 두고 말하더라도, 대답하는 사람이 이걸 발음하는 소리의 고저장단 여하에 따라서는 "세상만사 다아 귀찮아 인제는 그만 중노릇이라도 가 버릴 생각으로 앉아 있는 참일세" 하는 등의 상당히 복잡한 의미를 담은 말이 될 수도 있기 때문이다.

그리스어를 음악적이라고 하지만 나는 아직 그것의 본토적 사용례를 들어 보지 못해 어느 만한 것임을 모른다. 그러나 그리스어의 음악적 성분으로서도 이렇게 복잡다단할 수는 없을 것이다.

언어의 이런 즐김은 또 이 고장 특수한 성음들을 빚어 가지고 있다.

첫째가 'ㄴ치모음'이라 할 수 있는 소리인데, 이거야말로 우리말의 여러 성음들 가운데서도 참 희한한 것이다.

우리 옛 소리에 쓰여졌던 비모음에서 파생 발전한 것으로 보여지는 이 ㄴ치모음은 문자가 없어 여기 표시할 길은 없거니와, 전북 지방에 가서 여인과 다정한 평교간을 지어 본 일이 있는 사람이면 "아 그것!" 하고 곧 기억해 낼 수 있을 것이다.

"또 와 응……" 하고, '응'을 붙여야 할 때, "또 와 인……" 하며 '인이' 이 비슷한 소리로 발음하는데, 그 특수한 아름다움은 들어 본 사람이면 다 감탄했을 줄 안다.

이 '인이'의 미는, 비모음 '이'의 미보다도 훨씬 더 발전한 것이다.

'이' 등의 비모음을 비단이라 하면 그 금상첨화라 아니할 수 없다.

흔히 젊은 여인들이 다정한 얼굴로 호치 사이에서 발음하는 이 '인이' 소리를 듣고 있으면, 그 소리를 빚어낸 정은 육체의 살 속뿐 아니라 골수에도 담겨 있어, 금속성의 미묘한 울림으로 발음되어 나오는 듯한 느낌이 들기 때문이다.

함경도의 '무르 좀 줍세'

연전에 김동리가 「홍남철수」라는 소설을 내었기에 보니, 함경도 소녀가 '물'을 '무르'라고 발음하는데 곱게 들렸다고 쓰여 있어, "그런 범류음凡流音, 그것 참 곱겠다"고 나도 동감했다.

그러다가 이번에 이 글을 쓰라는 『신사조』의 부탁을 받은 뒤 어느 날, 창덕궁 비원에서 함경도 태생의 소설가 안수길과 같이 모 고등학교의 백일장 심사를 하게 되어, 김동리의 「홍남철수」 속의 '무르'를 기억해 내고 "물 좀 주시오, 하려면 어떻게 하지?" 물으니 "무르 좀 주웁세!" 한다.

그래 나는 "야아 좋아! '무르'도 좋지만, 거기 붙는 '줍세'는 '무르'만 못잖게 더 좋아!" 했다.

나는 함경도 어디 그 '남남북녀南男北女'라는 북녀가 우물가에 서서 물동이에 물을 길어 붓고 있고, 그 옆에는 지나가던 부지초면의 나그네 사내가 물을 청하는 광경을 연상하고 있었기 때문이다.

"미안합니다만 물 한 모금 주세요"니 어쩌고 하는 것보다 좀 우둔

한 주먹으론 듯하기는 하지만 그냥 으레 당연한 2인칭 복수명령형으로다가 "줍세" 하고 내미는 그 민주 서민적 굵직한 소박성에도 무던한 맛은 있다고 느껴졌기 때문이다.

평안도 말의 DR연접음

평안도 사투리에서는 D음과 R음이 합해지는 데서 생긴 것 같은 것이 그 특장점 아닐까 생각한다.

'갔드랬어'니 '갑디다려'니 하는 말에서 보이는 그것이다.

평북 출신의 시인 김소월의 시에는 이 평안도적 DR음 연접어의 미가 상당히 보이는 듯하다.

그립다
말을 할까
하니 그리워

그냥 갈까
그래도
다시 더 한 번……

저 산에도 까마귀, 들에 까마귀,
서산에는 해 진다고

지저귑니다.

앞 강물, 뒷 강물,
흐르는 물은
어서 따라오라고 따라가자고
흘러도 연달아 흐릅디다려.

소월의 시 「가는 길」의 마지막 행 '흘러도 연달아 흐릅디다려'의 '흐릅디다려' 같은 것이 그것이다.

'흐릅디다려'는 '흐릅디다그려'를 줄인 말로서, 어떤 바쁜 일들이 이 생략을 빚은 것인지는 복잡하므로 일일이 상상적 집계를 내 볼 수는 없지만, 바삐 생략하는 중에서 오히려 음조미를 더 살린 것이라고 할 수 있다. 평안도 사람들은 가령 '헤딩'이라든지 민첩하게 구는 데서 실수가 없는 장점이 많거니와, 이런 생략의 좋은 편성編成 같은 것도 그런 예에 속하는 것일까?

'하드랬어'니 '그랬드랬지'는 생략어와는 정반대로 오히려 평안도적 입 사치로다가 음수를 늘인 말이긴 하겠지만, 이 DR연접음도 평안도답게 곱다. D치음에 R유음이 경쾌하고도 유창히 다붙는 이 소리에서는 대동강의 맑고 가벼운 물살과 강계 미인의 선선한 이빨들이 보이기도 하거니와, 이 역시 어떤 장해도 가벼이 돌파해 가는 듯한 민첩한 어감의 아름다움인 것이다.

평양냉면—특히 남녀 한 쌍이 같이 먹는 쟁반 냉면의 감각도 어찌 이 DR연접음과 많이 닮은 것 같다.

가지런히 앉아 참 기민하게 예쁘게도 냉면을 먹어 치우는 한 쌍의 평안도 아베크를 냉면과 아울러 생각할 때, 이 감각은 아무래도 DR음이 가장 맞을 듯하다. D는 무거워 보일 것 하나도 없는 냉면의 육체, '르르르르'의 R소리는 민첩한 유동의 느낌으로써…… 더구나 이건 뜨거운 것도 아니고, 아주 시원키만 한 것이니까.

그래 이 '드랬어'는 평안도 사람 아닌 사람들까지가 근년에는 더러 입 흉내 내는 경향도 있는 듯한데, 그럴 수도 있는 일 같다.

충청도 말의 '그러세유우'

충청도 사투리의 "그러세유우" 하는 것을 시골뜨기 냄새가 난다고 무시 자격自擊해서 일부러 감추는, 상경한 충청도 사람들도 있는 듯하나 이건 아주 잘못 생각인 듯하다.

충청도 말은 예부터 일러 오는 '청풍명월淸風明月'이란 이곳 도민의 성격을 닮아 굴곡이 적고 담담히 맑은 게 특성이라면, 이 '그러세유우'의 '유우'야말로 청풍의 한 곡절, 명월의 한 도약과도 같은 곡선을 갖는 부분인데, 이 좋은 걸 하필에 자격自擊하다니 인식 부족이라도 너무 심하다고 생각된다.

남의 나라가 그러니 우리도 덮어놓고 따라가자는 말씀이 아니라 프랑스 말에서는 코로 발음하는 모음—비모음과 아울러 단어 말미에 이 '유우'가 붙는 것은 아주 선미한 음의 자랑으로 여겨 애용들을 하고 있고, 남의 나라 사람들도 "그것 참 곱다"고 찬미들을 하고 있다.

그런데 우리나라 말 가운데서도 청풍의 좋은 곡절이라 할 수 있는 이 좋은 걸 자격할 필요가 어디 있겠는가.

황해도 말의 '넉근'

나는 1951년 1·4 후퇴 뒤 어느 피란 친구한테서 황해도 방언 '넉근'이란 말을 듣고는, 그 뒤 주석酒席 같은 데서는 '넉넉'이라는 말 대신 이걸 애용하는 사람이 되었다.

아무리 생각해 봐야 매사가 두루 넉넉지 못한 데다가, 흔히 우리는 '넉넉해' 한 일로서가 아니라 '넉넉지 못해' 할 일로서만 이 '넉넉'이란 말을 쓰게 마련이라, 그 말이 거듭 겹치는 폐쇄음의 답답함에 질린 나머지였던 듯하다.

'넉넉'이란 말의 폐쇄적 답답함의 문호를 열어 주는 음으로서 '넉근'의 '근' 종성의 비음이, 이 경우 내게는 '넉넉'에 대한 한 풍자적 경쾌미로서 무던하였다.

"무얼 그래? 막걸리 넉근해!" 한마디 하고 나면, 그 '넉근'의 '근' 덕택으로 별 따로이 답답하고 마잘 것도 없이 느껴졌기 때문이다.

'넉넉'에서 '넉근'으로의 변화에는 내 것 같은 이유들이 많이 참가했던 것인지 아닌지를 나는 모른다.

그러나 이 말은 아무래도, 정말로 넉넉한 데 쓰여질 거라고 생각되느니보다도 반어적으로 쓰여지는 경우가 알맞을 것 같다. "우리 사위 넉근해!" 했을 때, 이것은 아무래도 '넉넉'지도 못한 사위를 두고 하던 말만 같다.

하여간 예부터도 그렇게 써 온 말이라면 황해도에는 '넉근'이라는 말로써 표시되는 묘한 생활의 지혜가 있었던 것 같다. 우선 이 말 한 마디는 전란 중의 답답증에서 나와 나의 친구 몇의 찌푸린 이맛살을 문득문득 펴 놓았던 건 사실이니까……

제주 방언의 어떤 것들

제주 방언 가운데서도 골라 쓸 것은 상당히 있는 듯이 보인다.

가령 '미리내'가 그것인데, 이 말은 한자로 된 '은하銀河'의 순우리 말로서, 이 미리내가 쓰여지고 있는 곳은 온 국중에서 여기뿐이다. 미리내에는 또 방언이 흔히 가지기 쉬운 어의와의 괴리성도 조금도 보이지 않아, 보급만 시킬 수 있다면 표준어를 삼아도 넉넉할 것 같다.

'미리'란 말은 주지하다시피 용의 우리 고어이고, '내'는 '하천'의 우리말이니, 무슨 용의 전설을 담고 이루어진 듯한 이 말은 그대로 한자어 '은하' 대신으로 온 국민이 두루 쓴대도 별 무리감을 안 주겠기 때문이다.

나는 우리 방언들 속에서 이런 유의 말을 발굴 사용하는 것은 문학 창작인의 의무라 생각하고, 일찍이 「편지」라는 시에서 그것을 집어넣어 써 본 일이 있다.

내 어릴 때의 친구 순실이.
생각하는가.
아침 산골에 새로 나와 밀리는 밀물살 같던
우리들의 어린 날,
거기에 매어 띄웠던 그네[鞦韆]의 그리움을?

그리고 순실이.
시방도 당신은 가지고 있을 테지?
연약하나마 길 가득턴 그때 그 우리의 사랑을.

그 뒤,
가냘픈 날개의 나비처럼 헤매 다닌 나는
산 나무에도 더러 앉았지만,
많이는 죽은 나무와 진펄에 날아 앉아서 지내 왔다.

순실이.
이제는 주름살도 꽤 많이 가졌을 순실이.
그 잠자리같이 잘 비치는 눈을 깜박거리면서
시방은 어느 모래사장에 앉아 그 소슬한 비취의 별빛을 펴는가

죽은 나무에도 산 나무에도 거의 다 앉아 왔거든
난들에도 굴헝에도 거의 다 앉아 왔거든

인젠 자네와 내 주름살만큼이나 많은
그 골진 사랑의 떼들을 데리고
우리 어린 날같이 다시 만나세.
갓 트인 연蓮 봉오리에 낮 **미리내**도 실었던
우리들의 어린 날같이 다시 만나세.

(『신사조』 1963.11.)

춤추던 처용의 멋

윌리엄 셰익스피어의 작품『오셀로』의 주인공 오셀로는 쓸데없는 오해와 질투로 예쁘고 정숙한 아내 데스데모나를 죽여서 아직도 우리들을 섭섭하게 하고 있다.

그러나 이것은 요망한 악한 이아고에게 오셀로가 속아서 그런 끔찍한 살처殺妻 행위를 한 데 대한 섭섭함이지, 만일 데스데모나가 부정한 여자이고 또 오셀로가 그녀를 죽이지만 않았다면, 우리는 아무도 그를 탓하지는 않을 것이다. 뿐만 아니라 법과 입들은 그를 옹호해서 그가 이혼소송을 한다 하더라도 이기게 만들 것이다. 이것은 세계 어느 나라에서나 공통된 상식이다. 예수께서도 "내가 너희에게 말하노니, 누구든지 음행한 연고 외에 아내를 내버리고 다른 데 장가드는 자는 간음함이니라" 하여, '음행한 연고'가 있을 때만은 이

혼해도 좋음을 시사하고 있다.

그러니 성서에 나타난 세 가지의 고자—즉 어머니의 태 속에서부터의 고자와 사람이 손으로 만든 고자와 천국을 위해 스스로 된 고자(마태복음, 19장 12절)를 빼놓고는 누구나 간음한 아내는 못 견딜 것이고, 그러니 버려도 좋을 것으로 되어 있다.

그러나 이것은 행복한 일일까? 못 견디어 이렇게 해 버린다고 문제는 완전히 다 끝나는 것일까?

비록 간음한 아내일망정 남편이 아직도 억세게 그녀를 사랑하고 있다면 어찌 되는가? 분함을 못 참아서 이혼해 버린다고 남편한테 마음속 평화가 올 리가 없다. 더구나 자녀가 있는 경우라면 그 비극은 간단하지 않은 것이다. 오셀로같이 자살하지 않고 남아 있다고 마음속마저 평범할 리가 없는 것이다.

이런 경우의 한 타개책으로, 1950년대의 프랑스 영화 〈프랑스 여인〉이 있다. 여기 보면, 바람나 오입하고 다니는 남편을 견디다 못해 아내마저 새파라니 젊은 딴 사내와 놀아나 버린다. 남편도 그걸 알고 심사숙고한 끝에 마침내 부부는 둘 사이에 생긴 아이들의 장래를 생각해서 서로의 허물을 너그러이 용서하기로 하고, 더러워진 대로 정신 차려 그대로 살기로 한다는 이야기다.

그러나 이런 타협도 둘이 다 더러워진 뒤니까 말이지, 한쪽이 정절을 유지하고 있는 경우라면 잘 이루어지긴 어려운 일 아닐까.

내가 잘 아는 우리나라의 어떤 할아버지는 젊어서 남의 집 소를 훔쳐서, 여러 해 교도소 신세를 지는 동안에 그 마나님은 어린애 하나를 데리고 딴 데로 시집을 갔다. 딴 사내가 좋아 시집을 간 게 아니라, 먹고살 길이 없어 그렇게 한 것이다. 그래 남편이 복역하고 나와 아내와 아이를 도로 찾아왔는데, 머리털이 아주 하얀 노부부는 지금도 금슬이 썩 좋다.

그러나 이 경우도 남편이 징역살이를 하는 동안 남의 사내한테 얹혀살았던 이유가 가난에 있었으니 망정이지 딴 사내가 좋아서 그랬다면 이들은 합쳐질 길이 없었을 것이다.

이런 특수한 경우의 에누리들은 서로 에누리할 이유가 충분히 있을 때만 성립할 수 있을 뿐이고, 그걸 에누리할 까닭이 없는 정찰제 사이의 파경이란 예수께서도 인증하신 대로 영 다시는 결합할 수 없는 것일까?

한국을 비롯해서 동양의 많은 가정에선 아직도 남편의 부정은 관대하게 용인된다. 과히 멀지도 않은 근세 조선까지 일부다처의 인습이 그대로 남아 있어서, 한국의 많은 아내들이 남편의 부정으로 이혼하는 일은 드물다. 그러니 파경이란 결국 아내 쪽이 부정할 때만 주로 문제가 되는 것이지만, 그래도 남편이 아내와 자녀를 사랑하고 있다면 가장 큰 비극이 아닐 순 없다.

한 번도 원하지 않고, 또 그 오는 길을 단 한 번도 본 일이 없는 파경의 불행이 우연한 날벼락처럼 나타나서 부부의 맑은 거울에 때울 수 없는 금을 내곤 모른 체한다.

억울할 것 없는 데스데모나와 부부의 금 간 거울을 처음 발견했을 때 우리의 대다수는 오셀로 같은 난폭한 짓은 하지 않는다 하더라도, 아직도 거의 모두 눈깔의 흰자위를 붉히고 치를 떨면서 분해한다. 어떤 사내는 아직도 구태의연히 두들겨 갈기거나 욕지거리를 하고 점잖은 사내라 할지라도 마음속은 거의 고추 속같이 타올라서 살던 중 가장 견디기 어려운, 고약하게 매운 상태에 놓인다. 그래 이 매운 기가 어느 만큼 가라앉는다 하더라도 아내를 아주 용서하려는 사내는 거의 없고, 대개는 이혼이라는 딱한 일을 다시 한 번 해서 자기와 아내와 그 사이의 아이들의 마음속에까지 어느 납으로도 수은으로도 때울 수 없는 불치의 금이라는 걸 그어 내세워 몰고 간다.

그런데 이건 내 개인 감정이지만, 뭐, 이럴 건 없을 것 같다.

사람들이 땅 위에서 살아온 이래 이만큼 한 춘사椿事는 어느 한두 사람에게만 골라서 온 게 아니라 골목마다 구석마다 상당히 많이 다녀갔고, 또 지금도 그 인습의 힘은 땅 위의 사방에서 일어나고 있다는 사실 속에 먼저 이런 일을 당하는 자기도 한몫 끼어서 생각하거나 느낄 필요가 있다. 특례가 아니라 통례 중의 하나가 자기한테도 제비 뽑히어 나온 것이라고 먼저 이해해 내야 한다.

그게 된다면 '이키!' 하고 잠깐 탄성이야 낼지언정 제비를 잘못 뽑았다고 울고불고해서 자기 몸과 마음과 자녀들까지를 졸이고 상하게 할 필요는 없을 것이다. 결국 일은 픽! 한번 웃어 버리고 말기에 가장 합당한 것이니 말이다.

그러고는 되도록이면 부정의 실수를 저지른 이 일종의 정신병자를 불치라 생각지 말고 잘 고쳐서 쓰도록 노력할 일이다. 우리는 물건이 고장 나면 잘 고쳐서 쓰고 있다. 물건을 가지고도 그러는데, 아무리 사람이 고장이 났기로소니 한번 고쳐 보려 하지도 않고 물건보다 더 허술히 버릴 수야 있는가.

성실한 남편 밑에서 한때 바람이 난 아내는 잘만 대하면 거의는 곧 그 남편의 독실한 제자가 될 수 있는 여자들이다. 그것은 거꾸로 성실한 아내 옆에 한때 바람난 남편의 경우도 마찬가지다. 아주 친절한 스승이 되어 상대해 나아간다면 오래잖아 그 바람은 하염없는 애기처럼 잘 잠든다.

그러나 나는 이것을 쉬운 일이라고 하지 않는다. 그렇게 하려야 감정이란 놈이 잘 말을 들어 주지 않아서 말이다.

그래 권컨대 말을 잘 안 들어 주는 감정이란 놈이 말을 잘 듣게 하려면 아무래도 헬레니즘이나 헬레니스틱 휴머니즘을 가지고는 아마 잘 안 되겠다. 기독교로도, 공자의 유교로도 그건 잘 안 된다. 왜냐하면 거기에는 인연의 자각이라는 것이 자세치 않기 때문이다.

그것은 아무래도 석가모니의 불교에서 좀 참고로라도 배우는 길밖엔 없다. 그런 마당에서도 픽! 웃고 걸어갈 수 있으려면 말이다.

인제부터 인연의 자각이 빚어낸 무용의 이야기를 하겠는데,

동경 밝은 달에
밤들도록 노니다가
들어와 자리 보니
가랄[脚]이 넷이어라
둘은 내해어니와

둘은 뉘해언고
본디 내해다만은
빼앗은 걸 어찌하릿고.

이 노래는 신라 왕조의 어떤 관리가 밤늦게 집에 돌아왔다가 아내와 딴 사내의 간통 현장을 목격하고 한바탕의 무용을 너울너울 전개해 보일 때, 거기 맞추어 노래 부른 가사라고 전해져 온다.

신라 서울 경주의 달 밝은 밤에, 처용이란 이름의 사내는 밤 깊도록 딴 데에서 놀다가 이슥해서 집에 들어와 안방의 잠자리를 본다. 그런데 보이는 것은 아내의 두 다리뿐이 아니라 딴 샛사내의 두 개를 더해서 모두 네 개다. 그래 '둘은 내 것이지만 둘은 웬 놈 거냐'고 한다. 신라 왕조의 고급 관리였던 사내는 장검도 쓸 만한 걸로 한 자루쯤은 가졌을 테지만, 성급한 오셀로처럼 그걸 뽑지 않았음은 물론 별다른 욕지거리 한마디도 퍼부어 대는 일도 없이, 다만 '본래는 내 것이었지만 빼앗은 걸 어찌하리꼬' 체념하고 있다.

이것은 누가 보더라도 꼭 바보만 같다. 사내놈이 아무리 겁보기로소니, 눈앞에서 제 마누라를 이렇게 딴 사내한테 점령당하고도 불평의 말씀 한마디 제대로 퍼부어 대지 못하고 있으니 말이다. 우리는 거의 누구거나 중세적인 장검의 결투 아니면 서부 활극 같은 주먹다짐이라도 으레 한바탕 기대하고 또 그래야만 격식에 맞는 걸로 알고 있는데, 이건 아무래도 너무나한 못난이만 같다.

또 그렇다고 톨스토이 백작의 안나 카레니나의 남편 알렉세이 알

렉산드로비치 카레닌처럼 점잖은 이혼을 준비하는 일도 없이, 그저 이것도 저것도 모조리 다 '할 수 없다'고만 즉석에서 작파한 경우도 있다.

그러나 이 바보는 단순한 바보는 아니다. 그냥 단순한 겁쟁이라면 '할 수 없다'고 물러나 버렸겠지, 한바탕의 춤은 뭐고 또 노래는 뭐냐는 것이다. 이런 자리에서의 춤과 노래만은 내게는 아직도 충분히 재미가 있다. 벌써 천몇백 년 전에 있었던 이야기는 내게는 아직도 신기한 매력이 있다.

혹 바보가 간부姦夫 앞에서 기라도 아주 죽어 보이기는 싫어서 딴 억지 짓을 잠시 한 거나 아닌가 하고, 이게 쓰여 있는 책을 자세히 훑어보았지만 그건 절대로 아니고,

> 그 마누라가 아주 예뻐서 마귀가 그리워해 사람 모양으로 밤에 그 집에 와서 남몰래 같이 자리에 들었더라. 처용이 밖에서 제집에 와 둘이 같이 누운 걸 보고 노래를 부르고 춤을 추며 물러났더라……
>
> —『삼국유사』 권2

이렇게만 쓰여 있으니, 이건 불가불 진짜 신바람이 나서 한번 추어본 춤이고 노래인 것이다.

살얼음 구멍에서 가재가 기어 나오는 것은 우리도 가끔 보지만, 이것은 그 정도만도 아닌 것이다. 모든 오셀로들의 그 지독한 질투의 칼이 무슨 먹음직한 버섯 같은 게 되고, 그게 다시 나비가 되어 팔랑거

리게 할 만큼 한 기적 같은 힘을 처용의 춤과 노래는 가지고 있다.

이 어인 파격의 조화, 이 어인 비약의 큰 아름다움, 이 어인 동지섣달 눈구덩이 속의 찬란한 꽃인가! 우리나라 사람들은 뜻하지 않았던 멋진 감동이 음악이나 춤이나 실제 인생에서 감추었던 꼬리를 들고 일어날 때 '얼씨구'란 말을 써 동감을 표한다. 일은 그렇게 어려운 일인데, 나타나는 걸 보니 너무나 멋이 있어 할 수 없이 휘말려서 찬성하는 감탄사다. 이 '처용의 춤'이야말로 크게 '얼씨구'인 것이다. 말씀으로 "야 이것 기막힌 것이 고르고 골라서 내게 왔구나! 어느 구석으로 헤매고 다니다가 갈 데가 그리도 없어서 하필이면 나한테까지 왔느냐? 기막힌 잡것! 그렇지만 잘 살아라. 나는 그만 물러서 간다" 어쩌고 뇌까려 댈 것 없이, 달빛에 쓰윽 한번 웃고 두 발과 손 내딛고 너울거려 한바탕 춤으로 껑충거리고 마는 이 '처용의 춤'이야말로 정말 '얼씨구'인 것이다.

쉬르레알리슴의 시들은 언뜻 보기엔 상대가 안 될 듯한 이미지들을 상대시켜 파격의 조화의 미를 거두고 있다. 그러나 이런 간부간부姦夫姦婦의 동침에 처용의 춤을 상대시킬 만한 아량과 상상을 보인 일까진 없었던 것 같다. 금세기 비틀즈 족속들이 혹 이 비슷한 짓을 흉내 냄 직도 하긴 하지만, 그래 본다 하더래도 마음속까진 아무래도 썩 잘 견디어 낼 것 같지 않다. 왜냐하면 쉬르레알리슴이나 비틀즈들에게는 이런 '처용의 춤'의 전통과 관례의 역사가 그들의 등 뒤에 없기 때문이다.

이런 처용류의 해후는 그런 관례에 조금도 길들지 못한 사람들에게는 완전히 기적만 같을 것이다. 그러나 그런 정신 경영의 관례에 길든 사람들에게는 이런 건 가끔 얻어먹는 별미나 문득 만나는 한 진객만 같을 따름이다.

일생에 잘하면 한두 번쯤 만날 이런 진객들이 언제 어디에서 어디로 온다는 기약은 없다. 그러나 또 우리는 그런 진객을 아주 안 만날 수만은 없는 관례를 벌써 오랜 세월을 두고 만들어 왔기 때문에 문득은 문득이지만 그 진객들도 우리를 영 더 안 찾고 말 수는 없어 불가불 어쩔 수 없이 찾아오고 찾아오고 하는 것이다.

이 진객과 우리와의 인과관계는 그야 각자가 자기 당대에 이루어 놓은 것으로만 되는 것은 아니다. 인류는 처음부터 불교에서 말하는 이런 '업'이라는 것을 한쪽에선 또 공동으로 이어 쌓아 와서 그 복잡한 억천만 갈래의 눈에 안 보이는 교차로 속에 우리는 놓여 있다. 한정 없는 거미줄처럼 얼크러져 있는 교차로의 어느 매듭에서 여러분의 누가 처용 같은 해후를 가지기로 인과되어 있는지, 눈에 안 보이는 너무나 복잡한 필연의 결연들을 아무도 수학적으로 확실하게 풀어 낼 사람은 물론 없다. 다만 할 수 있는 것은 두 가지 길 중의 하나를 선택하는 것뿐이다. 오셀로적이거나 알렉세이 카레닌적인 길에 서느냐 아니면 처용적인 길을 고르느냐 하는 것이다.

그리고 이 두 길 중에 처용의 진객 환영의 길을 차라리 가리킨 것은 물론 고대 인도의 석가모니다. 어차피 오기로 되어 있는 진객을 칼 뽑아 대항하거나 피해 봤댔자 소용없을 뿐만 아니라 자기 측 출혈만 심할 바에야 흥분 고스란히 가라앉히고 그냥 좋게 맞이해 대접해서 보내자는 것이다. 석가모니의 이 빤한 교훈은 그대로 인류의 정신사상 최상의 것이 된다고 나는 생각하는데, 이건 내 잘못일까.

우리 처용의 춤은 석가모니의 인연 긍정의 금상에다가 첨화를 한 것에 불과하기는 하다. 그러나 첨화치고는 불타佛陀 열반 뒤에 제일 잘된 것 중의 하나가 아닐까 생각한다. 왜인가는 각자가 마음속에 물어 보라. 안나 카레니나의 아주 점잖은 남편이라도 여기로부터의 걸음걸이는 비틀거리고 또 인색하고 못나 버렸었다. 처용의 춤의 그 활달하고 영리한 지혜의 꽃다움에 어디 따라감 직이나 한 것인가.

가난하고 무력으론 약한 대로 경우에 따라 이런 꽃을 빚었다는 데는 한국인은 또 장기도 있고 취미도 있었던 듯하다. 신라의 이 춤과 노래는 고려 왕조를 거쳐서 이조에까지 궁중의 왕 앞에서도 썩 좋은 것의 하나로 춤추어지고 노래 불리어져 내려왔으니 말이다.

그 희한한 춤에 병창되었던 그 희한한 노래를 한번 다시 읽어 보자.

동경 밝은 달에
밤들도록 노니다가
들어와 자리 보니
가랄[脚]이 넷이어라
둘은 내해어니와
둘은 뉘해언고.

본디 내해다만은

빼앗은 걸 어찌하릿고

자세히 들어 보면 이 처용이란 사내는 제 아내의 샛서방의 두 다리까지를 '둘은 뉘 것이냐'고 하여 무슨 어느 칠천국七天國의 양아버지 밑의 한 형제간의 다리나 되는 것처럼 다정하게는 말하고 있다.

이야기엔 마귀로 은유되어 있는 간부마저도 마침내는 처용의 춤과 노래의 매력에 느끼어 "다시는 침범하지 않겠다"고 사죄하고 물러난 걸로 되어 있지만, 제아무리 고약한 자라도 그야 그럴 일이다.

또 이야기는 이 처용의 춤을 이미 바닷속 용의 아들로서 일찍이 훈련해 얻었던 걸로 하고 있다. 그것도 그럴 만한 표현이다. 아닌 게 아니라 이 춤은 용이라도 큰 용의 솜씨를 보일 만큼 사실은 충분히 억센 것이기 때문이다. 이 땅과 하늘과 시간 속에 남녀관계가 있는 곳 어디에 갖다 놓아도 무력한 양 사실은 가장 질긴 것이니 말이다.

(『현대문학』 1969.7.)

바람의 해석

마르셀 프루스트의 『잃어버린 시간을 찾아서』를 보면, 자기가 좋아하는 소녀가 살고 있는 먼 곳에서 불어오는 바람에다 입을 맞추는 아직 어린 주인공 소년의 마음이 나타나 있다.

메제글리즈 쪽으로 가는 산책길에선, 한번 들에 나서면, 벌써 거기선 빠져나올 수 없다. 들판에선 끊임없이, 내게는 콩브레의 수호신인 바람이 마치 눈에 안 보이는 뜨내기처럼 걸어 다니고 있었다. 해마다 콩브레에 도착한 그날, 틀림없이 콩브레에 온 것을 진정으로 느끼려고, 나는 언제나 바람을 찾으러 높은 곳에 오른다. 그러면 바람은 내 외투를 스쳐 가며, 나보고 그 뒤를 쫓아오라 한다. 몇십 리를 가도 바람이 높거나 낮은 땅을 만나는 일이 없는, 메제글리즈 쪽의 이 과히 높지 않은 벌판에서는 바람이 산책의 길동무가 되었다. 나는 스완이 자주 랑에 가서 며칠을 지내는 것을 알고 있었다. 랑까지는 몇십 리가 되었지만, 도중에는 아무 장애물도 없어서, 더운 오후, 멀리 지평선에서 불어오는 한 때의 바람이 훨씬 먼 곳의 밀밭을 나부끼면서 아득한 넓이를 물결처럼 뻗쳐 와서 누에콩이나 클로버 사이를 소곤거리며 뜨뜻하게 내 발밑에 와 몸을 쉬는 것을 보면, 우리들의 이 들판이 두 사람을 가깝게 해 결합시키는 것같이 생각되어, '이 바람은 그 애의 옆을 지나온 것이다. 이것은 그 애한테서 오는 무슨 소식을 내게 소곤거리지만 뜻을 알 수가 없는 것이다'라고 생각하고, 그래 지나가는 바람에 나는 입 맞추었다.

—『스완네 집 쪽으로1』

여기 콩브레 고원의 밀밭과 누에콩밭과 클로버밭 앞에 서서 불어오는 바람에 입 맞추는 이 소년, 제가 사랑하는 소녀 쪽에서 불어오는 것이라 하여 혼자서 입맞춤을 하는 이 어린 자를 미워할 사람은 아마 이 땅 위에는 없을 것이다. 우리가 낳은 아이는 아니지만 또 국적은 다르지만 우리 마음속의 손은 스스로 뻗쳐 가서 우리를 너무나 짭짤하게는 닮아 오고 있는 이 어린것의 어깨를 어느새인지 어루만져 위무함을 느낀다. 소년의 불그레 상기된 얼굴을 물끄러미 굽어다보며 이마에 배어난 땀방울을 손수 닦아 주고 있음을 느낀다.

여기 지금 이 자리에서 소년이 혼자이듯이 우리도 언젠가 혼자였던 적이 한두 번이라도 있었고, 또 그것은 영 안심찮은 일이었기 때문이다. 처음으로 사랑의 그리움에 물든 풋내기는 처음으로 염색된 그리움의 선연한 색조로 소녀가 있는 곳까지 몇십 리 고원 위의 바람마저를 정서의 한 원색으로 적시고 있긴 하지만, 나이를 많이 먹은 자들에게는 소년 이래의 여의치 못했던 고된 시련의 유형들이 쌓여 있기 때문에, 많은 낙화와 낙엽의 아주 가까운 거리에서 또 한 송이 새로 머금어 부풀어 오르는 꽃봉오리를 보는 것처럼 안타까운 것이다.

우리의 소원대로 할 수 있는 것이라면, 마르셀 프루스트의 소년이 그리운 소녀 쪽에서 불어오는 바람에 입 맞추고 있을 때, 몇십 리 밖의 소녀도 소년을 생각하고 걸어 나와서 바람 속에 두 그리운 풋내기가 딱 만났으면 좋겠다. 그러나 바람의 가고 오는 방향과 사람의 행동의 방향은 일치할 수 없는 걸로 예부터 너무나 많이 길들여져 왔기 때문에, 소녀 스완은 소년이 입 맞추고 있는 그 바람을 따라 나와서 상봉할 아무런 길도 가지지 못한 채로만 있을 뿐이다. 바람과의 입맞춤은 소년 한 사람만의 마음속의 정감의 표현일 뿐 이 차단된 고립을 풀 길은 영 없는 것으로만 되어 있다.

바람은 별로 쉬는 일도 없이 때로는 거세게 또 때로는 나직이 어루만지듯 사람과 사람 사이를 불어 다니면서, 무엇인지 사람의 힘만으로 잘 안 되는 일을 부탁하면 곧잘 심부름해 주겠다는 듯한 태도와 눈치를 보인다. 어느 매파보다도 가장 슬기로운 매파, 어느 중개역보다도 훨씬 더 뛰어난 중개역, 어느 우체부보다도 훨씬 더 믿음직한 우체부 노릇까지도 맡기면 두루 다 해내겠다는 듯한 눈치를 보이며, 늘 우리 옷자락에 와 매달리고 귀에 대고 소곤거린다. 그러나 사람들은 예부터 지금까지—더구나 서양 사람들은 바람을 인간 문제에까진 개입시킬 수 없는 것이라 단순히 생각해서 그 간절한 채용 신고를 늘 거부만 해 왔기 때문에, 소년 소녀의 차단된 고립을 비롯해서 이보다도 더 많이 따분한 인간의 고립을 바람을 중개로 푸는 길 같은 것은 영 생각해 보지 않았다.

만일 우리가 바람을 채용하여 옛날 동양의 어떤 사람들이 그랬던 것처럼 사상이나 정서 시행상의 공약이라는 걸 만들어 실천하기만 했더라면 그런 애로는 없었을 것이다. 바람의 힘을, 풍차를 비롯한 각종 물질에다가는 잘 적용하여 적지 않은 덕을 봐 왔으면서, 직접 인간관계에는 채용할 줄을 몰라 많은 손해를 보아 온 것은 참으로 유감이라 아니할 수 없다. 다시 말해서 바람의 능력을 훨씬 더 높게 평가해서, 그 채용 범위를 인정 문제에까지 좀 더 넓히어 덕 보자는 것이 내 소견이다.

마르셀 프루스트의 일방적인 애태움만을 담을 뿐인 바람과 대조해서 아주 느낌이 다른 바람의 이야기를 또 하나 하겠는데, 인간과 자연과 역사 속에서 아직도 고립감을 가지는 이는 많이 활용해 주었으면 좋겠다.

우리나라 신라 때의 어떤 두 사람은 바람을 한 신호수로 채용해서 둘 사이의 방문의 신호로 삼고 지냈는데, 이런 건 지금도 서로 약속만 든든히 맺어 둔다면 좋은 효과를 거둘 것 같다.

신라의 스님 관기와 도성은 포산이라는 산의 남쪽과 북쪽에 나누어 자리하고 10리쯤의 거리를 두고 살고 있었는데, 바람이 북쪽에서 불어 산의 나뭇가지와 잎사귀들이 모조리 남으로 향하면 이건 북의 도성이가 남의 관기를 만나고자 하는 신호로 관기가 도성이를 찾아갔고, 또 바람이 남쪽에서 불어 산의 나뭇가지와 잎사귀들이 모조리 북으로 향하면 이건 남의 관기가 북의 도성이를 보고 싶어 하는 신호로 삼아 도성이가 관기 있는 곳을 찾아갔다는 이야기다.

이, 참으로, 현대인에게는 너무나 아스라한 밀의密意를 또 한 번 마음에 담아 보기 위해서 아래 이 이야기의 원문을 그대로 옮긴다.

신라 때에 관기 도성 두 신성한 스님이 있었는데, 어디 사람들인지 알지 못할레라. 함께 포산에 숨어, 관기는 남쪽 산에 암자를 갖고, 도성은 북녘 굴 속에 살고 있었는데, 한 10리쯤 거리가 되더라. 구름옷 입고 달에 읊조리고 늘 서로 사귀고 지내는 사이, 도성이 관기한테 가고 싶은 마음을 내면 산의 나무가 모두 남으로 향해서 구부러져 서로 어서 오라는 듯하여 관기가 그걸 보고 찾아갔고, 관기가 도성을 맞이하고 싶으면 또 그 마음같이 나무가 모두 북쪽으로 굽어 도성이 이에 맞춰 찾아갔더라……

—『삼국유사』 권5

어떤가?

이렇게 되면 제한된 칸살 안의 시간에 구속되어 사는 게 아니라

'바람이 당신 집을 향해서 남으로 불 때'라든지 '나뭇잎과 풀잎이 바람에 불려 당신 있는 쪽으로 고개를 숙일 때'라든지 하여, 아주 해방된 우연 같은 경이 속에 영 자유한 시간의 황홀감을 가지고 살게 되는 것도 썩 멋진 것이려니와, 첫째 바람을 인간관계에 이렇게 고용하기라면 위에 인용한 마르셀 프루스트의 바람 속의 고립된 소년은 물론 이와 동계의 모든 남녀노소들의 그 고질적인 격리감을 해소할 수 있어서 좋겠다.

물론 위의 두 신라 사람의 바람 채용담에서 '도성이 관기한테 가고 싶은 마음을 내면 산의 나무가 모두 남으로 향해서 …… 관기가 그걸 보고 찾아갔고, 관기가 도성을 맞이하고 싶으면 또 그 마음같이 나무가 모두 북쪽으로 굽어 도성이 이에 맞춰 찾아갔더라'에 나온 바람은 사람이 거기 따라 피동하는 것이 아니라 그걸 고용하는 사람의 마음이 능동적으로 움직이는 것이다.

그러니 이렇게까지 되자면 도성이나 관기의 정신의 거래처럼 우리도 바로 바람의 거래에 능동적으로 동화되어야만 가능한 일로, 현대에서는 수풀 속의 타잔이라 해도 그런 훈련까지는 거의 불가능한 일이 되겠다. 물론 능동이 좋기야 좋지만, 부족하고 좀 창피한 대로 아직 피동이면 또 어떤가?

"너희 집 오동나무 잎사귀들이 너 앉은 곳을 향해 나부끼거든 내가 너를 보고 싶어 바람을 시켜 기별하는 걸로 알고 제꺽 일어서서 나 있는 데로 와야 해" 그렇게 자기를 능동으로 나타내지 못하고 "바람이 네가 일하고 있는 보리밭의 보리 모개들을 네 서 있는 서쪽으로 모조리 기울이거든, 내가 너를 기다리는 마음도 거기 따라간 줄 알고 홀딱 어제저녁 때의 그 다릿목으로 나와야 해" 하여 피동으로 자기를 두고, 어차피 비밀 탄로의 염려 절대로 없는, 눈도 코도 입도 없는 바람을 한 등 높여 준다 하더라도 그 사용가치는 별로 다름이 없다.

문자 그대로 아주 풍류적인 이 시간관념은 요즘의 시계 시간이라는 것의 그 순 추상의 무미와는 비교도 안 될 만큼 재미가 있고, 또 저 고대 중국의 꽤 맛이 있는 시간관념들하고 대조해서도 한결 더 멋들어지고 쓸모 있는 것 같다.

고대 중국에서는 추상이 아니라 구상적인 생활의 이미지를 담은 시간 단위를 사용했었다. 가장 짧은 단위로 눈을 깜짝이는 사이라는 '순간瞬間'을 비롯해서, 손가락을 퉁긴다는 '탄지彈指', 새 그물을 예비한다는 '나예羅預', 수염을 쓰담는다는 '수유須臾' 등의 네 가지가 그것이다.

'순간'은 지금 우리가 쓰는 '초'보다도 짧은 동안이고, 제일 긴 단위 '수유'는 지금 시간으로 치면 45분간이다. 그러니까 '한 수유'라는 것은 그렇게 긴 동안을 수염 한 번 쓰담는 데 쓴다는 게 아니라 저 위아래 수염이 두루 좋던 고대 중국의 대인들이 무얼 하고 있다가 한 45분만큼씩의 간격을 두고 수염을 한 번씩 점잖게 쓰담어 내리던 것을 의미한 것으로 볼밖에 없다. 또 '탄지'라는 뜻은 '손가락을 퉁긴다'고 되어 있지만, 그건 아마 고대 중국인의 매니큐어도 아니한 그 긴 손톱—그것도 무지와 식지의 끝을 마주 대고 퉁긴다는 것으로 봐야 할 것 같다.

그러니 이 고대 중국인식 시간관념으로 무얼 말해 보자면, 가령 "여보, 우리는 아무래도 점잖은 민족이어서 우리 집 고양이같이 몇 순간에 점심을 먹어 치울 수는 없구려. 부디 당신 수염 두어서너 번 쓰담는 만큼의 사이를 두고 천천히 맛있게 잡수라구요" 이런 투로 그걸 써먹고 살아야 할 것이다. 이것도 꽤 재미야 있다.

그러나 이 고대 중국인의 시간 단위의 이미지들은 모두가 인체나 가족의 생활 방편에 관한 품목들로만 되어 있어서, 영원을 정신의 힘으로 살아 나가고자 하는 사람들한테는 역시 어찌 답답해 보인다. 또박또박 두 개 눈을 깜박거리는 동안에, 긴 무지와 식지의 손톱을 맞부딪쳐 퉁기는 동안에, 새 그물을 준비해 늘어놓는 동안에, 대단히도 풍부한 위아래 수염을 쓰담는 동안에 살림살이는 늘고, 자녀들의 수도 늘고, 요리의 걸쭉한 맛도 늘어 가기는 늘어 가겠지만, 영원히 가야 할 정신의 보행을 위해서라면 어디 환하게 트인 데가 보이지 않아 답답한 것은 현대인의 시계 시간이나 마찬가지다.

이러한 답답증을 풀어 주기 위해서 신라의 관기와 도성의 '풍류의 시간'은 지상의 품목이 아니라 하늘의 품목인 '바람'을 그 이미지로 해 온 까닭이다.

관기와 도성이 하늘과 땅 사이의 모든 품목들 가운데서, 우리와 관계하고 있는 유형무형의 모든 품목들 가운데서 바람을 골라 '상봉의 시간'의 단위를 정한 것은 현명하다. 아무리 좋은 수염이나 눈망울, 하늘의 구름도 늘 그 모양이 변하고 없어지기 일쑤지만, 보이지도 않는 바람만은 아주 없어지거나 변모하는 일 없이 매양 우리 마음과 육신에 작용하고 있다. 하늘의 해와 달과 별은 보려고 할 때만 우리한테 보일 뿐이지만 저 지나친 친절꾼인 바람만은 우리가 아주 잊어버리고 어느 구석에 처박혀 있을 때도 어느 틈엔지 스며 들어와서 친교를 원하는 것이다. 그러니 우리와 아주 가까이 영원히 작용하는 것—바람을 골라 영속해야 할 '상봉의 시간' 단위로 한 것은 현명하다. 더구나 이것은 오고 가며 살에 닿는 느낌까지가 우리들의 거래와 많이 닮은 데가 있기까지 하니 말이다.

그러나 '풍류 시간'의 단위를 피동적으로 잠깐씩 데이트 같은 데 적용해 보는 것과는 달리 이걸 아주 전 인생의 시간 표준으로 하자면 새로운 자각이 필요하기는 하다.

가령 우리는 이미 변덕꾸러기가 된 줄리엣이나 성춘향이를 약속 시간에 찾아갔다가 예상과는 달리 쓰린 배신을 당하거나 당자 부재의 못 견딜 섭섭함 앞에 선다. 이런 때 우리 사이를 슬슬 돌아다니며 뭔지 수작하는 것은 이 바람이란 놈이다. 두 번, 세 번, 네 번 겹치는 당자 부재나 배신을 당한 끝에, 우리는 인제는 달라진 줄리엣의 문전을 찾는 것이 주저돼 그녀의 집으로 가는 길 중간쯤에서 흔들리는 풀잎사귀나 구름 같은 걸 쳐다보고 서성거린다. 이런 때에도 우리의 육신에 바짝 밀착해서 뭐라고 꾸준히 공작하는 놈은 바로 바람이다. 꽤 여러 차례를 이런 중간 지점의 망설임과 한눈팔이에 길든 사내가 '어따 모르겠다' 하는 생각쯤 내는 것은 보통이다. 그래 그는 또 다른 줄리엣이나 성춘향이를 구해 볼 것이고, 거기서도 마찬가지면 거듭 거듭 딴 데로 딴 데로 헤매고 다닐 것이다. 그동안 중간 지점의 풀 옆이나 구름 밑에서는 늘 바람의 유창한 밀어가 속삭인다.

"여보게. 그럴 것 뭐 있나? 나 하자는 대로 나하고 같이 다녀 버려. 자네한테 늘 배신밖에 할 줄 모르는 그까짓 것 거기 놓아두고 인제는 싹 내 걸음걸이를 배워 버려. 시간 약속도 그만 내 방향에 맞춰서, 이별은 나처럼 아주 시원스레 해 버려."

그래 마침내 이 사내가 줄리엣의 집 쪽으로 가는 걸 작파하고 바람이 불어 가는 쪽으로 걸음을 옮길 것을 자각하고 나선다면 그것은 신라 때의 관기나 도성 스님의 보법에 일치한다.

바람은 기류의 앞잡이라고 한다. 기류는 물론 지상의 전 액체가 증발해서 되는 것이니까, 그 속엔 돌아가신 할아버지 할머니의 피뿐만이 아니라 과거의 모든 교주며 스승들의 피까지가 끼어 있는 것인데, 그 앞잡이인 바람의 방향에 우리들의 시간을 맞춘다는 것은 아주 의리가 잘 맞는 일이기도 하다.

전적으로 이 '풍류 시간'만으로 인생을 재지는 못한다 하더라도 사람 사이의 일에 너무나 고달픈 사람들은 가끔 이 바람의 방향에 발걸음을 옮겨 맞춰서 손해는 없을 것이다.

(『현대문학』 1969.9.)

동방의 무 한국의 무

사람들이 땅에서 살아오면서 만든 그릇들, 거기에 담아 온 물건들 가운데 몇 해 전 영국 사람들이 깡통에 담아 수출하기로 했다는 런던의 안개 같은 것은 전례가 없다는 점에서 아주 독특한 일이다. 독특할 뿐만 아니라 상당히 재미가 있다.

어떤 사람들은 이걸 비꼬아서 "제길, 팔아먹을 것이 그렇게도 없어서……", "어이튼 영국 사람들은 장삿속으로는 못 할 짓이 없어" 어쩌고 하기도 하지만 하여간 일종의 새로운 시적 상상과 그 구성을 대할 때 느끼는 것과 거의 같은 감동을 막을 길은 전혀 없다. 우리는 영국 사람의 장삿속보다는 사람들의 정서와 상상력에 자극하려는 신안력新案力과 구성에 더 많이 감동하기 때문이다.

이 깡통에 든 런던의 안개는 여태껏 우리가 써 온 어떤 생활필수품의 항목에도 들어갈 수는 없지만, 런던 시의 안개를 유달리 그리워하는 사람들에게는, 더욱이 안개 속에서 오래 살며 그들의 노력과 사랑을 쌓아 올렸기에 그걸 잊지 못하는 모든 회고자들에게는 어떤 생활필수품보다 더 대견한 것이 될 수도 있다.

런던의 짙은 안개 속에서 서로 만나 아들딸 낳고 단란히 살고 있는 현재의 모든 외국 거주자들한테는 런던의 안개 깡통은 몇 개씩이라도 옆에 갖고 싶은 것이 되기도 하리라. 또 런던의 안개 속에서 가장 가까운 사람을 잃고 떠나온 사람들에게도 안개 깡통은 무척 그리운 것이 될 수도 있을 것이다. 런던의 안개 속에서 영국의 실리주의를 어려서부터 익히고 떠나서, 아메리카와 오스트레일리아와 아프리카와 또 여러 나라에서 패권을 휘두르고 있는 그 많은 영국종들한테도 그들의 실리적인 생각으로 이걸 한두 개도 안 사건 사건 간에 그립지 않은 것은 될 수 없으리라. 또 고국을 떠나 사는 영국 출신의 실리주의자들은 사용私用으론 하나도 사지 않는다 하더라도, 지점 같은 것을 만들어 비록 상용商用으로라도 이걸 옆에 상당히 많이 지니고 지냄 직도 하다.

그러나 안개 깡통의 신기로움, 그 순 정신적인 용도에도 불구하고 여느 딴 물질들과 마찬가지로 이것은 한낱 물질일 뿐 그 이상의 것은 되지 못한다. 깡통을 산 사람이 그 뚜껑을 열어 터뜨려 무산시키며 한바탕 런던의 안개 속을 회고하고 나면 그뿐인 너무나 하염없는 한낱 물질에 지나지 않는 것이다. 이것을 사서 터뜨리는 사람들의 정서는 런던의 안개 깡통이 물질 이상의 무엇이기를 바랄 것이다. 그러나 누구도 이것을 물질 이상으로는 받아들이지 못했기 때문에 아직도 그저 한 물질일 따름이다.

이런 마당에 오면 참으로 침이 마를 만큼 아쉬운 것은 고대의 이해자들, 그중에서도 동양 상대의 이해자들이다.

우선 공자라도 이 런던의 안개 깡통 옆에 있었더라면 우리는 우리의 정서를 위해 훨씬 덜 싱거울 수 있다. 가령 공자가 일찍이 『중용』에서 말한 대로 '눈으로 보아도 보이지 않고, 귀로 들어도 들리진 않지만 이 깡통 속 안개에 붙어서 빼놓으려야 빼놓을 수 없는 것' 이런 몇 줄만을 얹어 준대도 우리의 정서 앞에 너무나 하염없는 이 물질을 위해 얼마나 큰 생색이 되는 건가. 나는 『중용』의 공자의 말씀에서 겨우 '물物'이라는 말 하나를 '깡통 속 안개'로 바꾸어 놓았을 뿐이다.

그런데 깡통에 안개 같은 걸 담아 기분 내 보겠다는 정도는 요즘 서양 사람들의 이야기고, 동양 사람들은 옛날부터 안개는새로 영 '아무것도 없는 것'을 그릇에 담아 오는 데 길들어 왔기 때문에, 이 눈에 뵈는 물질 가운데 가장 아스라하고 곧 무산할 것을 담아 보겠다는 기별을 듣는 것은 우리들에겐 '무無'를 담는 예행연습과도 같이 느껴져서 기대가 된다.

우리 동쪽 사람들은 예부터 그릇에 무슨 물질을 담기 전에 먼저 '아무것도 없는 것'을 담고, 또 이걸 가장 귀한 걸로 극진히 숭상해 왔다.

"찰흙을 빚어 그릇을 만들어 놓으면, 아무것도 없는 빈 데가 있어 그릇 노릇을 하는 것이다" 노자도 일찍이 이렇게 말하고, 또 "하늘 밑 세상은 신묘한 큰 그릇이니 여기 무슨 딴짓을 하지 마라"고 하여 빈 그릇의 중요함을 강조했지만, 노자 외에도 동양에는 방방곡곡에서 이런 유의 생각이 예부터 지금까지 많이 내려오고 있다.

우리는 청자나 백자의 조촐한 사발에다가 유자나 모과 같은 향과를 담아 옆에 놓아두고 겨우내 선비의 염두에 이 향기들이 젖는 것을 즐기기도 하지만, 이것마저도 작위요 색향色香이라고 이해되는 때가 오면 차라리 아무것도 담지 않은 빈 그릇만을 옆에 두고, 하늘다운 빛깔의 그릇 속에 담긴 아무것도 없이 있는 것만에 매혹하게도 되는 것이다.

나는 술도 좋아하고 시도 좋아하고 또 미라는 것도 남유달리 좋아하던 내 선비 친구 하나가 어느 6월이던가 붉은 모란이 그의 뜰에서 피기 시작하던 날, 문득 손에 들어 입에 대고 있던 냉수 사발의 물을 모조리 땅에 엎질러 버리고 빈 그릇만 휑하게 앞에 놓으며 "이게 좋군" 하던 것을 기억한다. 아마 모란의 빛, 모란의 향기를 좀 더 넓게 또 깊이 받아들이려던 짓 아니었나 생각한다.

그렇지만 누군가 나와서 "영 아무것도 없는 것을 어떻게 그릇에 담는가? 땅에서라면 아무래도 공기만은 담기지 않는가?" 의문을 표시한다면 그건 지당하다.

물론 이 '아무것도 없는 것'은 공자가 『중용』에서 한 말씀을 빌리자면 '보아도 안 보이고 들어도 안 들리는 것'으로, 요샛말 공기라는 것은 그때에는 없어서 따로 지시는 안 해 놓았지만, 그건 '무' 속에 포함되어 있었다.

그러고 동양의 '무'는 '니힐리티'가 아니라 대단히 영적인 것이었다. 눈에 안 보이고 귀에 안 들리는 이유로 무라고는 했지만, 이것은 모든 있는 것의 영적인 근본이 되는 것이다.

"골짜기의 신이 죽지 않는 걸 심오한 어머니라 하고, 심오한 어머니의 문을 하늘땅의 뿌리라 한다."

노자의 이 말에서 빈 그릇 속의 무라는 것이 대단히 영적인 걸 알 수가 있다. 산골짜기는 여러 가지 나무와 풀과 꽃, 사람과 동물들을 생성시키지만 역시 그것은 골짜기의 텅 빈 데를 통해서다. 그러나 이 텅 빈 데에는 보이지도 들리지도 않는 신의 영기가 늘 죽지 않고 들어 있어 천지의 근본이 된다는 것이다.

노자는 한 골짜기의 빈 데를 상징적으로 말했지만, 이것을 아주 작은 한 개의 빈 그릇에 적용하건 훨씬 큰 하늘과 땅 사이의 빈 공간에 적용하건 의미는 서로 통한다. 공기만이 담길 뿐 그것은 텅 비어 아무것도 없지만 모든 것을 있게 하는 대단히 영적인 것이다. 말하자면 천지에 비어 있는 무는 큰 어머니의 한정 없는 마음의 아량처럼……

그러므로 이렇게쯤 생각해 살기에 길든 사람들에게는 최후의 지적이나 정서적인 만족을 위해선 무 이외의 딴것을 전혀 담을 필요가 없었다. 그래 그런 사람들은 빈 그릇에 공기만을 담아 지니고 다녔다.

최근까지 TBC 텔레비전에서 방송된 〈내 사랑 지니〉는 아라비아계의 이야기를 빌려 만든 듯한데, 거기 나오는 아랍풍의 호리병에 담겨진 '아무것도 없으면서 있는 것'—벌써 옛날에 죽은 지니의 혼이라는 것도 우리가 이야기해 온 바로 그런 유의 하나다. 이것은 노자의 '심오한 어머니' 대신에 아라비아의 연애병자 여인의 넋을 담은 게 다르지만, 노자의 그릇이나 아라비아의 호리병이나 공기밖에는 아무것도 없는 것만 담고 있는 점은 꼭 같다.

다만 이 드라마가 침묵하는 무 속에 그저 놓아두어야만 제대로 효력이 있는 것을 너무 지나친 오만 가지 행동과 언어로 빗나가는 상징을 해내다가 혼이 담긴 호리병에 함축된 본래의 맛을 한바탕의 웃음거리 장난감으로 만들어 버린 것은 이 병 속에 정말로 담겨 있는 것과는 아무 관계도 없는 딴짓이고, 그것만 제외한다면 우리한테는 예부터 아주 익숙한 것이다.

『대동운부군옥』에도 〈내 사랑 지니〉의 호리병 비슷한 이야기가 나오는데, 신라 때에는 '아무것도 없이 있는 것'을 잘 가려 담아 본 이력이 충분했던 때문인지 이야기로 꾸며 상징해 보이는 데 아주 자연스런 느낌을 주고 있다.

김유신이 서주에서 서울로 돌아오는 길에 이상한 나그네를 만났다. 그의 머리 위에는 흔히 볼 수 없는 딴 기운이 서렸다. 나그네가 나무 밑에 가서 쉬기에, 유신 역시 쉬며 자는 체하니, 나그네는 둘레둘레 살

펴 행인이 없는 걸 보곤 품 안을 더듬어 한 개의 죽통을 꺼내 탈탈 털었다. 아름다운 두 여자가 거기서 나와 그와 같이 앉아 말을 나누더니, 다시 그 죽통 속으로 들어가고, 나그네는 그걸 다시 품에 감추곤 일어나 걸어갔다. 유신이 그 뒤를 쫓아가서 말을 걸어 보니 다정하고도 반듯해 데리고 서울로 들어왔다. 유신은 나그네와 손을 맞잡고 남산 소나무 밑에 와서 잔치를 벌였다. 두 미인도 죽통에서 나와 이 자리에 끼었다. 나그네는 말했다. "나는 서쪽 바다 사람인데 장가는 동해에서 들었습니다. 아내를 데리고 부모를 뵈러 가는 중입니다" 그러자 바람과 구름이 일어 어두워지며 그들은 자취를 감추어 보이지 않게 되었다.

이만하면 그래도 가슴에 숨길 만한 조그만 대나무통 속에 담긴 아름다운 두 여자의 '아무것도 없이 있는' 혼의 움직이는 동황動況의 상징으론 억지나 장난같이 느껴지진 않는다. 텔레비전 드라마 〈내 사랑 지니〉의 작가하고는 첫째 그 인식이 다른 것이다.

아마 죽통 속에 든 두 여인의 하나는 나그네의 아내이고, 하나는 그의 하녀라고쯤 봐야 옳겠다. 서해변이면 백제인이 틀림없는 이 나그네는 멀리 신라의 동해 바닷가에 가서 어부 노릇을 하고 지내다가 어느 처녀와 눈이 맞아 결혼을 하고 하녀도 하나 두었는데, 불행히도 그 둘이 다 이승을 뜨고 만 것이리라. 아니면 이 둘은 그 처첩이라는 것인가. 그렇다면 이 나그네는 바람난 잡놈이지만, 그래도 그 둘을 다 끝까지 아껴 죽은 뒤의 혼까지를 대나무통 속에 담아 데리고 다니는 것만은 요새 그런 유의 사내들과는 또 다른 제법이라 하겠다.

어쨌든 이 나그네는 죽통 속에 아무것도 없이 있는 두 여자의 공기 속의 혼을 가슴에 지녔기 때문에 그 힘으로 머리 위에선 이상한 기운까지가 서린다. 이것은 물론 이 나그네를 김유신이 처음 본 인상이 보통하고 다르더라는 느낌을 상징한 것이다. 또 그 뒤에 나그네가 가슴에서 죽통을 꺼내 탈탈 털어서 두 미인을 불러내어 같이 이야기하거나, 다시 그 속으로 두 여자가 들어가거나, 뒤에 또 남산에서 김유신과 같이 잔치할 때도 또 한 번 나와서 그 자리에 같이 참례하거나—물론 그 일들이 모두 사실로 꼭 그렇게 있었다는 게 아니고, 이 나그네와 김유신이 그때그때 느끼고 언동한 것에 맞추어 침묵과 무뿐인 죽통 속의 것을 유형화해 상징한 것뿐이다.

고대인들이 남긴 설화는 상징으로 봐야 할 것들이 많다. 어느 나라의 종교 경전에나 많이 들어 있는 사실과 어긋나는 이야기들은 그들의 상상의 상징으로 이해하면 안 풀릴 것은 없다. 그렇지 않으면 우리와는 너무나 거리가 먼 황당한 미신만으로 느껴질 뿐이다.

우리가 신라의 장군 김유신과 함께 그 이상한 대나무 통 속에 '아무것도 없이 기막히게는 있는 것'을 가슴에 지니고 가는 묘한 사내를 이해하기로 들면, 김유신 아니라 우리라도 가까이 가서 어깨를 치며 '여보게, 자네는 어이튼 진짜는 좀 진짜로군. 같이 가세. 내 술 한턱 쏠 테니……' 해 보고 싶은 충동을 안 느낄 수는 없으리라. 더구나 이 죽통 속에 담아 지닌, '아무것도 없이 있는 것'이 두 여자의 넋이 아니라 꼭 하나이기만 했더라면 '어이튼'이라는 조건을 붙일 것도 없이 '자네는 참 진짜는 진짜로군!' 해 주고 싶은 인력감을 금할 길은 없으리라.

이것은 우리가 벌써 잊어버린 것을 원형 그대로 보여 주고 있기 때문에, 우리를 끄는 인력과 그것을 향한 우리의 향수를 어쩔 수 없다.

사발에 냉수도
부셔 버리고
빈 그릇만 남겨요.
아주 엷은 구름하고도 이별해 버려요.
햇볕에 새 붉은 꽃 피어나지만
이것은 그저 한낱 당신 눈의 그늘일 뿐,
두 번짼가 세 번째로 접혀 깔리는
당신 눈의 엷디엷은 그늘일 뿐이어니……

이것은 내 졸시집 『동천』에 들어 있는 「피는 꽃」이라는 작품이다.

여기 나오는 '당신 눈'을 노자의 그 '심오한 어머니의 눈'이라고 보거나 또 그 이상한 신라 나그네의 가슴에 품은 죽통에 담겨 있는 연정적인 눈이라고 보거나 그건 독자의 자유다.

하여간 나는 노자나 노자 비슷하던 동방의 모든 옛날 사람들과 신라의 나그네나 그 비슷했던 모든 우리 조상들 앞에 서서, 지금도 양옆으로 주욱 즐비하게 늘어선 그릇에 담긴 갖가지 물질들을 런던의 안개 깡통까지 포함해서 자세히 살피고 있지만, 늘 눈에 보이게 그릇에 담겨 있어도 죽었거나 죽을 것뿐인 물질들보다는 '아무것도 없는 것'으로 담겨 있어도 늘 살아 있는 것, 또 이 산 힘으로 물질마다 붙어서는 물질들도 두루 살피고 있는 것에 저절로 먼저 마음이 더 끌리는 것을 어쩔 수는 없다.

특히 마음이 더 끌리는 것은 노자의 큰 그릇이나 작은 찰흙 그릇에 담은 것보다도, 기왕이면 퉁수의 재료도 되는 파란 상록수 대나무 속에 담긴 우리 한국의 무한테로다. 여기 담긴 것은 노자의 '심오한 어머니'처럼 첫째 어마어마하지 않아서 좋다. 호젓하고 오붓하고 은근하게 서로 사귈 수 있는 연인인 점이 썩 좋다.

한국 땅에 목숨을 가진 이, 손수 자기 그릇에 아무것도 없이 그득히 있는 연인을 담아 가지지는 못했다 하더라도 햇빛 눈부신 6월쯤 되어 붉은 모란꽃이라도 피어나거든, 마시던 냉수 사발의 물까지도 한번 조용히 비우고 여기 아무것도 없이 담기어 오는 것이 무엇인가를 곰곰이 생각해 볼 일인저!

(『현대문학』 1969.10.)

신라의 독수리

고대 그리스의 주신 제우스의 발맡에는 언제나 한 마리의 사나운 독수리가 앉아 있다. 이마 밑의 눈썹을 찌푸릴 때마다 땅이 부르르 떨리고, 하늘에선 천둥이 울린다는 제우스의 발맡의 독수리—뭇 새들의 왕인 독수리는 물론 제우스의 힘과 용맹의 상징이다. 여기에서 나와서 군인이나 경관같이 용맹이 제일 필요한 사람들의 모표나 흉장 같은 데도 서양에선 이 새를 많이 새겨 달아 온 것도 우리는 잘 알고 있다.

그러니만큼 서양의 독수리들은 어느 경우에도 자비나 눈물 같은 것과는 너무나 거리가 먼 새다. 우리 시인 김소월의 말을 조끔만 빌려 쓰자면 '죽어도 아니 눈물 흘리올' 새인 것이다.

그런데 그 지독하게는 눈물 없는 새도 한국에 와서는 어느 경우엔

동정심 많은 할머니같이 무엇이 모두 불쌍하여 울먹거리고 있던 것도 보인다. 하늘과 땅이 여기는 너무나 누선을 자극할 만큼 매워서 그랬던 것일까. 아니면 너무나 서러워서 그랬던 것일까. 그야 하여간, 그 지독스런 놈도 이 나라에 와선 할 수 없이 울먹거리고도 있던 것만은 사실이다.

일연 스님의 『삼국유사』를 보면 이 독수리를 길들여서 만든 한 마리의 매가 제가 쫓고 있던 꿩이 문득 불쌍해져서 나무에 앉아 울먹이고 있는데, 이건 물론 신라의 오랜 불교에 꽤 잘 물든 매이긴 하겠지만 그 일이 너무나 엉뚱해서 기묘하게만 느껴진다.

> 신라 진골 제31대 신문왕의 때, …… 재상 충원공이 장산국(동래현) 온천에서 목욕하고 서울로 오다가 굴정역 동지 들에 이르러 잠시 멈춰 있는데, 문득 보니 어떤 사람이 매를 날려 꿩을 쫓고 있었다. 꿩은 금악산을 날아가 자취를 감추었다. 매방울 소리를 따라 찾아가 보니 굴정현 관북정의 우물가였다. 매는 나무 위에 앉았고, 우물물은 꿩의 피로 물들고, 우물 속의 꿩은 두 날개를 벌려 두 마리의 새끼를 안고 있었다. 매도 불쌍하여 울먹이는 듯한 얼굴로 더는 잡으려 하지 않았다. …… 거기 절을 세우고, 이름을 '훌륭한 독수리의 절'이라고 했다.
>
> —『삼국유사』 권3

이 '훌륭한 독수리의 절' 즉 영취사靈鷲寺라는 이름을 가진 절은 한국에는 한두 군데뿐이 아니라 꽤 여러 군데에 있었고 또 지금도 있다. 충북 충주 종당산에도, 경북 영일군 묘봉산에도, 강원도 설악산에도, 경남 거창군 덕유산에도, 강원도 금강산 내금강에도 그 이름의 절이 있었고 또 함남 안변군 황룡산에는 지금도 그대로 남아 있다. 그러니 한국에선 무엇이 불쌍해 울먹이기도 하는 독수리가 한 예외가 아니라 오래고 또 상당히 많던 한 유행이었던 걸 알 수 있는데, 이것은 우리의 그 쑥 같은 평화를 머리에 두고 생각해 보면 꽤 재미가 있다.

나는 5, 6년 전 이 일을 곰곰이 생각하고 누웠다가 아래와 같은 졸시를 하나 만들어 보았었다.

매가
꿩의 일로서
울던 데를 이얘기할 테니
우리나라 수실로
마누라보고 벼갯모에 수놓아 달래서
벼고 쉬게나.
눈물을 아조 잘 수놓아 달래서
벼고 쉬게나.

—「무제」

그리스의 주신 제우스의 발맡에 도사리고 앉아 있는 용맹하고 사납기만 한 독수리는 어딘지 불안하지만, 그게 한국 같은 데 와서 이렇게까지 인자하게 되어 있는 걸 보고, 이렇게 된 독수리의 하늘과 공기를 느끼며 우리는 아주 극단으로 평화해져서 태평한 휴식과 평안한 잠이 자고 싶어지는 것이다. 아늑한 꿈과 함께 잠은 무한정 평안할 것만 같은 것이다.

이 인자한 한국의 독수리는 어느 땐 또 곧잘 사람들을 물욕 밖으로 이끌고 가, 시비와 이해를 돌보지 않는 신선들을 만드는 매개 역을 맡아 놀기도 했다. 이 희한한 독수리들은 이미 상대 물물교환 시절부터 벌써 물건을 팔고 사는 사람들 틈에까지 끼어들어 그런 기특한 짓을 했었다.

신라 14대 유례왕 14년 10월 어떤 매에 대한 사건의 기록엔, 장에 가서 곡식과 무명솜을 맞바꾼 사람들 사이에 매가 끼어들어 그들을 신선의 길로 이끈 이야기가 나온다.

> 신라에 인관과 서조라는 두 사람이 있어서, 인관이 장에 무명솜을 가져가 팔아, 서조가 그걸 곡식을 주고 사서 돌아왔는데, 문득 매란 놈이 그 솜을 채다가 인관네 집에다가 떨어뜨려 놓았다. 인관이 그걸 가지고 장에 가서 서조보고 "매가 솜을 우리 집에 떨어뜨려 놓아서 지금 돌려 드리오" 하니, 서조는 "매가 솜뭉치를 채 간 것은 하늘하고 같이 한 일이오. 내가 어찌 다시 받겠소?" 했다. 인관은 "그럼 당신 곡식도 되찾아 가시오" 했지만, 서조는 "내가 당신하고 장 본 지 벌써 이틀이나 되었소. 곡식은 벌써 당신 것이 된 지 오랜데요" 하고 굳이 받지 않

았다. 그래 두 사람은 서로 사양하다가 같이 그것들을 장에다가 버려 두고 돌아갔다.

—『삼국사절요』 권4

이만하면 매치고는 최상책의 매이다. 제우스의 독수리하곤 격이 아주 다르다. 신라의 경명왕은 자기가 부리는 매한테 대왕의 벼슬을 준 일이 있지만 그까짓 대왕보다도 격이 훨씬 더 높다. 대왕은 그저 단순히 법과 질서를 다스릴 뿐이지만, 인관과 서조 사이의 이 매는 대왕이 다스리는 법까지도 깡그리 무시해 버리고 사 온 사람의 물건을 채다가 판 사람의 집에다가 공짜로 들여놓고도 범법자가 되기는 새로, 늘 하늘과 가지런한 신선의 둘레만을 맴돌고 있으니 말이다.

사람들의 매매의 경제학을 모르고, 다만 눈과 발톱과 부리가 유달리 밝고도 날카로운 매가 원래의 솜 임자에게 그걸 채다 돌린 행위는 물론 고금의 어느 나라의 법률에 비춰 보더라도 위법이다. 무지하다고 이해해 준다 하더라도 겨우 용서급이 될 뿐 그걸 숭상하고 찬양하고 거기 따를 사람은 지금 세상엔 하나도 없을 것이다. 그러나 신라의 두 사람은 마치 매의 범법 행위의 편을 드는 것이 무슨 황홀한 선약仙藥이나 되는 듯이 그걸 해냈다. 여기 이 두 사람의 언동을 듣고 보면 사람의 법은 되도록 빨리 낫우어야만 할 한 체증 같은 병처럼 보일 따름이다. 그것은 재미있다.

자연을 보는 눈이 밝은 매가 인관네 집 식구들이 목화밭에서 목화꽃을 가꿀 때부터 아마 하늘에서 굽어보아 알고 지내다가, 그것이

솜이 되어 잠깐 사이에 남의 집 마당귀에 가 놓여 있는 것을 보고 채다가 놓은 자연의 정의情誼를, 사람이 알아보고 따른 것은 재미가 있다. 매는 그 솜뭉치를 본주인에게 돌렸다고 했지만, 이건 결국 목화밭과 그 밭 흙에 땀을 쏟으며 일한 사람들이 있는 자연에 돌린 것이 된다. 매매 같은 따분한 사무 이전의 자연의 생성과 황홀과 자연 직접 상대의 사는 재미의 한복판에 되찾아다가 돌려준 것이 된다. 이 가장 큰 것을 재빨리 이해하여 법도 에누리할 줄 알았던 것은 상당하다. 또 이만한 이해의 터에 와서 살고 있던 매들도 물론 제우스의 발부리에 앉아 있던 독수리보다는 훨씬 더 큰 값을 쳐 받은 것이다.

한국의 매는 아주 옛적부터 신선도를 무척 좋아했던 모양으로, 이미 서력 기원전 1세기에 산에 사는 여자 신선의 뒤를 따라다니며 마을 집과의 사이에 편지 심부름까지 잘해 주었던 흔적도 남아 있다.

예수가 생겨나기 전 100년부터 50년 사이, 로마의 줄리어스 시저가 통령의 자리에 앉기보다도 좀 더 먼저 한국의 매는 선도산이라는 산에서 신선 노릇을 하던 사소라는 여인의 뒤를 따르며 길 앞잡이가 되기도 하고 또 우편집배원 노릇을 하기도 했다.

선도산의 여선女仙 사소는 바로 신라 시조 박혁거세왕의 어머니다. 맨 처음으로 이분의 일을 쓴 고려의 김부식은 『삼국사기』에서 그가 송에 사신으로 갔을 때 신관에 참예했다가 관반학사 왕보에게서 들은 거라며 '옛날 중국의 공주가 처녀 때 애를 배 사람들의 의심을 사서, 바다로 진한에 가 낳아 해동 시주始主가 되었다. …… 그러나 그 아들이 언제 왕이 되었는지는 알 수 없다' 한 것을 그 뒤에 일연 스님도 그대로 받아 『삼국유사』에 옮겨 써 놓곤 있으나, 그건 대국을 자칭하던 송의 관반학사의 매우 으스댄 입 거드름쯤이 될 뿐 그 밖에 아무 사실로서의 근거도 기록도 없는 낭설의 소개이고, 다만 사소라는 이가 신선살이를 했다는 것만은 사실이다. '선도산 신모'로도 불리는 이분의 사당은 박제상의 부인 '치술 신모'의 사당과 오랫동안 신라인의 숭앙과 배례를 받아 온 건 우리 국사에도 뚜렷한 일이니 말이다.

그리고 이건 상상이지만, 처녀 때 애를 뱄다는 것과 산에 갈 때 매를 데리고 갔다는 것도 신선살이와는 잘 부합되는 일들 같다. 처녀가 애라도 뱄으니 가정과 마을에서 멀리 떠나 산에 외로이 가서 살았을 것이고, 또 신라는 오래 두고 매에 따르는 물건들을 두루 중국에 줄 만큼 매 기르는 게 성행했으니 산의 길동무로 매 한 마리쯤 가지고 갔을 것도 쉽게 수긍되니 말이다. 그러니 김부식도 대국의 관반학사 녀석의 입 거드름을 듣고, '그러나 그 아들 박혁거세왕이 언제 왕이 되었는지는 알 수 없다'고 한쪽으로 의심하는 것으로 봐서도, 박혁거세왕의 어머니가 중국의 공주라는 것은 터무니없는 거짓말이고 그 밖의 일들만은 중국까지도 일찍부터 소문나 있던 사실로 봐서 큰 잘못은 없을 것 같다.

우리 매 이야기를 하다가 무엇 역사 학생 비슷한 소리를 한바탕해서 미안하게 되었다. 여기 또 한 마리의 매 이야기를 하자니 아무래도 이건 그만큼은 잔주註가 필요해서 그리되었다.

하여간 박혁거세왕의 어머니 사소는 애를 밴 처녀의 몸으로 마을과 집을 떠나 선도산이라는 신라의 준령의 하나에 몸을 의지해서 여선이 되었는데, 『삼국유사』에는 그네가 일찍부터 신선 되는 법을 배운 걸로 되어 있다. 그리고

> 아버지가 편지를 발에 매어 보내 '매를 따라가서 멈추는 데에 집을 삼으라' 했다. 사소는 편지를 받아 읽고 매를 날렸더니 이 산(선도산)에 날아와 멎어서, 드디어 그 자리에 와 지선地仙이 되었다.
>
> —『삼국유사』 권5

이걸 보면 아버지가 매의 다리에 편지를 매달아 산으로 날려 보냈던 것도 쉽게 알 수가 있다. 아마 일선에 나가는 군인이 사령부에서 전서구傳書鳩를 가지고 가듯이 사소는 집의 부모 곁을 떠나 산으로 올 때 전서 겸 사냥 겸 해서 한 마리 매를 들고 간 것이리라. 그래 그것이 고향 집과 산 사이를 날아 오가면서 편지도 전한 것이리라. 무엇에다 무엇으로 글을 썼는지 우리는 모른다.

그러나 어이튼 비둘기와 아주 다른 이 영악한 것이 서양에서 비둘기라야 겨우 하던 짓을 이미 기원전 1세기에 잘 길들어 해냈다는 것은 역시 한국의 매다워서 재미있다. 사자 새끼를 잡아다가 개 밥그릇에 함께 먹여 길렀더니, 어느 화창히 맑은 날 멀리 하늘 끝의 사자들의 울음소리를 듣고 쏜살같이 달아나 버리고 말았다는 이야기는 흔히 있지만, 백수百獸의 왕 사자를 길들여서 개를 만들고, 백조百鳥의

왕 독수리를 길들여서 비둘기까지 만들었다는 이야기는 아주 드문 것이니 말이다.

그러나 이보다도 우리의 더 큰 관심은 물론 '매를 따라가서 멈추는 데에 집을 삼으라'는 아버지의 편지 속의 부탁인 그 '집'에 있다. 사소가 거기서 비로소 지선地仙이 된 그 새로운 집에 있다.

처녀로서 아이를 밴 여자가 가정과 마을에서 살지 못하고 날으는 매를 따라 도착한 험산 준령의 이 새로운 집은 물론 인간 사회 속의 그 집을 말하는 건 아니다. 인간 사회의 법과 논리와 시비 속에서는 이미 쫓기는 몸이 되었어도, 쓰러져 낙오하거나 절망할 필요 없이 다시 일어나서 먼지 탈탈 털고 나아가 심산유곡에 새로이 꾸미는 자연의 집을 말하는 것이다.

물론 이것은 어느 만큼은 아프리카 배경의 영화 〈타잔〉에 나오는 타잔이나 그 측근 사람들과 외관상 비슷하기도 하다. 호랑이 같은 맹수를 잘 길들여 부하를 삼는다든지 무적의 힘을 단련하여 쌓아 올린다든지 적지 아니 비슷한 데가 있다. 그러나 타잔과는 아주 다른 점이 있다. 그것은 영원히 죽지도 않고 늙지도 않는 생명을 자각하고 체득하고 실천하는 데에 있는 것이다. 이것이 타잔과 다른 점일 뿐만 아니라 육신 있는 생명의 사회를 주로 생각해서 살고 있는 모든 고금의 사회인들과 근본적으로 다른 점이다.

그들은 늘 젊은 마음으로 오래 살 것을 생각해서 먹는 것부터 약용을 겸한 것을 많이 썼지만, 그보다도 정신의 걸릴 데 없는 자유로운 영생에 가장 많이 마음을 썼다. 하늘의 '무'와 영원 속에만 잠적해

머물러서 혼의 불로불사를 누리고자 했던 것이다. 육신이 할 수 없이 노쇠하여 죽는다 하더라도 그들은 죽는 거라고 느낄 줄을 몰랐고, 잠깐 유형 왔던 곳을 지나 그들의 비롯한 곳으로 돌아가는 거라고만 감각했다. 그렇게 이 집은 영원한 부활 재생의 집인 것이다.

지금도 우리나라 사람들 가운데 어떤 사람들—책은 볼 줄 몰라 무식하긴 해도, 옛 신라 신선도의 부전자전의 흐름의 말단에 생겨나 거기 어느 만큼 익숙한 어떤 남녀들은 영 자살이나 절망 같은 걸 할 줄을 모른다. 후조候鳥처럼 갑지에서 을지로 병지로 흘러 다니는 나그네 일꾼인 한산인부들, 또 작년에도 금년에도 명년에도 영 죽을 줄을 모르고 남의 문전에서 문전으로 더듬어 다니며 '작년에 왔던 각설이, 죽지도 않고 또 왔네' 노래 부르고 다니는 각설꾼들, 또 자기 일에는 아리건 쓰건 매양 '좋은뎁쇼'로 소년 소녀같이 나긋이 웃을 줄밖에 모르면서도 남의 집 죽어 간 가족들의 혼을 대신해 노래하다간 쏘나기 같은 눈물도 곧잘 퍼부어 내리는 암무당, 수무당들—그런 언저리에 가면 아직도 신라 풍류도의 유풍은 굳이 닫힌 역사의 포장 안에서 그 얼굴을 문득문득 드러내는 일이 있다.

이런 한산인부들, 각설꾼들, 암무당, 수무당 들의 앞에 설 때에도 우리는 또 사소와 같은 우리 상대의 신선들과 아울러 그들의 잘 세련된 짝—매들의 그 매 같지 않은 온갖 우유優柔하고도 가당찮은 짓거리들을 기억해 상기하곤 문득 다물었던 새 꽃봉오리가 열리는 것 같은 살맛 있는 미소에 젖기도 하는 것이다.

(『현대문학』 1969.11.)

신라의 꽃다발

석가모니는 『관무량수경』이란 책에서 사람의 마음속에 피는 연꽃 하나는 아무리 작은 것이라도 만 리는 되어야 한다고 했다. 이는 곧 1억 평방 리의 넓이로, 그것은 우리 전 국토를 몇 곱절 한 것만 하다.

연꽃 마음을 내
그 연꽃 잎잎으로
백 가지의 좋은 빛을 내어 보아라.
8만 4천 이랑의 맥이
하늘의 그림같이 거기 있느니,
맥마다 나오는 8만 4천의 빛이
모두 다 눈을 떠 두루 보게 하여라.

아무리 작은 꽃잎사귀도
가로세로 뻗쳐서 만 리는 가느니……

이것은 물론 석가모니가 사람들한테 꽃의 영상을 가지는 법을 가르치는 자리에서 하는 말씀이니, 그의 마음속에 빚은 꽃의 크나큰 화려 장엄을 말하는 것일 뿐 육안으로 볼 수 있는 우리 지상의 꽃을 말하는 건 아니다. 그러나 심안心眼의 꽃이라 하더라도 이건 인류 유사 이래의 모든 심안이 보아 온 꽃들 중에서도 가장 큰 것만은 틀림없을 것 같다.

또 『아미타경』이란 불전에는 극락에서는 하루에 여섯 번씩이나 하늘에서 만다라꽃들이 비처럼 쏟아져 내려, 아침마다 거기 사람들이 이 꽃들을 그릇에 받아 담아서 딴 나라들의 십만억 명의 부처님들한테 날라다 바치고 밥 먹을 때까지는 본국으로 돌아온다고 쓰여 있다. 물론 이것도 육안의 한계에서 다룬 이야기는 아니고, 말하자면 스테판 말라르메의 「목신의 오후」 첫 절의 심안에 비치는 공기의 표현 같은 것이다.

이 님프들을 내 영원히 있게 하리.
짙은 잠의 조을리는 공기 속
저리도 역력히,
아른거리는 그네 아스라한 복숭아꽃빛 살빛을.

다만 여기서 사람 세계의 공기에 무형으로 아른거리는 것은 그리스 신화의 사람 모양의 욕정의 정령들이지만, 『아미타경』의 만다라 꽃들은 사람이 숨 쉬는 땅 위의 공기 속에 한정된 것이 아니라 아미타불의 영역에 비로 내려선, 그 꽃 기운이 우주 안의 모든 무욕의 부처님들에게로 통하는 것으로 되어 있는 점이 다르다. 그리스의 님프들이란 필경 욕망을 어쩌지 못하는 인간의 한 상징으로서, 불교적으로 보자면 우주 삼계 가운데서 맨 밑인 욕계에 머무를 정령일 뿐이다. 그러나 석가모니의 만다라꽃은 욕계를 지키는 부처님에게뿐 아니라 욕계, 색계, 무색계의 전 우주의 모든 부처님들에게로 갈 수 있는 무한정한 비행력을 가진 것이다.

꽃잎사귀 하나가 우리나라의 몇 곱절이 될 정도로 커서 어디서나 잘 보이기도 하고, 또 끝없는 비행력을 가져서 우주 어디 못 갈 데가 없는 불교의 꽃기운이라는 것은 일찍이 신라 때부터 그 식이 옮아져 와서 월명 스님의 향가 「도솔가」 언저리엔 그 전염이 잘 보인다.

오늘 이에 산화散花 노래 불러
삐운 꽃아 너는
내 곧은 마음의 심부름이니
하늘에 가건 미륵좌주 모셔라.

이것은 월명 스님의 「도솔가」를 현대어로 고쳐 놓은 것이다. 경덕왕 때 태양에 이상이 생겨서 달래어 없앨 양으로 지어 읊었다는 것인데, 여기서 노래와 함께 꽃을 뿌린 걸 알 수 있고 또 그 꽃은 뿌리는 사람 쪽의 명령을 받아 하늘 멀리 미륵불한테까지 날아가서 해를 좋게 해 달라는 부탁을 전한 걸로 되어 있다.

오늘날 우리들의 꽃에 비긴다면 석가모니식의 이 꽃의 위력도 대단하지만, 그보다 못지않게 대단한 것은 월명이란 중의 마음이었다. 우리가 한 서신 거래처를 가지듯이 먼 하늘 속의 지존한 미륵불의 세계를 자기 주변에 가지고, 꽃향기에 당부를 담아 보내는 그 자신自信과 자기 존엄의 힘이 대단하다. 미신이니 뭐니 그런 이야기는 다음다음 문제로 보일 만큼 자기 존엄의 자각은 대단해 보인다.

인제 나는 절간의 중 손의 염주 근방의 꽃에서 속가의 남녀들 곁에 핀 꽃들 옆으로 눈을 옮길 마련이 되었다.

활을 잘 쏘던 신라의 궁사 거타지居陀知란 사내가 가졌던 한 송이의 꽃에는 바다와, 바다의 신 용의 손길과, 그 용의 하나뿐인 아름다운 딸의 모양이 들어 있다. 스님의 모양을 한 늙은 여우가 날마다 해뜰 때에 하늘에서 내려와서 용의 아들딸이란 아들딸은 다 잡아먹고, 오직 하나만 남은 딸의 모양이 고스란히 들어 있다. 그것도 바닷속 섬에 있는 호수에서 금시 몸의 물방울을 떨어뜨리면서 올라온 용의 딸의 모양이 들어 있다. 이와 같은 꽃의 이미지의 구성은 논리는 붙이기 어렵지만, 상상이 독특하고 다양한 점에선 동서의 꽃 이야기들 속에서도 그 예를 찾아보기 어려울 것 같다.

그리스 신화의 태양의 신 아폴론이 짝사랑한 강물의 정령 다프네가 아폴론의 추적에 달아나다가 강둑에 월계수를 남기고 자취를 감추는 이야기가 있다. 이 월계에서도 물론 우리는 강물의 싱싱한 물기운과 그 화신인 다프네의 영상을 본다. 그러나 우리 거타지의 꽃 속에 들어 있는 바다는 그보다도 훨씬 더 다단하고도 미묘한 이미지와 뉘앙스의 디테일들의 구성을 가졌다. 이것은 비유하자면 단순히 한 가지만의 맛을 가진 서양 음식들에 비해, 한국의 김치는 여러 가지의 맛—알큰하면서도 섭섭하고, 시원하고도 안타깝고, 싱싱하고도 그늘지고, 딱하고도 그립고, 새콤하고, 아른하고 삼삼한 등의 복잡 미묘한 맛을 지닌 것과 비슷하다.

이 왕(진성여왕) 때에 아찬 양패良貝가 …… 당나라에 사신으로 임명되었는데, 백제의 해적이 바다에 들끓는다는 말을 듣고 활 잘 쏘는 사람 50인을 뽑아 데리고 갔었다. 배가 곡도鵠島를 지날 때에 큰 바람에 물결이 거세어 멎어서 열흘쯤을 잠도 제대로 못 자고 지내다가 양패가 근심하여 사람을 시켜 점을 쳐 봤다. 말하기를, 섬에 있는 신지神池에 제사를 드리는 게 좋다고 했다. 그래서 제물을 못가에 차리니 못물이 높이 치솟아 길을 넘었다. 밤에 꿈을 꾸니 한 노인이 양패한테 이르기를 "활 잘 쏘는 사람 하나를 이 섬에 남겨 두면 바람이 잘 것이다"라고 했다. 양패는 깨어나 부하들한테 물었다. "누가 남았으면 좋겠느냐?" 무리들이 말했다. "나뭇조각 쉰 개에다 우리들 이름을 써서 물속에 넣어 가라앉는 걸로 제비 뽑으십시오" 양패는 하자는 대로 하여, 군사 가운데 거타지란 이름이 물속에 잠겨서 그 사람을 머무르게 했더니, 잔잔한 바람이 금시 일어 배는 거리낌 없이 나아가게 되었다.

거타지는 섬에 근심스레 섰는데, 문득 한 노인이 못에서 나와서 "나는 서해의 용이다. 해 뜰 때마다 늘 한 중이 하늘에서 내려와선 염불을 외며 이 못물을 세 번 돌면 우리 두 내외의 자손들이 모두 물 위로 떠올라 오고, 중은 내 자손들의 간장을 꺼내 먹어 버린다. 남은 건 우리 두 내외하고 딸 하나뿐이다. 내일 아침에도 꼭 또 올 것이니 당신이 활로 좀 쏘아 죽여 주기 바란다" 했다. 거타지는 "활이야 내가 잘 쏜다. 하라시는 대로 하겠다" 했더니 노인은 "고맙다" 하고 물속으로 들어갔다.

거타지는 숨어 엎드려 기다리는데, 이튿날 동이 트자 중이 어김없이 와서 주문을 외고 늙은 용의 간을 빼내려 했다. 그때 거타지가 활을 쏘아 맞혔다. 중은 바로 늙은 여우로 변해 땅에 쓰러져 죽었다. 그래 노인은 고마워서 "당신이 우리 목숨을 살렸으니 내 딸을 아내로 삼으라"고 했다. 거타지는 "주시니 가지겠습니다. 저도 좋구만요" 했다. 노인은 딸을 한 송이의 꽃으로 만들어 품속에 넣어 주고, 두 마리의 용을 시켜 거타지를 모신 배를 부리게 하여, 당나라 땅에 들어갔다…… 마침내 고국에 돌아온 거타지는 꽃가지를 꺼내 여자로 만들어 같이 살았다.

—『삼국유사』 권2

우리는 이 이야기가 가지에 달린 한 송이의 섬 속의 꽃을 장식하기 위한 은유인지 또는 곡도라는 섬의 못물 언저리의 어디에 사는 누구네 딸의 모습을 위한 것인지 논리론 영 분간이 잘 서지 않는다. 그러나 그것을 캐는 걸 그만두고 느끼는 것만을 가지고 대하면 거타지의 품속의 꽃은 꽤 재미있다. 그의 마누라가 될 여인으로 다시 변모시키려 할 것도 없이 그냥 한 송이의 꽃으로만 두고 보더라도 그 속에 포함된 은유들은 상당히 다채로운 함축미가 있다.

쉰 명의 명패를 바닷물에 던져서 마흔아홉 개는 잘도 뜨는데, 바다 깊이 가라앉은 단 한 개 명패의 주인공—그 때문에 뽑히어 순풍 빌기의 제물로 바쳐진 주인공, 그가 마지막 꽃의 임자라는 것은 고추와 배추가 김치에서 만나는 것만큼 재미있다. 더구나 이 지독하게는 불행한 데 뽑힌 매운 거타지가 흉한 여우 다 된 중을 죽이고 드디어 섬의 공포와 어둠을 씻었을 때 대리로 받은 한 송이의 꽃—그 꽃 속에 들어 있는 색시가 또 하필이면 바닷속 섬의 못물 속에 외톨이로 혼자서만 살아남은 용의 마지막 딸이란 것은, 역시 우리 김치 속의 바다 새우 옆에 청각 옆에 잣 같은 걸 박아 놓은 것 같아 꽤 재미있다.

우리 김치나 마찬가지로 거타지의 꽃도 땅의 쓰고 맵고 단 맛뿐 아니라 바닷속 구석의 쓰고 맵고 단 맛까지 모두 합쳐 가져야만 비로소 필 마음이 났던 것 같다.

땅과 바다의 수호자의 한 사람 거타지의 꽃에서 머리를 돌려 높은 산 언저리를 우러르면, 거기엔 또 죽었다가 부활해 되살아나는 연인의 머리에 곧잘 편들어 꽂히는 만병초(석남꽃)라는 꽃이 있다.

이 꽃은 이 나라의 고대 신선들처럼 영원히 죽지 않고 사는 비방도 알았지만, 이 비방을 신선 세계에서만 쓴 게 아니라 때로는 섭섭하게 죽는 젊은 연인들에게까지도 나누었던 모양이다.

신라의 최항崔伉의 자는 석남石南. 사랑하는 여자가 있었는데, 부모가 말려 보지 못하자 몇 달 만에 원통해 죽었다. 여드레가 지나서 밤중에 항이 여자의 집엘 가니 그가 죽은 줄을 알지 못하는 여자는 너무 좋아 맞이했다. 항은 머리에 석남꽃 가지를 꽂고 있다가 여자한테 나누어 주며 "부모가 너하고 같이 살라 하더라. 그래서 왔다"고 했다. 그래 여자하고 같이 그의 집으로 돌아와서 항은 담장을 넘어 들어갔다. 그러곤 새벽이 새도록 아무 기척도 없었다. 아침, 집안 식구가 나와 기다리는 여자를 보고 온 까닭을 물으니 여자는 그사이 이야기를 주욱 말했다. 집안 식구는 "항이 죽은 지 여드레가 돼서 오늘 묻을 참인데, 그 무슨 당치 않은 소리냐"고 했다. 여자는 "그분은 나하고 석남꽃 가지를 나누어 꽂았다. 아닌가 가서 보아라" 했다. 그래서 관을 열고 보니 송장은 머리에 석남꽃을 꽂고 있고, 옷은 이슬에 젖고, 신발은 아까 신은 그대로였다. 여자는 그가 죽은 줄 알고 아프게 소리 내 울어 숨이 넘어가려 했다. 그러자 항은 숨이 되돌아와 살아나서 30년을 같이 늙다가 돌아갔다.

—『대동운부군옥』 권8

보시는 것과 같이 여기 이 온갖 병을 다 잘 겪어 알아 낫기도 한 듯한 만병萬病이란 이름의 꽃은 상사병으로 죽은 최항이란 자의 머리에 가 꽂혀선 애인의 집에까지 걸어가게도 하고, 애인의 통곡 소리와 힘을 합해선 두 딱한 자의 목숨을 30년쯤 연장해 주기도 한다.

물론 꽃을 사이에 두는 이런 이야기는 순 정신적인 것이니까, 최항의 잠시의 소생이나 최항과 그 애인의 30년의 수명 연장이란 것도 육신이 아니라 마음 즉 혼으로 이 꽃과 함께 그런다는 것이지만, 어이튼 '죽은 연인도 다시 살아 일어나게 하는 꽃'이고 '살아 남은 연인의 울음소리와 힘을 합해서는 죽은 자도 불러 일으켜 한 30년쯤은 더 살게 할 수도 있는 꽃'이라는 이 꽃의 이미지도, 그 선仙과 속俗에 두루 잘 통하는 꽃다움이 적지 아니 재미있다. 특히 만병을 아는 선계仙界 출신으로, 상사相思 부활 30년짜리의 자리에도 성큼 들어앉기도 하는 그 꽃 맵시가 꽤 이쁘다.

정해 정해 정도령아
원이 왔다 문열어라
붉은 꽃을 문지르면
붉은 피가 돌아오고
푸른 꽃을 문지르면
푸른 숨이 돌아오고.

이렇게 불리어져 구전되어 온 우리 민요가 있다. 이것도 「수삽석남首揷石枏」의 이야기와 흡사한 점으로 봐서 같은 신라 때부터 내려온 것 아닌가 한다. 여기 나오는 원이도 죽은 자의 혼을 소생시켜 같이 있고자 문지르는 매개물로는 꽃을 사용하고 있다.

그들은 무형의 애인의 혼을 석남꽃 같은 꽃빛 속에 담고 또 그런 꽃향기 속에 적셔 살려 내 가지는 것이라고 생각했던 것이다.

당나라에서 온 어떤 모란 꽃씨가 신라에 와서 심어져선, 선덕여왕의 영원 성처녀聖處女 신세에 감염되어 향기를 발산하지 않았다는 이야기는 한국 사람이면 거의 다 잘 알고 있는 일이다. 고독의 중력을 달래어 향기를 삭감하는 친절을 베푼 모란꽃의 데포르마시옹도 이쯤 되면 팔자 속이라고 할 만하다.

그러나 역시 한국의 꽃들은 한국 사람의 마음을 닮아 상당한 데포르마시옹을 가한 대로 하늘의 어디에서도 아주 썩 잘 보일 만큼 화색이 눈부시었던 것만은 사실이다. 『삼국유사』「수로 부인」 조에 보이는, 강릉 땅 바닷가의 절벽에 피어 있던 진달래꽃이 미인 수로하고 합세해서 땅에는 주소가 없고 하늘 옥경에만 앉을 자리가 있는 나이 많은 신선을 불러 내린 이야기는 그걸 증명하고 있다.

우리 꽃은 거타지 같은 지독한 고생꾼의 손에 쥐어져선 바다 밑바닥의 온갖 소금 맛까지를 다 띠었지만, 또 위로 우러러선 늘 이와 같이 하늘 속 어느 좌석에까지도 초청력을 발휘했던 것이다.

산수유라는 꽃이 있다. 이것은 아주 첫봄의 햇빛 속에서 햇빛보다도 훨씬 더한 금빛을 쏘는 꽃이다.

신라의 어떤 왕의 온전찮은 비밀이 복두쟁이의 입안에서 맴돌고 지내다가 어느 이른 봄날 나직이 한 무더기의 산수유꽃 수풀에 주입되었다. 복두쟁이는 비밀을 간직하기가 무척 힘에 겨워서, 산수유는 말을 할 줄 모르니까 거기다가 슬그머니 맡겨 두려고 그랬던 것인데, 이걸 주입하자 그만 산수유도 사운사운 속삭이는 소리로 그 비밀을 내뱉기 시작했다는 이야기가 신라 때부터 전해 내려오고 있다.

이 나라의 꽃은 이렇게 비밀마저도 의젓하지 못한 것은 살이 간지러워 견디지 못했던 모양이다. 솔로몬 왕 정도의 애첩가愛妾家까지도 불쌍히 여기는 데가 있어, 죽은 걸 30년쯤 수명 연장시키는 데 참가도 했지만 겨우 그만큼 한 에누리였지, 비밀도 치사한 것은 모두 하늘에다 고자질해 버려야만 견디었던 모양이다. 아닌 게 아니라 하늘 땅과 바다의 어디에서도 또 시간의 어느 때에도 두루 체모를 유지하자니 할 수 없는 일이었겠다.

1919년 3월 1일 조선 독립운동 33인의 하나였던 시인 한용운 스님이 「비밀」이란 시에서 말하고 있는 것처럼 말이다.

> 비밀입니까, 비밀이라니요, 나에게 무슨 비밀이 있겠습니까.
>
> ……
>
> 그리고 마지막 비밀은 하나 있습니다. 그러나 그 비밀은 소리 없는 메아리와 같아서 표현할 수가 없습니다.

(『현대문학』 1970.1.)

신라의 피리 소리

얼마 전에 대전의 여관에서 하룻밤을 묵게 되어 밤늦게까지 잠을 못 자다가, 거리에서 울리는 안마장이 장님의 피리 소리를 듣고 불러들여서, 장님 몸 주무르는 걸 난생처음으로 한번 경험해 보고 잠에 든 일이 있다.

이런 피리 소리도 한 힘이라면 힘이라 할 수도 있을까.

그러나 이런 피리 소리는 그게 모두 일본 사람들한테 지배받는 동안에 배운 이용 가치의 하나라는 것을 접어 둔다 하더라도, 그저 가엾고 서글플 뿐 어떠한 꽃다움도 우리에게 느끼게는 못 한다.

안마장이 장님의 피리 소리 아닌, 우리나라의 요즘 밤의 딴 피리 소리들에서도 구슬프고 가엾은 것을 주로 느낄 뿐 무슨 꽃다움은 역시 느끼지 못한다. 거기에는 간절한 슬픔의 호소는 너무나 많이 들어 있다. 그러나 새벽 문을 여는 꽃다움은 잘 느껴지진 않는 것이다.

"이것은 간절히 외마디의 구슬픈 소리를 내는 그 대나무라는 원료 때문이다"라고 말하는 이도 있다. 옛날 그리스의 갈대 피리나 마찬가지로 이건 꼭 슬픈 느낌에만 맞는 악기라고 그들은 말한다.

그러나 그것은 우리나라의 옛날의 피리—가령 신라 때의 피리를 떠올리면 잘 맞지도 않는 말이다. 왜냐하면 신라의 만파식적 같은 피리 소리는 거기다 삼국 통일의 대왕 김법민의 넋과 삼국 통일의 총사령 김유신의 얼을 담아 통일신라의 새날을 이끌어 가는 데 큰 힘이 되기도 했었으니 말이다.

그럼 오늘날의 피리 소리가 그렇게 아직도 구슬픈 가락을 담고 있는 이유는 어디에서 온 것일까?

어떤 이는 고려와 이조 이래의 잇따른 외침과 내란이 빚은 민족 이산의 슬픔 때문이라고 한다. 그것은 적지 아니 일리 있는 말인 것 같다. 그러나 그것만으론 어쩐지 반풀이도 제대로 된 것 같지는 않다.

아무리 몰리는 한 마리의 양도 그것이 양인 한에서는 언제까지나 양일 따름인 것인데, 의젓하던, 통일신라의 밝은 시가와 음악을 가졌던 민족이 제아무리 외침 내란에 허덕였다고는 할망정 고스란히 그렇게도 영 새벽을 안 보이는 슬픈 운명의 가락만을 주로 되풀이해 지녀 낼 수 있었겠느냐는 생각에서 말이다.

도스토옙스키의 『죽음의 집의 기록』에는 시베리아의 감옥 속에서도 한쪽에 저만을 위한 특별석을 마련해 놓고 지내는 죄인의 엔조이하는 얼굴이 보인다. 사람들에겐 두루 '내재인內在因'이라는 게 있어 이런 것인데, 내적 성찰이 만든 원인 없이 외적 환경의 지배력만으로 그렇게 고스란히 '슬픈 운명의 가락' 일색이 될 수는 없을 것이다.

이 '슬픈 운명의 가락'을 빚은 내적 원인은 딴게 아니라 이 민족의 대다수가 고려 이래 유교 천명사상을 어쩌다가 생의 지도이념으로 삼아 버린 데서 온 것이다. '하늘이 만든 사람의 운명이니 제아무리 고약한 거라도 다소곳이 따를밖에 없다'는 유교의 운명관에 빠져 들어가면서, 거듭하는 외침과 내란에 고개 수그리고 이산해 헤매는 동안 운명 자운전의 길을 잃고 빚어낸 가락들이 그 여·이조의 숱하게 슬픈 운명의 노래요 또 피리 소리들이었던 것이다. 중국은 송나라에서 유교를 우리나라에 든든히 옮겨 심어서 청조에 이르도록 잘 다루어 재미 톡톡히 보고, 우리는 그 슬픈 피리 소리 하나를 빚은 것이다.

그야 하여간에, 우리는 안마장이 장님의 그 가엾은 피리 소리 옆에 옛날의 아주 다른 피리 소리들을 기억해야 할 마당에 와서 섰다.

신라 31대 신문왕이 만들어 국보가 되었던 만파식적이라는 피리(소리)는, 그의 아들 효소왕 때에 가서는 화랑 낭도의 장이었던 부례의 실종을 애석해하여 뒤를 따라 같이 실종되었다가, 그의 귀환 때엔 탈것으로까지 변하여 이 화랑장을 태우고 온 이야기도 전해진다.

부례는 뒤에 국무총리도 된 사람이니까 아마 쓸 만하였던 게지. 한 개인까지를 그리도 아껴 늘 뒤따르며 울리기까지 하다가 마침내는 피리의 본분에서 너무나 비약하여 수레 노릇으로까지 변모도 했던 그 가락을 생각해 보면……

효소왕이 대현살찬의 아들 부례夫禮를 국선國仙으로 삼으니, 그는 구슬신을 신은 무리(화랑도)를 맡았다. 안상安常과 특별히 친히 지냈었는데, 천수 4년 계사 3월에 무리들을 맡아 금란이란 데에 놀러 갔다가 북명에 이르러서, 그가 되놈 도적들한테 붙잡혀 가게 되어, 따르던 사람들은 할 수 없이 그냥 돌아오고, 오직 안상만이 그 뒤를 쫓아갔었다. 이게 3월 11일.

대왕은 들으시고 놀람을 못 견뎌 말씀하기를 "아버님이 신적神笛을 얻어 나한테 주셔서 시방도 거문고하고 같이 광에 넣어 두었는데, 왜 국선이 도적한테 잡혀가느냐. 어쩌면 좋으냐" 하셨다. 이때 좋은 구름이 천존고天尊庫를 덮어, 왕은 떨며 두려워하여 가 살펴보게 했더니, 광 안에 있던 거문고와 피리 두 국보가 없어져 버렸다. "내 왜 미리 조심을 못했던고. 어제는 국선을 잃고, 오늘은 또 거문고와 피리를 잃었으니……" 왕은 말하고, 광지기 김정고 등 다섯 사람을 가두었다. 4월에 널리 나라 안에 현상 모집하기를 "거문고와 피리를 찾는 이는 한 해 동안 먹을 쌀을 상으로 주겠다"고 했다.

5월 15일 부례의 아버지와 어머니는 백률사 관음보살 앞에 나가 여러 날 저녁을 정성을 다해 빌었는데, 문득 어느 땐지 탁자 위에 향기가 일며 거문고와 피리 두 국보가 거기 와 있었고, 부례와 안상 두 사람도 관음보살 뒤에 와서 있었다. 두 어버이가 너무나 기뻐 어떻게 해서 왔느냐고 물으니, "저는 잡혀가서 그 나라 대도구라네 집 목동이 되었어요. 대오라니 들에서 방목을 하고 있었는데, 뜻밖에 단정하게 생긴 스님이 와서 손에 거문고와 피리를 들고 위로하며 말씀하셨어요. '고향을 잊지 않았는가?' 하고요. 저도 몰래 그 앞에 꿇어앉으며 '임금님하고 부모님 보고파 못 견디겠어요'라고 했지요. 그랬더니 스님은 '그럼 따라오라'며 나를 데리고 바닷가로 갔는데 거기서 안상이와 또 만났지요. 스님은 피리를 쪼개어 두 쪽으로 나누더니 우리 둘을 각각 그 한 쪽씩에 태우고, 자기는 거문고에 타고 바다를 건너 돌아와서 금시 여기 온 겁니다" 했다.

—『삼국유사』 권3

이 이야기를 꼭 그대로 보지 말고, 신라의 피리의 한 가락이 사람의 뒤를 따라 끝까지 울리다가 마침내는 한 개의 탈것으로까지 변하는 멜로디의 한 은유의 이미지 조직으로 본다면, 얼마나 아름다운 생동하는 힘인가.

우리의 상실된 힘의 옛 고향을 말하는 피리 소리, 늘 뒤따르는 어머니와 아버지의 소리 같은 피리 소리, 단 한 사람의 화랑도 놓치지 않으려고 매양 뒤대 서던 피리 소리—김유신과 문무왕의 혼이 한 쪽씩 합쳐져서 되었다는 만파식적의 소리를 상상해 보며, 오늘 대전 근방의 밤의 안마장이 동포 장님의 한 푼 벌려는 피리 소리를 듣고 있으면, 금시 벼락 맞아 나동그라질 것 같은 느낌을 어쩔 길은 없다.

만파식적의 대나무의 반쪽은 김유신의 얼이고 또 반쪽은 문무왕의 넋이었다는 것은, 다난만이 겹쳤던 우리 역사에서 그래도 통일신라를 큰 자랑으로 가졌던 우리에게는 한 적지 않은 힘의 묵시로서 남는다.

나는 여기서 김유신이 삼국 통일만을 위해 이미 노령의 장군으로 누이동생의 아들 문무왕과 같이 고구려를 쳐들어가면서 군량을 나르는 치중병 노릇까지 하며 '팔을 걷어 올리고 채찍으로 말을 쳐서 맨 앞을 달리던 일(『삼국사기』「열전」)'을 기억하고, 또 "나는 죽으면 큰 용이라도 되어 나라를 지키겠다. 높이 되어선 무엇하느냐. 짐승이 되어서라도 꼭 그렇게 하겠다" 했던 문무왕의 말을 기억한다.

그런 그들이니, 치중병보다도 더 고단하고 용보다도 더 답답한 대나무의 반쪽씩에 넋을 담아 한 개 피리의 두 쪽으로 엉겨 붙은 것인가.

한국에 목숨을 타고난 사람 누구라도 『삼국유사』의 다음 글을 볼 때에는 반드시 옷깃 여며 앉아야 할 것이다.

제31대 신문대왕은 아버지 문무대왕을 위해 동해 바닷가에 감은사라는 절을 세웠다. 이듬해 임오 5월 초하룻날, 바다지기 박숙청이 아뢰기를 "동해 바다 가운데 작은 산이 보여 감은사 쪽으로 떠오면서 물결 따라 오락가락하고 있습니다" 했다. 왕은 이상히 여겨 일관 김춘질한테 점을 치라 하니, "아버님께선 지금 바다의 용이 되시어 삼한을 지키시고, 김유신 어른은 또 도솔천의 아들이 되었다가 지금 내리어 대신이 되었습니다. 덕이 같은 두 어른이 우리나라 지키는 보물을 내보내려고 하시니, 만일 폐하께서 바닷가에 가시면 더없는 큰 보물을 얻으시겠습니다"라고 했다.

왕은 좋아하여 그달 초이렛날 이견대에 가서 바닷속 산을 보고 사신을 보내 알아보게 했다. '산 모양은 거북이 머리 같은데, 그 위엔 한 개

대나무가 있어 낮에는 둘이 되고, 밤엔 합해져 하나가 되었다'고 사신이 돌아와서 알렸다. 왕은 감은사에 가서 그 밤을 자고 났는데, 이튿날 한낮일 때 보니 대나무는 하나로 합쳐지고, 하늘과 땅이 떨려 움직이며 바람비와 어둠이 꼭 그 뒤 이레 동안을 계속했다가 그달 16일에야 바람 자고 물결도 잔잔해졌다.

왕이 배를 띄워 그 산에 들어가니, 거기엔 용이 살아 흑옥대를 받들어다 바쳤다. 맞이해 같이 앉아 "이 산과 대나무가 갈라지기도 하고 합쳐지기도 하는 건 웬일인가?" 물었다. 용은 "그야 한 손만 가지고 박수를 치려도 소리 안 나는 거나 마찬가지지요. 두 손으로 쳐야만 소리는 나는 거니까요. 여기 이 대나무는 되어먹기를 꼭 합해져야만 소리를 내기로 되어 있으니, 왕께선 이 소리를 신라의 복으로 삼으십시오. 왕께서 이 대나무를 베어 피리를 만들어 부시면 하늘 밑은 두루 아늑히 평화할 것입니다"라고 대답했다.

…… 왕은 돌아와서 그 대나무로 피리를 만들어 월성의 천존고에다 넣어 두었는데, 이 피리를 불면 적병은 물러나고, 병도 낫고, 가물 땐 비가 내리고, 오던 비도 개고, 불던 바람은 멎고, 일렁이던 물결은 잔잔해졌기 때문에, 그 이름을 만파식적이라고 하여 국보로 삼았다.

—『삼국유사』 권2

여기에서도 물론 우리가 먼저 마음 써야 할 것은 이 이야기를 곧이곧대로 해석하여, 문무왕이 용이 되고 김유신이 33천의 아들이 된 건 누가 보았느냐든지, 낮에는 둘이 되고 밤에만 하나로 합쳐지는 대나무가 어디 있느냐든지, 이따위 케케묵은 이야기가 미신 아니면 뭐냐든지 그러지 말고, 이것을 한 정신의 은유적 표현으로 보아 미득味得할 수 있는 마음의 눈을 씻어 밝게 뜨는 일이다.

고대 불교적인, 또 많이 신라의 토착적인 은유 안에 들어 있는 정신을 볼 만한 눈이 있다면, 이 일견 목전의 사실들과 너무나 많이 다른 피리의 설화는 우리나라 역사책에서뿐 아니라 세계의 모든 역사책에서도 한 민족혼의 영원을 간절히 이으려는 것으로는 가장 특출한 것이 될 것이다.

동해의 작은 섬 하나가 물결 위에 떠서 감은사 쪽으로 오고 있었다고 먼저 이야기돼 있다. 세 쪽으로 나누어졌던 것을 합쳐서 통일신라를 만들어 놓고 죽음을 당하자, 죽어서는 큰 용이라도 되어 자기가 이룬 통일된 나라를 지키겠다 한 왕의 넋이고 또 그의 제일보좌였던 김유신의 혼이니 그야 비유로써 말하자면 그까짓 동해 섬 하나쯤 띄워 움직여 몰고 올 만큼 세었음은 물론이다. 이 '만큼'이라는 직유법으로 그 은유들을 고쳐서 읽는다면, 또 문무왕이 용이 되고 김유신이 도솔천의 아들이 되었다는 것도 '그들의 애국의 소원과 그 덕행은 용과 33천의 아들이 될 만큼'으로 간단히 이해될 것임에 불과하다.

위의 인용문에 보이는 섬 위의 한 대나무가 낮에는 둘로, 밤에는 하나로 되었다는 일견 초논리적인 이야기를 '거기 들어 있는 듯한 문무왕과 김유신의 혼은 낮에는 그 명분을 지켜 둘이 되어 섰지만 밤에는 합쳐져서 어둠을 지켜 한 몸이 되어 있는 듯했다'고 보면 무엇이 괴이하며 무엇이 미신인가. 한민족 후생들의 단합을 암시하여 이렇게도 간절한 구상의 은유는, 이 땅의 모든 민족들이 해 온 그 종류의 모든 것들 가운데서도 가장 뼛속에 닿는 것이다.

찬양할진저! 한 대나무의 은유 있고, 이 대나무로 만든 한 피리의 은유 있어 민족혼의 영원은 떳떳하게 되었으니, 이 민족이 영원히 있는 날까지 우리 마음속에 받은 피리 불어 늘 찬양할진저!

그러나 신라의 피리 소리는 꼭 신라라는 땅과 민족의 테두리 안에서 인류의 소리로만 울렸던 건 아니다. 우주의 주인으로서 신운神韻을 담아 천상과 천하를 두루 다 울리고 있었던 데에 끝없는 여유와 영원하고 무한하려던 삶이 있다.

그들 중의 어떤 이는 그들이 부는 피리 소리로 하늘의 천체들을 유치하여, 어깨 옆에 불러 세우는 실감 속에 그걸 불고 있기도 했다.

> 월명 스님은 늘 사천왕사에 살면서 피리를 잘 불었는데, 언젠가는 달밤에 문 앞 한길을 피리를 불고 지나가니 달이 가던 발을 멈추었다. 그래 그 길을 월명리라고 새로 이름 붙였다.
>
> —『삼국유사』 권5

언뜻 보기에 동화 비슷하기도 하고 일석 재담 비슷하기도 한 조그만 이야기 속에는 신라의 인간상을 선 굵은 묵화풍으로 그린 한 폭의 그림이 들어 있다.

그것은 딴게 아니라 인간 사회에 든든히 아주 끈질기게 끼어 삶과 동시에 언제나 영원과 우주의 중심을 맡아 경영하는 걸 늘 의식하고 살던 이들의, 말하자면 그런 의미의 최고 경영자의 정신의 미묘한 선들로 둘러진 상이다.

이 지존지엄하고 동시에 최상의 힘과 우아의 풍류로써 그려진 선의 상들은 달도 별도 해까지도 한 찬양대의 친구처럼 서게 하거나 아니면 더 허리 굽혀 그 발부리에 시중들게 할 수밖에 없었다.

융천 스님의 「혜성가」라는 향가를 보면 '길 쓸 별'이라는 구절이 보이고, 금강산에 밤길을 쳐 여행 가려는 한 떼의 화랑단들의 앞엔 별빛도 길 쓰는 종복만큼의 푼수의 생색은 되겠다는 뜻으로 나타나 있는데, 이러한 인간상의 자각은 참으로 전 공간과 전 시간의 세대주로서의 자각 아니고서는 도저히 그렇게 될 수 없는 일이었다.

이것은 고려와 이조에서 유교를 뿌리로 해서 이룬 천인이원론天人二元論, 천명수순天命隨順의 정신들이 민족 역경의 고초의 맛을 보태서 빚어낸 것들하고는 그 성질이 아주 다르다.

가던 달의 발도 멈추게 했다는 월명 스님의 피리 소리의 가락엔 달에 갔다 온 암스트롱의 정서의 어떤 것과 일치하는 것도 보이지만, 암스트롱이 가진 아이디어 속의 자연과학의 빛에는 없는 큰 영혼의 빛이 들어 있다. 그것은 우주와 영원의 어디에나 영생하는 혼의 맥박을 뻗치고 동시에 또 주인이 되는 자의 빛이다.

그러나 안마장이 장님의 피리 소리에서 일제를 거슬러, 이조를 거슬러 올라가 고려에 가서 만나는 유교의 성리학에는 명령하는 하늘 밑에 질질질질 끌려가는 한 많고 설움 많은 피리의 원주인이 들어 있을 뿐이다.

피리여, 피리여. 장님의 손에 쥐어져 깊은 밤거리에 거지같이 우는 한국의 피리여. 이제는 부디 네 본고향으로 찾아가거라. 신라 통일의 왕 김법민을 그 자재의 반쪽으로 하고, 신라 통일의 장수 김유신을 그 재료의 반쪽으로 해서 이 땅의 어느 화랑소년의 뒤까지도 따르며 울리던 네 본고향을 찾아가거라. 그래서 시인 월명과 함께 땅에 끈끈한 것을 다 울리곤 달과 해와 모든 별들까지를 네 예술로 울려 두루 매혹하러 가거라. 그것들에 두루 혼의 맥박을 주어 늘 물질 이상의 것이 되게 해내라.

(『현대문학』 1970.2.)

미당 서정주 전집 10

1판 1쇄 발행 2017년 3월 13일
1판 2쇄 발행 2024년 1월 24일

지은이 · 서정주
간행위원 · 이남호 이경철 윤재웅 전옥란 최현식
펴낸이 · 주연선

책임 편집 · 심하은
책임 교정 · 노홍주
자료 조사 · 김명미
표지 디자인 · 민진기 본문 디자인 · 권예진

(주)은행나무
04035 서울특별시 마포구 양화로11길 54
전화 · 02)3143-0651~3 | 팩스 · 02)3143-0654
신고번호 · 제 1997-000168호(1997. 12. 12)
www.ehbook.co.kr
ehbook@ehbook.co.kr

ISBN 978-89-5660-427-5 04810
978-89-5660-885-3 (전집 세트)
978-89-5660-575-3 (산문 세트)